南総里見八犬伝 3

美女と悪女

文・松尾清貴
（曲亭馬琴の原作による）

静山社

南総里見

八犬伝

美女と悪女

南総里見 八犬伝 ③ 美女と悪女　目次

五章　女難

六章　不孝物語

七章　転生姫

南総里見　八犬伝③　美女と悪女　主な登場人物

犬田小文吾《こぶんご》
行徳村の宿屋の息子、力自慢の大男、悌の珠を持つ

畑上語路五郎《はたがみごろごろう》
千葉家（武蔵国の領主）の目代

馬加大記《まくわりだいき》
千葉家の筆頭家老

船虫《ふなむし》
武蔵国阿佐谷《あさや》の村人

旦開野《あさけの》
鎌倉の女田楽師

犬飼現八《げんはち》
古河公方家臣の養子、小文吾とは乳兄弟、信の珠を持つ

赤岩一角《あかいわいっかく》
下野国赤岩村の郷士

犬村角太郎《かくたろう》
赤岩一角の息子、犬村家の養子になる

雛衣《ひなきぬ》
犬村角太郎の妻

赤岩牙二郎《がじろう》
赤岩一角の息子

籠山縁連《こやまよりつら》
千葉家の重臣、越後国長尾家の家臣になる

犬塚信乃《しの》
武蔵国大塚村の郷士、孝の珠を持つ

四六城木工作《よろぎむくさく》
甲斐《かい》国猿石村の村長

夏引《なびき》
木工作の妻

浜路《はまじ》
木工作の養女

泡雪奈四郎《あわゆきなしろう》
猿石村の山奉行

甘利尭元《あまりたかもと》
甲斐国八代《やつしろ》郡の目代

犬山道節《どうせつ》
練馬家家老の息子、忠の珠を持つ

ゝ大法師《ちゅだい》（金碗大輔《かなまりだいすけ》）
里見義実《よしざね》の家臣

蜑崎十一郎《あまさきじゅういちろう》
里見義実の家臣

伏姫《ふせひめ》
安房《あわ》国領主・里見義実の娘

八房《やつふさ》
伏姫が嫁いだ犬

物語の主な舞台

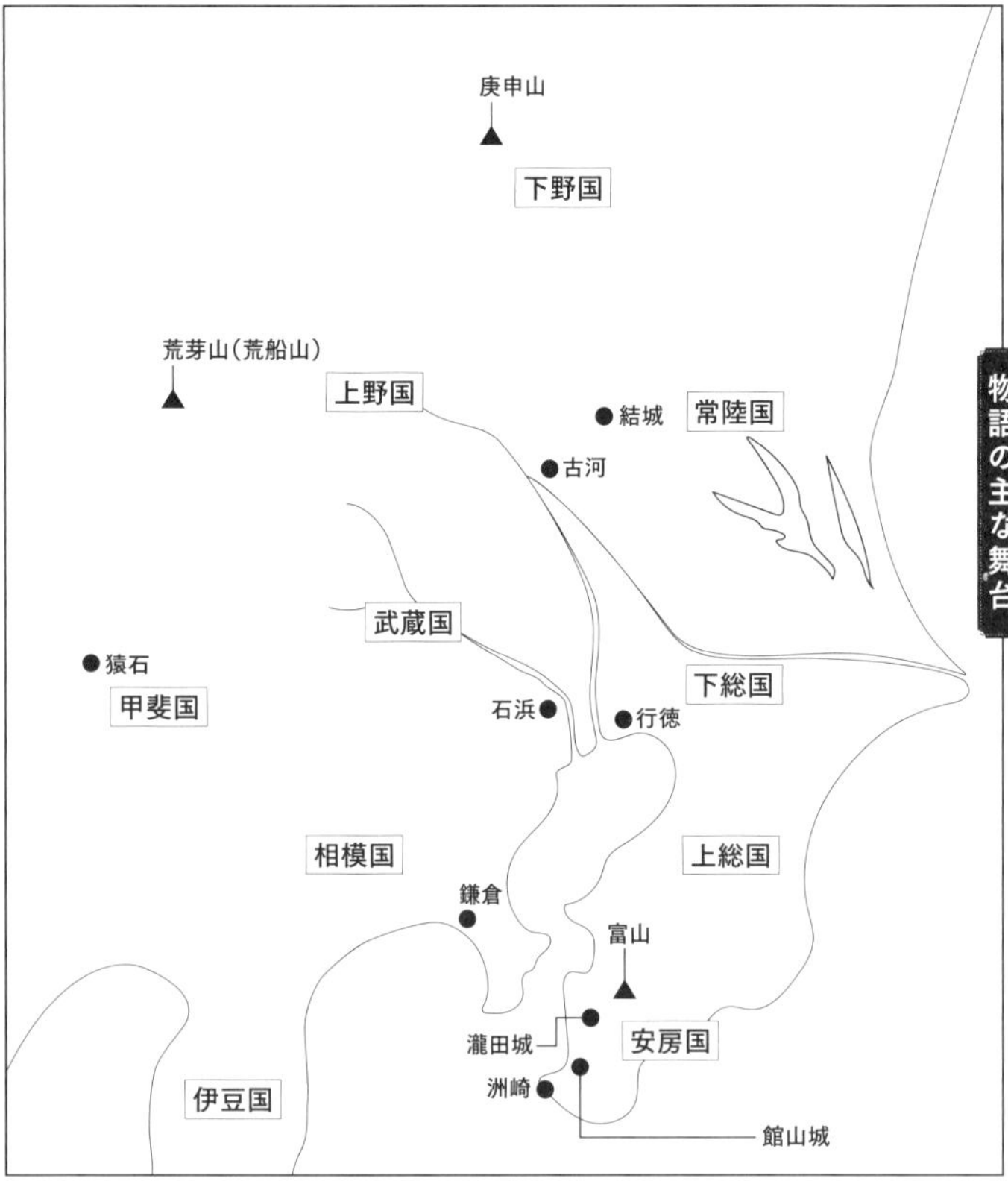
庚申山
下野国
荒芽山（荒船山）
上野国
結城
常陸国
古河
武蔵国
猿石
甲斐国
下総国
石浜
行徳
相模国
上総国
鎌倉
富山
瀧田城
安房国
洲崎
伊豆国
館山城

五章　女難

1 敗走

朝日が照らすのは、麓道《ふもとみち》に立ち込める土埃《つちぼこり》だった。白井城を発した数百の兵が、刻一刻と犬山道節《いぬやまどうせつ》主従の隠れ家へ迫る。

隠れ家では、音音《おとね》と夫世四郎《よしろう》の猪平《やすへい》が、道節《どうせつ》らの盾となって討ち死にすると、語気荒く訴えた。老夫婦の嫁、曳手《ひくて》と単節《ひとよ》姉妹も戦わせてくれとまくし立てた。

「――ええい黙れ、黙れ!」道節《どうせつ》は取りすがる家来たちを一喝《いっかつ》し、「世四郎《よしろう》、音音《おとね》の忠義を疑うちゃおらん。だが、老人ふたりで支えきれるか。曳手《ひくて》、単節《ひとよ》では無駄死にするだけだ。老人女子《おなご》を残して道節《どうせつ》はおめおめと逃げた、と敵に言わせたいのか。……と言うても、いまさら先に逃げる気もなかろう。よく聞け、俺に策がある。世四郎《よしろう》、音音《おとね》はしばしの間、この家に籠《こ》もって寄せ手を防げ。すぐに俺とこの同盟の士が裏から回り込んで敵陣の左右を突き、総崩れにさせる。伏兵《ふくへい》を疑うて敵が退《ひ》けば、程よく追走する。その隙《すき》に脱出しろ。みなで他郷へ落ちて再起を期すのだ。ここで死ぬよりはよほどよかろう。――みなはどう思われる?」

同盟の犬士たち、犬塚信乃《いぬづかしの》、犬川荘助《いぬかわそうすけ》、犬飼現八《いぬかいげんはち》、犬田小文吾《いぬたこぶんご》は二つ返事で攻め手を引き受けた。真っ先に「妙策なり」と手を叩いた信乃《しの》が、音音《おとね》たちへ向き直り、

「恩人方、雑兵《ぞうひょう》と刺し違えてどうなりましょうか。生き残ってこそではありませんか」

道節《どうせつ》が告げる。「曳手《ひくて》、単節《ひとよ》は馬に乗れ。先に打ち合わせた通り、犬田殿に委ねる。犬田、機を見計らうて、姨雪《おばゆき》夫婦とともに行徳《ぎょうとく》へ逃がしてくれ」

「合点承知。女衆のことは任されよ」

小文吾《こぶんご》は巨体を踊らせて庭へ駈け下り、縁側まで馬を曳《ひ》いてきた。それから曳手《ひくて》、単《ひと》節《よ》を合鞍《あいくら》させると、落ちないように麻縄できつくくくった。

音音《おとね》たちに言い争う暇はもうなかった。枯木、枯草をかき集め、手早く屋敷内外に積み上げる。丸竹の弓、細竹の矢をそろえ、縁側に遣《や》り戸、障子を立て掛けた。

道節《どうせつ》、信乃《しの》、現八《げんはち》、荘助《そうすけ》は、手はず通り、あばら屋裏手の山裾《やますそ》へ退《ひ》いてゆく。やがて馬を曳《ひ》いた小文吾《こぶんご》も合流し、五犬士は露に濡れた茅原《かやはら》にひそんで敵を待ち受けた。

あばら家を囲んだ白井勢が、鬨《とき》の声を上げる。先手は勢いのまま柴垣まで攻め寄せたが、垣に吊るされた竈戸三宝平《かまどさぼへい》、越杉駄一《こすぎだいち》の生首を発見して足を止めた。

太田薪六郎資友《おおたしんろくろうすけとも》が兵の動揺を察して進み、木戸越しに大音声を張り上げた。

「犬山道節《いぬやまどうせつ》はあるか！　一味もろともひそんでいると密告があった。もはや籠《かご》の鳥、檻《おり》の獣だ。命運ここに極まった。降れば仲間の命は許してやる。返答やいかに！」

軒端《のきば》に吹く松風の音の他、応答はない。資友《すけとも》は大げさな呆《あき》れ顔をこしらえ、「卑怯者《ひきょうもの》には礼儀を尽くすまでもなかったな。者ども、存分に討ち取れい！」

先手衆が雄叫《おたけ》びで応え、一斉に垣を壊しだした。競い合うようにして突撃した。

その間、姨雪《おばゆき》夫婦は縁側の手前にひそみ、間合いを測っていた。寄せ手を引きつけるだけ引きつけ、遣り戸や障子の陰から征矢《そや》を放つ。見事、五、六人の胸を射抜き、庭先で先陣が崩れた。思いがけない反撃に兵はたじろぎ、とっさに互いの後ろに隠れようとする。立て続けに弦音《つるおと》が轟《とどろ》き、征矢《そや》が風を切り、棒立ちのまま兵が続々と倒れる。

「へろへろ矢におののくな。退《ひ》くな、進め！　褒美《ほうび》が要らんのか！」

資友《すけとも》の檄《げき》に押され、先手衆が縁側へ駈け上る。障子、遣《や》り戸を蹴倒《けたお》して、刺又《さすまた》、突棒《つくぼう》、十手をおのおの振り回しながら一気呵成《かせい》に家内へ踏み込んでゆく。

矢尽きた猪平《やすへい》、音音《おとね》が、仕込み杖と薙刀《なぎなた》を手に物陰から現れた。揃《そろ》いの胴丸、籠手《こて》、脛当《すねあ》ては血に染まっていた。我が子に代わって武勇を示さんと、猪平《やすへい》が声を上げる。

「物々しい大捕物だが、雑兵《ぞうひょう》に用はない。太田資友《すけとも》、出てきて我が言を聞け。道節《どうせつ》様は逃げたのではない。後に義兵を起こすべく、今朝早く同盟の士と発《た》たれたのだ。いまごろ来ても遅いのだ。かく言うわしは、犬山譜代《いぬやまふだい》の家臣、姨雪世四郎《おばゆきよしろう》またの名を猪平《やすへい》、はばかりながら道節忠与《どうせつただとも》様より与の字をたまわり、この度、与四郎《よしろう》と名を改めた。老妻音音《おとね》とふたりして待ち構えていたぞ。せいぜい我らを討って手柄にせよ」

多勢を頼んだ敵兵の威勢は高く、「ほざけ、老いぼれ！　死地へ出てきた夏の虫め。飛んで火に入る痴《し》れ者に口を利かすな。搦《から》め捕《と》れ！」

血気に駈《か》られた敵を右に左に受け流し、猪平《やすへい》、音音《おとね》は電光石火の大刀風《たちかぜ》で斬り裂いた。多勢も、狭い室内では数を頼んで攻めきれない。老夫婦の思わぬ手練《てだれ》にも周章《しゅうしょう》し、だれも矢面《やおもて》に立ちたがらず、じりじりと退《しりぞ》き、掃き出されるようにして庭へ落ちた。

「なにをしている。進め！」

なお叫ぶ資友《すけとも》だが、先手を早々とあきらめて後陣を繰り出した。

新手《あらて》が寄せてくるのを見、老夫婦は間近の敵を叩き斬って家内へ籠《こ》もった。用意していた枯木、枯枝へやみくもに火を掛けてゆく。

バチバチ、バチバチと燃え上がる炎を見つめて音音《おとね》は思った。退路はついえた。だが、後悔はない。この場の敵を道連れにできれば、それでよい。道節《どうせつ》はどうなっただろう。曳手《ひくて》と単節《ひとよ》は無事に逃げられたか。四犬士の落ち延びる時間を稼げたか。思案を巡らしていると、業火のなかへ狂った形相《ぎょうそう》の敵勢が踏み込んできた。音音《おとね》は薙刀《なぎなた》を構え、迫りくる敵の切っ先を払った。この刃《やいば》すり減る瞬間まで戦いを続けよう。死ぬのはその後だ。

道節《どうせつ》たちは茅原《かやはら》に潜伏していた。鬨《とき》の声が轟《とどろ》いた後、すぐさま矢叫びが聞こえ、大刀《たち》音《おと》も届いた。道節《どうせつ》の合図で四犬士は立ち上がり、左右に分かれて樹々の間を駈けた。静かな奇襲だったが、百歩と進めなかった。岨陰《そばかげ》から現れた軍勢に行く手をふさがれたのだ。

「不意打ちを狙うていたか、犬山道節《いぬやまどうせつ》。もう逃がしはせんぞ」

萌葱威《もえぎおどし》の胴丸に黒毛織りの陣羽織《じんばおり》、十王頭《じゅうおうがしら》の脛当《すねあ》て、赤銅《しゃくどう》作りの太刀《たち》を佩《は》き、弓杖にもたれて立っていた。昨日、道節《どうせつ》が対峙《たいじ》したときと同じ戦装束《いくさしょうぞく》だった。

「見忘れてはいまい。太田薪六郎資友《おおたしんろくろうすけとも》が見参《げんざん》した。死なすに惜しいと思えばこそ見逃してやったのだ。過ちを悔い、降参するならば首は取るまい。なお迷いを捨てきれずに獣じみた真似《まね》を続けるなら、もはや許しはせんぞ」

道節《どうせつ》は終いまで聞かず、「よう出てきてくれた、太田資友《すけとも》。仇《かたき》の片割れめ。昨日、討ち漏らしたのは痛恨であった。この場で決着をつけようぞ！」

鋭く刀を抜き放ち、道節《どうせつ》が打ち振る刃《やいば》は半輪を描く。月か氷のように冷ややかな白刃《はくじん》が空を斬ると、呼応するように四犬士も刃《やいば》を煌《きら》めかして敵勢へ突進した。

資友《すけとも》が嘆息《たんそく》しつつ「構わぬ。射殺《いころ》せ」短く命じると、左右に従う精鋭がきりきりと弓を引きため、一斉に矢を放った。

五犬士はひるまず乱れ矢を打ち落とし、たちまち射手たちを斬り捨ててゆく。

「ここで資友《すけとも》を討たねば、世四郎《よしろう》、音音《おとね》が死ぬぞ。大将首以外は相手にするな！」

叫び合い励まし合って、矢雨降る死地を脇目もふらず駈け回った。一所で刃《やいば》を振るったと思えば、五ヶ所に分かれて敵と当たる。囲みを抜けて大将首へ迫ろうと雄叫《おたけ》びを上げる。

ひたひたと地面に血が溜《た》まった。作った死骸は数知れず、昨日にも増す犬士たちの武者ぶりに、白井勢は総崩れとなる。資友《すけとも》も側近に押し戻されて逃げ出した。道節《どうせつ》が罵声《ばせい》を浴びせる。追い討ちを掛ける犬士たちの背後で、高らかな声がした。

「どこへゆく、逆賊ども！　太田薪六郎資友《おおたしんろくろうすけとも》が見参《げんざん》したぞ。逃げるな、臆病者め！」

嘲笑《あざわら》う声の主を、五犬士は振り返った。胴丸、陣羽織《じんばおり》、脛当《すねあ》て、そっくり同じ大将が堂々とたたずんでいた。だれもが目を疑った。さらに、同じ装束、似た面立ちが、別の方向にもうひとりいた。あちらの資友《すけとも》、こちらの資友《すけとも》、どれかは影武者だろうが、先ほどから相手していた資友《すけとも》も含めて、三人のどれが本物か見定められない。

背後から迫る手勢へ向き直った。すると、退却していた資友《すけとも》が隊を立て直して寄せてくる。三人の太田資友《すけとも》に挟撃され、犬士たちは前後の道をふさがれた。

そのとき、突風が吹いた。

いきなりのことだったが、仰ぎ見るまでもない。あばら屋から猛火が立ち上っていた。大気が急速に熱せられて山風を呼ぶ。風に吹かれて炎が飛ぶ。木々を焦がし、草を焼き、「山火事になるぞ！」と叫びが飛び交った。煙立ち込める裾野《すその》にも炎が降ってきた。敵味方なく逃げ場を探して慌てふためき、もはや戦どころではなくなった。

五犬士は分断された。延焼が速く、身動き取れなかった。赤々としている空を仰ぐと、みな同じことを考えた。……猛火が敵を退《しりぞ》かせる。だが、その手立てを与えた猪平《やすへい》、音《おと》音《ね》はどうなった？　道が開ければ黒煙を突っ切って母屋《おもや》へ駈けよう。

しかし、風は激しさを増す一方だった。西に吹いては東に返し、南へ巻いては北に廻った。目まぐるしく砂礫《されき》が飛んだ。山林の過半を焼くほど火勢は強まり、もはや隠れ家へ走るどころではない。犬士たちはなすすべなく声を上げ、己の無事と居場所を教え合うだけだった。

ついに道節《どうせつ》が決断し、「各々勝手に山を越えよ！　煙に呑まれる前にひた走れ。逃げ遅れれば、草木とともに焼け死ぬぞ。逃げられる者から急いで退《ひ》け！」

茅原《かやはら》は炎に包まれた。遠くの草むらも燃えている。道節《どうせつ》は襟《えり》や袂《たもと》の火を手で払い、足でも消した。広がり続ける焦熱地獄に取り残された。自らに火遁《かとん》の術を禁じ、秘伝書も破り捨てたが、焼かれる最期は因果応報か……。

犬塚信乃《いぬづかしの》の上には、ことさら炎が降ってきた。信乃《しの》は心を鎮めようと息を吐き、村雨《むらさめ》の太刀《たち》を抜いた。力の及ぶかぎり振り切ると、切っ先から放たれた水気が、期待した以上に遠くまで飛散した。炎を斬り続けるうち、百歩二百歩向こうの道節《どうせつ》、現八《げんはち》、荘助《そうすけ》たちの近くで燃えていた炎を打ち消した。信乃《しの》自身、思わぬ効果に驚き、

「聞こえるか、みなの衆。我が手には宝刀がある！　大火に惑うてその奇特を忘れていた。これなら火を消しながら山を越えられる。我が後に続け！」

信乃《しの》は白刃《はくじん》を振りながら、先頭切って山へ入った。道節《どうせつ》たちがその後を追う。

炎が消えた山道を、三人の太田資友《すけとも》が軍兵百余人を率いて追討してきた。「逃がさんぞ、戻れ！」という叫びが、風のまにまに聞こえてくる。

「小賢《こざか》しや、太田の手勢め。影武者を何人立てようとも、不意打ちでなければ驚きもない。露呈した謀《はかりごと》に怖じると思うか。お前たちこそ、さっさと退《ひ》けえ！」

犬士たちは踵《きびす》を返し、追討勢へ躍りかかった。無勢であってもこちらは坂上、地の利があった。槍を折り、腕を落とした敵兵が逃げ惑うのを追い捨てて、信乃《しの》たちは山道を急いだ。敵勢はなお懲《こ》りずに追ってくる。

不案内な深山路《みやまじ》、薄暗い山中で多勢を迎え討たねばならない。追い返しては逃げ走るうち、道を選ぶ余裕がなくなった。どこへ走っているのか分からないまま、ひたすら前へ前へと駈ける犬士たちは、その熾烈《しれつ》な退却戦で互いの姿を見失った。

犬田小文吾《いぬたこぶんご》は、ひとり先にはぐれていた。曳手《ひくて》と単節《ひとよ》を救出すべく、仲間とは合流せず息を切らしてひた走った。

……馬は木陰につないでいる。炎が迫れば逃げようがない。まだ大丈夫だ、そちらへは火が回っていない。しかし敵の虜《とりこ》にされれば後悔どころでは済まんぞ。

心臓が飛び出しそうなほど焦り、燃えさかる草むらを踏み分けた。やっと馬が見えてきたとき、雑兵《ぞうひょう》たちの下卑《げび》た笑い声が聞こえた。

曳手《ひくて》、単節《ひとよ》は馬の鞍にきつくくくっていた。樹につないだ馬が、煙を嫌がっていないた。前足を高く躍り上げ、鞍上の姉妹が悲鳴を上げた。雑兵《ぞうひょう》はその声を聞きつけたのだ。

小文吾《こぶんご》は頭が真っ白になった。まっすぐ駈けつけ、ひとりを斬り捨てた。残るふたりが狼狽《ろうばい》しつつ刀を抜き、前後へ回って同時に襲った。小文吾《こぶんご》はひらりとかわすが、振り下ろされた敵の刃《やいば》が馬の口縄を切断した。馬はいななき躍り上がり、曳手《ひくて》、単節《ひとよ》を乗せて一目散に駈け出した。

小文吾《こぶんご》は唖然《あぜん》とし、馬が逃げる東へ目を向けた。その隙《すき》をついて雑兵《ぞうひょう》が斬りかかる。とっさに刃《やいば》で受けた。早く追わねばと、もはや我が身を顧みず、刃《やいば》の下へ突き進んで相手を刺し貫いた。なおも踏み込み、もうひとりの首を刎《は》ねた。それらの骸《むくろ》に見向きもせず、小文吾《こぶんご》は馬を追って駈けだした。

荒芽山《あらめやま》の麓《ふもと》に、野武士が集まっていた。鬨《とき》の声を聞きつけ、落人《おちうど》狩りにきたのだ。その溜《た》まり場に、女ふたりを乗せた馬が駈けてくる。彼らは喜び勇んで立ちふさがった。女と馬はよい売り物だ。鉤縄《かぎなわ》、竹槍、寄り棒を柵代わりに、止めようとした――が、猛《たけ》り狂った馬の勢いを見誤った。たちまち暴れ馬に噛み倒された。蹴られた上に踏みにじられた。わずか数秒でふたりが即死し、三、四人が半死半生となった。残ったのはふたり。小筒の鉄炮《てっぽう》を取り、火蓋《ひぶた》を切った。鉛玉《なまりだま》が肛門あたりから腹へ突き抜け、さしもの暴れ馬も倒れ伏した。

「馬は要《い》らん。女を獲れ！」野武士たちは鉄炮《てっぽう》を投げ捨て、槍を手に近寄った。

鬼火が浮いていた。ふたつも。それらが馬の首先に落ちるや、瀕死《ひんし》だった馬が突如起き上がり、身震いして駈け去った。初めの勢いのまま、いや、むしろ数倍の速さだった。野武士は追えども追いつけない。あれよあれよという間に行方《ゆくえ》が知れなくなった。

小文吾《こぶんご》は、そんな凄惨《せいさん》な現場にやってきた。野武士ふたりは憔悴《しょうすい》していたが、女も馬も盗みそこねた恨みから、せめて物盗《ものと》りせんと襲ってきた。小文吾《こぶんご》は相手の槍をつかみ取り、抜いた刀で柄を切り落とす。野武士は槍を捨て、ふたりがかりで組討ちにかかるが、相撲《すもう》で遅れを取る小文吾《こぶんご》ではない。腰をひねって振りほどくと、よろめくふたりのうなじをつかみ、頭と頭を二度も三度もぶつけ合わせ、足を払って振り落とした。ひとりは石に鼻面《はなづら》を、もうひとりは切り株に額を打ちつけた。起き上がろうとする彼らの首を、小文吾《こぶんご》は斬り落とした。

② 美女

日が暮れる。小文吾《こぶんご》は一睡もしないまま数百の敵と戦った上、幾里もの距離を走ってきた。心身はもう限界だった。いま自分がどこにいるのか尋ねるのも億劫《おっくう》で、切り株に腰を下ろすと、うなだれるように頭《こうべ》を垂れた。

「みなは荒芽山《あらめやま》を越えただろうか。信濃路まで逃げられただろうか。すっかり逆方面へきた。東へ八、九里、いや、十里（約四十キロメートル）は走っただろう。曳手《ひくて》、単節《ひとよ》を見失うては道節《どうせつ》らに顔向けができん」

夕月が上った空は雲ひとつなかった。迷いのせいで心には靄《もや》がかかる。

「野武士らは確かに馬を撃った。怪しげな光が近づき、瀕死《ひんし》の馬が蘇ったのだ。以前に十倍する駿足《しゅんそく》で、矢のごとく走り去った。どうも、あの一家には神仏の加護がありそうだ。曳手《ひくて》、単節《ひとよ》を助ける力が働いたのだとすれば、無事でいてくれるはずだが……」

休まねば、動きも頭も鈍いままだ。小文吾《こぶんご》はよろよろと立ち上がり、村へ歩きだした。

翌朝早くに宿を出た。行く先々で姉妹と馬について尋ねて回ったが、成果はなかった。

目撃者がいないことが疑わしい。最悪な事態を想像しては焦慮《しょうりょ》を押し殺し、余計なことを一切考えずに女たちを探し続けた。

四日が過ぎたとき、小文吾《こぶんご》は武蔵国《むさしのくに》にいた。浅草寺《あさくさでら》に近い高屋村、阿佐谷《あさや》村の間の田舎道だった。日短な秋の七つ下がり（午後四時すぎ）、笠を押し上げて眺めると、紅葉《こうよう》はまだだが、新堀《にっぽり》、湯島、神田の山端を染める夕焼けがきれいだった。宮戸《みやと》、墨田、千住《せんじゅ》の大川が近くを横切っている。漁師の声は聞こえない。田んぼへ引かれた水音が漂う。寂しく聞こえるのは、稲田に人気《ひとけ》がないからだ。渡り鳥が雲に隠れた。

「川ひとつ渡れば、下総《しもうさ》だ。知らず、故郷近くまで戻ってきた。先月二十四日に市川を出たときは一両日の旅と思うていた。親父たちは事情を知らずに帰りを待ちわびているだろう。一度行徳《ぎょうとく》へ報せに帰るか。だが、曳手《ひくて》、単節《ひとよ》をほったらかして帰郷するのは後ろめたい。もう二、三日探して見つからねば、中山道《なかせんどう》へ向かうて道節《どうせつ》、信乃《しの》らと合流して相談を……、いや、四人と再会できる見込みもない。死んだ馬が蘇るような不思議があったのに、なぜだれも見ない？　俺の上には神も仏もいないのか」

鳥越山のほうへ一本道が延びている。稲穂たなびく高屋畷《なわて》だった。

時の鐘が聞こえた。薄暗くなってくる。今夜の宿を探そうと嘆息《たんそく》したとき、稲田から、のっそりと大猪が道に上がった。小文吾《こぶんご》は目の前の光景を現実のように感じられず、手負いの獣か、と他人事のように思った刹那《せつな》、その猪が突進してきた。途中にあった石地蔵を突き倒し、木や草にぶつかっても勢い任せに噛み折った。獰猛《どうもう》だ。少しも足を緩めない。

避《よ》けようにも左右は泥田だった。足を取られては、それこそ逃げ場がなくなる。小文《こぶん》吾《ご》は大きく息を吐き、笠を投げ捨てた。牙を怒らし、よだれを垂らし、脇目も振らずに突っ込んでくる猪を、直前まで引きつけて身をひるがえし、脇腹を蹴り上げた。渾身《こんしん》の力を込めたのに巨獣はひるみもしない。いっそう怒り狂って襲いかかる。小文吾《こぶんご》はとっさに背にまたがったが、刀を抜く余裕はない。振り落とそうと暴れる猪の耳をつかみ、握りしめた右拳《みぎこぶし》で、眉間《みけん》辺りをやみくもに殴った。殴り殴って殴り続けた。一心不乱に十度ほど打ち付けたとき、大猪の骨が砕け、目ん玉が飛び出し、血反吐《ちへど》を吐いて動かなくなった。小文吾《こぶんご》は息を切らせたまま、転げ落ちるようにして地面に降りた。警戒しながら死骸を検分すると、皮膚が古木のように硬かった。体躯《たいく》は子牛並だった。

「なんだったんだ、これは。歳を経た猪は、松脂《まつやに》を塗りつけて矢や石を防ぐと聞いたことがあるが、見るのは初めてだ。今日ばかりは馬鹿力が役立ったか」

呼吸を整えて笠を拾い、月明かりを頼りに先を急いだ。

そこから一町ほど行った道の真ん中に、男が倒れていた。仁田山《にたやま》木綿の裾短《すそみじか》な単衣《ひとえ》、木の皮の脚絆《きゃはん》を紐高《ひもだか》に結び、腰には赤銅《しゃくどう》作りの二尺四寸の山刀、そして、刃渡りの長い手槍を握りしめていた。

四十歳余りの年恰好《としかっこう》だ。よもや猪退治にきて失敗したのか。目立った外傷はなさそうで、ひょっとすると生きているかもしれない。小文吾《こぶんご》は打ち身の薬を探って旅風呂敷を開いた。見当たらない。肌身につけた財布をひっくり返すと、蜑崎照文《あまさきてるふみ》から贈られた砂金包みが薬とともに落ちた。菅笠《すげがさ》を逆さにして金を置き、薬をつまみとって男の口に押し込んだ。

「あんた。おい、おい！」そう呼びかけると、「あ」と呻《うめ》いて相手は目を覚ました。と思うや、槍をつかんだまま起き上がり、慌てて逃げようとする。

小文吾《こぶんご》は抱き止め、「落ち着きなされ。某《それがし》は旅の者だ。あなた、大きな猪に襲われたのではないか。その猪なら討ちとってきたところだ」

男は理解するまで少しかかった。やがて目をみはり、槍を投げ捨ててひざまずいた。

「これは、命の恩人でしたか。おっしゃる通り、猪に槍をつけたが急所を外し、無残にも振りほどかれました。逃げようとした矢先、牙に掛かって宙へ投げられ、そこから先の記憶がない。また猪に襲われたと勘違いし、見苦しいところをお見せしました。面目ない。……本当に、あれを仕留めなさったのか。猪はどこでしょう」

「案内しましょう」

小文吾《こぶんご》は微笑を浮かべて請け合うと、財布を腹に巻きしめ、旅風呂敷を肩に担いだ。そうして一町ほど西へ戻ると、畷《なわて》の一本道に大猪は倒れたままだった。

男は飛び跳ねて喜んだ。小文吾《こぶんご》の前にぬかずき、「阿佐谷《あさや》、高屋の村人全員が救われました。この猪、夜も昼も芋を掘って畑を散々荒らしてきたのです。百姓らは猟師を雇うなどしましたが、矢も鉄炮《てっぽう》も通らない。ついには、かの獣を撃ち殺せば三貫文与えると村長《むらおさ》が布告なさった。わしは阿佐谷《あさや》の住人で鴎尻《かもめじり》の並四郎《なみしろう》という者だが、狩りなら腕に覚えがあったので、村を救うて褒美《ほうび》を得ようと、ここ数日、猪狩りの機をうかがうていたのです。そして今日、いよいよ決行に及んで返り討ちに遭うた次第。おかげさまで命拾いしました。褒美《ほうび》も手にできる。見てごらんなさい。この猪の肉や皮を売るだけで、一貫文にはなりましょう。四貫の儲《もう》け、まさしくあなた様からの賜物《たまもの》です。しかし、わしが突いた槍傷以外に傷が見えんが、どうやって殺しなすった？」

「あなたの槍で手負いでしたからな。疲れきった獣をこう殴り殺したのです」

小文吾《こぶんご》の仕草が可笑《おか》しかったのか、並四郎《なみしろう》は笑った。笑いすぎて涙がこぼれた。「犬骨折って鷹の餌食《えじき》というが、わしの苦労があなたの手柄になりましたか。なあ、ご恩人。今夜は我が家に泊まってくだされ。浅草のこちらは石浜《いしはま》の千葉殿ご領地で、間者《かんじゃ》が入らないようにと余所者《よそもの》を泊めるのにややこしい決め事がある。まして一人旅ともなれば、泊める宿は見つかりますまい。わしから村長《むらおさ》に事情を話し、我が家に泊まれるように掛け合います。あなた、郷国はどちらで、どこへ向かわれるのですか」

「下総《しもうさ》の犬田《いぬた》小文吾《こぶんご》といいます。上州から従弟《いとこ》の妻たちを伴うてきたが、乗せた馬が逃げてしまい、行方《ゆくえ》を捜しているところです。領主殿の取り決めは存じませんでした。それではお言葉に甘え、一夜《ひとよ》の宿りをお願いできましょうか」

「人をお捜しなら、何日でも逗留《とうりゅう》なさられよ。粗末だが、食事は差し上げられます。いやいや、お気遣いなさいますな。すぐ案内したいところだが、猪を放っておけば狼に食われる。村長《むらおさ》屋敷まで曳《ひ》いてゆき、あなたを泊める許可ももらってきましょう。先に家へ行ってくだされ。この畷《なわて》を抜けて鳥越山の麓《ふもと》を東北へ三、四町行けば阿佐谷《あさや》村です。その東外れの大榎《おおえのき》のそばにある離れ家が、恥ずかしながら我が家です。妻に事情を告げてください。念のため、これを見せなされ」と、並四郎《なみしろう》は腰の火打袋を取って渡した。

阿佐谷《あさや》村は近かった。村外れの家も難なく見つかり、小文吾《こぶんご》は折戸を叩いて呼びかけた。やがて、紙燭《しそく》を持った女が母屋《おもや》から出てくる。

「どなたですか?」そう尋ねるのが、並四郎《なみしろう》の妻船虫《ふなむし》だった。

小文吾《こぶんご》は言われた通りに事情を話し、預かっていた火打袋を手渡した。

船虫《ふなむし》は夫の火打袋を握りしめると、少し目を潤《うる》ませ、「危ないから猪はあきらめてくれと何度も止めたのに、聞く耳を持たなかったのです。夫の命を救うてくださり、ありがとうございます。あなたは、私にとっても産土神《うぶすながみ》です。どうぞ、お入りください」

ぬるま湯で足をすすげて快かった。座敷では上座《かみざ》を勧められ、「長旅をしておいででしょうか。盆の前後で、暑さも厳しいですものね。さぞ、お疲れでしょう。行水《ぎょうずい》の湯を沸かします。夕餉《ゆうげ》はそれからお持ちしましょう。足を伸ばして休んでください。蚊が多いので火を焚《た》きますが、煙いのは、少し辛抱してください」

小文吾《こぶんご》は湯浴《ゆあ》みさせてもらい、夕餉《ゆうげ》も頂戴《ちょうだい》した。食事をとる間、船虫《ふなむし》は脇に侍《はべ》って甲斐甲斐《かいがい》しくうちわで扇いでくれた。酒も勧められ、至れり尽くせりだ。三十六、七歳と見える船虫《ふなむし》は、振る舞いに少し男っぽいところがあるが、きれいな顔立ちだった。垂らした髪を無造作《むぞうさ》に結び、櫛《くし》を寝かして挿していた。ときどき簪《かんざし》を抜いて前髪を掻《か》く癖《くせ》があり、それが艶《なまめ》かしかった。古びた男帯を脇の下で結んでいた。前掛は華美だが、単衣《ひとえ》は夫のものなのか、袖《そで》も身幅も余って肌がちらちら垣間見える。小文吾《こぶんご》は目のやり場に困った。

さりげなく視線を逃がし、辺りを眺めた。座敷には家具がほとんどない。畳は上座《かみざ》に敷いた一枚のみ。その近くに袋戸棚があった。目立つのは、庭に面した側の壁だった。

崩れているのだ。三尺ほども開いた穴を、戸を立てかけて塞《ふさ》いでいた。

道具の少なさから見て、農民でも商人でもなさそうだ。だとすれば侠客《きょうかく》、博打打《ばくちう》ち――そんなどうでもいいことを考えるのは、主人不在の家に人妻とふたりきりなのが気まずかったからだ。船虫《ふなむし》は親切に酒を勧め、小文吾《こぶんご》は一度だけ盃《さかずき》を干したが、その先は遠慮した。うっかり酔っ払って間違いでもしでかせば、取り返しがつかない。

亥《い》の刻（午後十時）になっても、並四郎《なみしろう》は帰ってこなかった。船虫《ふなむし》が銚子と膳を片付け、蚊帳《かや》を携えてきた。

「寝床を敷きますから、ちょっと端へ寄ってくださいな」

小文吾《こぶんご》は慌てて手を振った。「蚊帳《かや》は置いていてくだされ。ご主人の帰りも待たず寝床に入っては後ろめとうござる。某《それがし》、起きて待っていますので」

「今ごろ並四郎《なみしろう》は褒美《ほうび》の金でお酒を呑んでいますよ。夜遊びして帰らないことはよくあります。気まぐれな夫を待たせては、こちらが後ろめたい。さあ、空けて空けて」

結局、押し切られて小文吾《こぶんご》は脇に寄った。船虫《ふなむし》は三幅《みの》布団を敷き、小夜着《こよぎ》を広げて木枕を置いた。手早く蚊帳《かや》を釣り、雨戸も閉めた。それから枕元に行灯《あんどん》を置くと、「ゆっくり休んでください」と挨拶し、退出した。

閉じられた障子を、小文吾《こぶんご》はしばらく眺めていた。自分がなにを考えているのか、よ

く分からない。

そそくさと蚊帳《かや》に入り、旅包みと刀を枕元に置いた。横になったが、蚤《のみ》に噛まれ、蚊に刺されて眠れなかった。船虫《ふなむし》は眠ったのか、隣室から物音は聞こえなかった。庭から届く虫の鳴き声がいやに耳に残る。小文吾《こぶんご》は仰向けになり、親や友、曳手《ひくて》と単節《ひとよ》のことを考えた。隙間風《すきまかぜ》のせいで肌寒くなり、小夜着《こよぎ》を身にかけた。そのうち、まどろみだしたようだ。

目を覚ますと、真っ暗だった。行灯《あんどん》の火が消えたのだ。なおも風が吹き寄せる。壁に立てかけた戸がなくなっていた。倒れたのかと目を凝らしたとき、崩れた壁近くに人の気配があった。……盗賊か？　小文吾《こぶんご》は寝たふりを続け、小夜着《こよぎ》の襟《えり》からそちらをうかがった。目が慣れてくると、人影がつかめた。主人不在を知って強盗に入ったか。小文吾《ぶん》は枕元の脇差をつかみ、さらに旅包みを小夜着《こよぎ》の下に入れて人が寝ているように擬装した。音を立てずに蚊帳《かや》から這《は》い出る。這《は》い進んで戸棚の陰に隠れ、賊の気配をうかがった。賊は入ろうとしては退《しりぞ》き、退《しりぞ》いたと思えば首を突っ込んで用心深く家内を探っている。やがて熟睡していると確信したか、大胆にも寝床まで歩み寄ると、迷わず蚊帳《かや》の釣緒《つりお》を斬り、抜き身の刃《やいば》で布団をぐさりと突き刺した。その刃《やいば》に月光が当たる。小文《こぶん》吾《ご》は反射を目当てにして踊りかかり、脇差で抜き打ちにした。賊の首はころりと落ちた。

小文吾《こぶんご》は興奮したまま声を張り上げた。「内儀《ないぎ》、起きてくれ。盗人《ぬすっと》を討ち取ったぞ。灯りをくれ」

応答がない。小文吾《こぶんご》は声の調子を抑え、「内儀《ないぎ》、恐れなさることはない。賊はすでに討ち取りました。灯りをくださらんか」

ようやく戸が開き、船虫《ふなむし》が行灯《あんどん》を提げて入ってきた。彼女の無事を確認してホッとし、明るみに出た惨状へ目を凝らした。灯りが生首を照らした瞬間、小文吾《こぶんご》は息を詰めた。並四郎《なみしろう》の首だったのだ。

船虫《ふなむし》は行灯《あんどん》を床に置き、そのまま尻餅《しりもち》をついた。それから、引きつけを起こしたように泣きだした。小文吾《こぶんご》はなにも言えない。船虫《ふなむし》が、しゃくり上げながらも呼吸を整えようと何度も大きく息を吐いた。やがて、気丈にも顔を上げて小文吾《こぶんご》を見ると、

「犬田殿。これは確かに夫ですが、私はあなたを恨んではいません。夫は浅ましくも、命の恩人たるあなたの寝首を掻《か》こうとしたのですから。あなたに討たれたのは、せめてもの罪滅ぼしです」ぽつりぽつりと語りだした。「昔のことになりますが、私の家は村《むら》長《おさ》を務める名家でした。三代前に傾いて、田畑を売り払うて水呑み百姓になったそうです。男子がなかったので並四郎《なみしろう》を婿《むこ》にとりましたが、両親が他界してからは手がつけら

れなくなりました。酒と賭け事に入れあげ、わずかに残っていた田畑さえ失いました。悪事に手を染める夫を、泣いて諫《いさ》める日々でした。夫もそのときは非を認めるのですが、すぐに同じことを繰り返すのです。それでも、いつか真面目になってくれると信じてきたのに、今夜、真夜中に裏口から帰ってくると、あろうことか、あなたが大金をお持ちだと言いだした。本当に恐ろしうなりました。やめるようにきつく諫《いさ》めていっしょの寝床に入ったのですが、密かに抜け出して決行したのです。止められなかった私にも罪があります。申し訳ございません」

船虫《ふなむし》は泣いて謝り続けた。嗚咽《おえつ》に沈んだ彼女を、小文吾《こぶんご》は見ていられなかった。

「……どうか、泣きやんでください。これは、あなたの罪じゃない。殺したのは俺ですから、村長《むらおさ》にそう知らせてください。この土地の法に従います」

すると船虫《ふなむし》は小文吾《こぶんご》の裾《すそ》に取りすがり、「先ほども言いましたが、私の先祖は名のある武士でした。村長《むらおさ》でした。その家名を、ずっと並四郎《なみしろう》に穢《けが》されてきたのです。死んでまで貶《おとし》められては悔しうてなりません。今夜のことは、あなたが黙っていてくだされば知られずに済みます。夜明け前に菩提所《ぼだいじょ》へ行き、夫の急死を告げて棺桶《かんおけ》を出してもらいます。あなたは並四郎《なみしろう》など知らなかった。この家にも来なかった。それで、ようございませんか。私は尼となって親と夫の菩提《ぼだい》を弔《とむら》います。だから、お許しください。お願いします」

小文吾《こぶんご》は、船虫《ふなむし》の泣き顔を見つめ続けた。視線を逸《そ》らす口実のように、裾《すそ》をつかむ船《ふな》虫《むし》の手を、そっと両手で包み込んだ。

「身内の悪事を知られたくない気持ちは分かります。某《それがし》も旅の途中で、訴えに関わって日を費やさずに済むなら、むしろありがたい。あなたが菩提所《ぼだいじょ》を説得できるなら、思うようになさられて構いません。もし説得できなかったときには――」

「ありがとうございます。ご恩は一生忘れません。ほんの気持ちですが、受け取っていただきたいものがあります。並四郎《なみしろう》が売り払わないように隠してきた相伝の品です」

船虫《ふなむし》が隣室から携えてきたのは、古金襴《こきんらん》の袋だった。その袋を解くと、長さ一尺《しゃく》八分《ぶ》の尺八《しゃくはち》が出てきた。樺桜《かばざくら》の皮を巻いたその上に黒漆《くろうるし》が塗られ、そして――

吹きおろすかたは高ねのあらしのみ
音づれやすき秋の山里

と歌が一首、高蒔絵《たかまきえ》にして描いてある。小文吾《こぶんご》は魅入《みい》られたように目を凝らした。

「尺八《しゃくはち》は幼い頃から親しんできたが、一尺《しゃく》八寸《すん》の虚無僧尺八《こむそうしゃくはち》以外は知らぬ。これは違う。一尺八分《しゃくぶ》の長さは、古代の一節切《ひとよぎり》だ。四、五百年も前に造られた名笛でしょう。こんな宝はいただけない。荷を増やしては旅の難儀でもある。あなたがお持ちになっていてください」

船虫《ふなむし》は頭《かぶり》を振り、「邪魔になる大きさではありません。恩人からいただいた情に比べれば、なんと軽い品でしょう。この家に秘蔵していても譲り渡す子もいない。我が心残りと思《おぼ》し召されて、どうぞ受け取ってください。あなたにもらって欲しいのです」

小文吾《こぶんご》は船虫《ふなむし》の満ち足りた顔を見、手元の尺八《しゃくはち》を見た。断れそうになかった。

「……では、あなたと再会する日までお預かりする、ということでどうでしょうか」

船虫《ふなむし》は胸に手を置くと、暖かそうな息を吐いた。「これで心も晴れました。私は寺へ参りますが、亡骸《なきがら》はどうしましょう。棺《ひつぎ》を買うまで片隅に寄せておきましょうか」

船虫《ふなむし》を制して、小文吾《こぶんご》が死体を担いだ。壁際へ寄せて布団をかぶせた。それから、旅包みを解いて貴重な笛をしまう。ちらりと船虫《ふなむし》をうかがうと、立ち上がって裾《すそ》を引き上げ、緩んだ帯を結び直した。小文吾《こぶんご》の視線には気づかないようで、小窓を開けて空を眺めた。

「星の光がまだ高うて、夜が明けるには暇がありそうですね。菩提所《ぼだいじょ》までは十町もありません。夜明け烏《からす》の鳴くころには帰れます。明け方は蚊が多うてつかみ捨てるほどになります。蚊遣《かや》り火鉢で枝を燻《くすぶ》してください。蚊帳《かや》は使えませんから」

船虫《ふなむし》は小文吾《こぶんご》を振り返った。

「――それでは、行って参ります」


並四郎《なみしろう》に悪念が芽生えたのは、砂金の包みを見たときだろう。小文吾《こぶんご》は彼の亡骸《なきがら》を見張りながら、己の不注意を悔いた。泊まるように申し出たときから、殺すつもりでいたのだろうか。

やるせない思いがして座敷をうろついた。崩れた壁の前で立ち止まり、穴の縁を撫《な》でた。これまでも並四郎《なみしろう》は旅人を殺して路銀を奪ってきたのだろう。この壁を修復せずにいたのは、強盗殺人に利用してきたからだった。

そう思うと、死人への同情が薄れた。いつしか船虫《ふなむし》のことを考えている。尺八《しゃくはち》を受け取ったとき、彼女は嬉しそうだった。まるで自分の一部を預けたというかのようだった。

「……再会の時まで、か」我知らずつぶやいた小文吾《こぶんご》は、緩んでいる頬を平手で叩いた。

「かわいそうな人なのだ。境遇のせいで並四郎《なみしろう》のような男に身を寄せねばならなかった。分かっている。尺八《しゃくはち》は口止め料だ。夫を殺した俺に恨みをぶつけず、かえって助けようとしてくれた。あの人の心を乱したくはないと受け取ったが……」

小文吾《こぶんご》は旅包みをほどき、尺八《しゃくはち》を取り出した。やはり高価すぎる。しかし、無下に突き返せば船虫《ふなむし》を落胆させるだろう。戸棚の奥に押し込んでおけばどうか。ほとぼりが冷めた頃、家宝が残っていることに彼女が気づけばよいのだ。

小文吾《こぶんご》は火鉢から燃えさしを取り、灰を払った。一尺ほどのその枝を笛の代わりに荷に包み、尺八《しゃくはち》を戸棚の奥に置いた。これで、船虫《ふなむし》と再会するよすがもなくなった。

夜が白み始め、小文吾《こぶんご》は雨戸を半分ほど開けた。帯を締め直し、笠、脚絆《きゃはん》を手元に用意した。俺にはなすべきことがある。出発しなければならない。

しばらくして船虫《ふなむし》が帰ってきた。少し声が華やかだが、空元気だろうか。

「お待たせしました。菩提所《ぼだいじょ》のほうは首尾よく済みました。今日のうちに出棺《しゅっかん》できるそうです。近所の人に見られないようにと、住職からは念を押されましたが」

「……慌ただしうて申し訳ないが、このままお別れいたしましょう。あなたの薄命を、某《それがし》、本当にいたましく思うています。これは香典としてお受け取りください」

小文吾《こぶんご》は懐紙《かいし》に包んだ粒銀《つぶぎん》を亡骸《なきがら》の前に置いた。彼女に背を向けて念仏を唱えると、片膝《かたひざ》立てて脚絆《きゃはん》を巻いた。立ち上がり、旅包みを肩に掛ける。船虫《ふなむし》が後を追い、「あの、せめて朝餉《あさげ》くらい……」と言いかけたが、朝飯の支度はできていない。長くは引き留められないとすぐに察したようで、「お名残り惜しう……」と、つぶやいた。

小文吾《こぶんご》は振り返らなかった。船虫《ふなむし》ももう声をかけなかった。軒先から見送る以外、彼女にできることはなにもなかった。

3 畑上《はたがみ》語《ご》路《ろ》五《ご》郎《ろう》

……川を越えて牛島へ渡ろう。

まるで未練を断つように、小文吾《こぶんご》は河原を目指した。三町ほど行ったところで、新しい草鞋《わらじ》の緒が切れた。吐息を洩《も》らし、結び直すべく腰をかがめた。

そのとき、背後から襲われた。

小文吾《こぶんご》は倒されながらも、襲撃者たちを投げ飛ばした。相手の腰をくじき、頭に怪我《けが》を負わせた。歯を折り、鼻血を出させた。しかし、罵声《ばせい》がやまない。思いがけず大人数だった。次から次へと襲いかかってきた。折り重なるようにしてのしかかられ、ついに捕縄《とりなわ》を掛けられた。

「この狼藉《ろうぜき》はなんだ！　両刀差した相手にいきなり縄を掛けるのか。わけを話せ！」

すると、朱鞘《しゅざや》の両刀を差した野装束の男が進み出た。頭領らしい武士は小文吾《こぶんご》をにらみつけ、「昨夜、阿佐谷《あさや》村の並四郎《なみしろう》宅に泊まったであろう。その折、笛を見せて自慢したな。それが十六、七年前に失われ、千葉家が捜索している名笛、嵐山《あらしやま》ではないかと並《なみ》四郎《しろう》が気づき、本物ならば役所に届け出れば褒美《ほうび》をもらえると提案したところ、お前は突如、喧嘩腰《けんかごし》になり並四郎《なみしろう》の首を斬り落とした。逃げようとしたお前を、並四郎《なみしろう》の妻がなだめすかして引き止めただろう。利発な女だ、それから村長《むらおさ》屋敷へ駈け込んだのだ。ちょうど我らも逗留《とうりゅう》していた。じかに訴えを聞いた。お前に警戒されぬよう女を帰宅させ、我々はここで待ち伏せた。狼藉《ろうぜき》が聞いて呆《あき》れる。どの口が言うか。わしは千葉家の目代《もくだい》、畑上語路五郎《はたがみごろごろう》高成だ。大男も縄に掛かれば芋虫《いもむし》同然。首に別れを告げたいか。名と素性、笛を盗んだありさまを白状しろ」

小文吾《こぶんご》は呆気《あっけ》にとられ、「誤解もはなはだしかろう。俺は下総行徳《しもうさぎょうとく》の犬田小文吾悌順《いぬたこぶんごやすより》と申す者。上毛《じょうもう》からの帰り、はぐれた道連れを探してこの地を訪れたにすぎん」

高屋畷《なわて》の猪退治のことを、並四郎《なみしろう》に宿泊を勧められたことを、寝首を掻《か》きにきた彼を返り討ちにしたことを語った。船虫《ふなむし》と交わした約束、贈られた笛のことまで語り終えたときだった。道端のハンノキの陰から船虫《ふなむし》が現れた。追いかけてきたのかと、小文吾《こぶんご》は目をみはった。

船虫《ふなむし》がよろけ、小文吾《こぶんご》は思わず声を洩《も》らしかけた。語路五郎《ごろごろう》の前でひざまずくと、船《ふな》虫《むし》は涙ぐんだ。強い眼差《まなざ》しでにらまれ、そこで初めて小文吾《こぶんご》はゾッとした。

「盗人《ぬすっと》の虚言に惑わされますな！　彼奴《あやつ》の言い様は、恐ろしい嘘ばかりでございます。

夫の仇《かたき》でございます。旅包みを開いて笛をご覧になれば分かりましょう」

わけが分からず、小文吾《こぶんご》は船虫《ふなむし》の激しい剣幕に呆然《ぼうぜん》とする。

語路五郎《ごろごろう》が奪い取った風呂敷包みをほどいた。しかし出てきたのは一尺ほどの薪《たきぎ》の燃えさしと、畳んだ雨衣《あまぎぬ》だけだった。

語路五郎《ごろごろう》が問いたげに振り向くと、船虫《ふなむし》のほうが驚いていた。

「……満足か」声が嗄《しゃが》れていた。小文吾《こぶんご》は咳払いし、「言葉巧みに家宝を贈ろうとしたとき、その真意を図れなかった。拒みかねて一旦は受け取ったが、考え直して家内の棚に残してきた。包みの膨らみで露呈《ろてい》しないよう、代わりに包んだのがその薪《まき》だ。……ようやっと分かった。あの尺八《しゃくはち》は並四郎《なみしろう》が盗んだものなのだな。俺を盗賊に仕立てて夫の恨みを晴らそうとしたなら、逆恨みもはなはだしかろう。なんとも恐ろしい、悪女の悪巧みだ。目代《もくだい》殿、その風呂敷に刀傷がございましょう。包んでいた雨衣《あまぎぬ》も破れていましょう。並四郎《なみしろう》の凶刃《きょうじん》に貫かれた痕《あと》です。お疑いなら、どなたかを並四郎《なみしろう》の家へ走らせてくだされ。戸棚の奥から、錦の袋に入った笛が見つかりましょう」

小文吾《こぶんご》が冷静に説明すると、語路五郎《ごろごろう》は同行の村長《むらおさ》を呼び、手勢三人の案内をさせた。手勢への命令は、むろん並四郎《なみしろう》宅の家探しだった。

しばらくして三人が戻って報告した。「笛は、袋戸棚にございました。同じ部屋に並《なみ》四郎《しろう》の死体があり、壁の穴、布団や畳の傷など、すべてこの男の申す通りです。これを」

語路五郎《ごろごろう》は差し出された袋を解き、尺八《しゃくはち》を詳しく検《あらた》めた。

「この樺《かば》巻《ま》き、この蒔絵《まきえ》は、長年紛失していたお家の重宝、嵐山《あらしやま》の一節切《ひとよぎり》に間違いない。盗んだのは並四郎《なみしろう》か。船虫《ふなむし》の不埒《ふらち》な企てのせいで、かくも大きな悪事が露見したぞ」

船虫《ふなむし》はなお、小文吾《こぶんご》だけをにらんでいた。突如、帯から魚切包丁を引き抜き、「夫の仇《かたき》！」と叫んで躍り出た。まだ縛られている小文吾《こぶんご》のほうへ駈けだした。

手勢が割って入って「静まれ！」と制すが、聞く気はない。見境なく刃《やいば》を振り回す凶暴ぶりに、兵たちも無手では抑えきれなかった。間隙《かんげき》をぬい、小文吾《こぶんご》へ突きかかる。

両手を縛られていようと、小文吾《こぶんご》は身のこなしだけで切っ先を避《よ》け続けた。それから、息の上がった船虫《ふなむし》に足払いを食わせた。横ざまに倒れたとき、彼女はすっかり血の気が失せ、白目を剝《む》きかけていた。兵たちが急いで取り押さえて縄を掛《か》けた。

小文吾《こぶんご》の捕縄《とりなわ》は畑上語路五郎《はたがみごろごろう》が手ずからほどき、恥じ入ったように謝罪した。「一方の証言のみを鵜呑《うの》みにしたのは迂闊《うかつ》であった。取り返しのつかぬことをした。申し訳ない。それにしても、両手を縛られながら猛悪な女を撃退しなすった武芸、その膂力《りょりょく》、得難い勇士のようですな。並四郎《なみしろう》らの悪事があばかれ、失われていた家宝を取り戻せたのは、あなたの手柄だ。主君に取り次ぎたい。仕官を求めておいでなら千葉殿にお仕えなさいませんか」

「疑いが解けてようござった。しかし、某《それがし》は仕官を願うてはおりません。いまは見失うた道連れを探したい一心です。用が済んだのなら、行ってもよろしいでしょうか」

「いや、待て。仕官の件はともかく、家宝を取り戻されたのに礼もなく行かせては、某《それがし》が咎《とが》めを受ける。いま少しだけ」語路五郎《ごろごろう》はそう引き止め、改めて船虫《ふなむし》を見た。

「盗人《ぬすっと》女め、我が手勢は不覚を取ったが、わしが迎え撃てば搦《から》め捕《と》るのは容易《たやす》かったぞ。大切な笛を傷つけまいとしたせいで、犬田殿のお手をわずらわせた。ともあれ、お前の命運はここまでだ。身から出た錆槍《さびやり》にぬわれるのも天罰と観念し、嵐山《あらしやま》を盗んだ顛末《てんまつ》、並四郎《なみしろう》の仲間の名を白状しろ」

船虫《ふなむし》は嘲笑《あざわら》い、「脅《おど》せば従うとお思いか。名を言えば、困る人もある。言わぬが情だ。どうしても知りたいなら、ご家老を連れてこい。お前では話にならん。無精《ぶしょう》するな」

「なんたる暴言だ！　無礼にもほどがあるぞ」語路五郎《ごろごろう》は顔を真っ赤にして声を震わせた。「この女、打ち懲《こ》らさねば口を開かんと言うのだな。よかろう、拷問にかけよ！」

「あの、畑上《はたがみ》様。ちょっと……」高屋の村長《むらおさ》が駈け寄って耳打ちした。「今朝方、ご領主様が小鳥狩りにお発《た》ちになられたそうで、まもなく、通りなさろうかと存じますが」

語路五郎《ごろごろう》は乱れた鬢《びん》を押さえて「左様であったな」とつぶやき、やや間を置いた。手勢に向かい、「船虫《ふなむし》は、阿佐谷《あさや》の村長《むらおさ》屋敷へ連行せよ。犬田殿も同じ屋敷へご案内して酒食をお勧めしろ」

村長《むらおさ》たちにも言いつけ、手勢もろとも追い払った。語路五郎《ごろごろう》は道に残り、わずかな従者とともに主君の訪れを待った。懐《ふところ》には、嵐山《あらしやま》の尺八《しゃくはち》を忍ばせていた。

千葉介自胤《ちばのすけよりたね》は、武蔵《むさし》七郷、葛西《かさい》三十ヶ荘を治める領主だ。鳥網《とあみ》、吹き矢、鳥黐《とりもち》の竿《さお》などを近臣に持たせ、従者四、五十人も率いて阿佐谷《あさや》村近くを通りかかった。その道端に目代《もくだい》が平伏しているのをいぶかり、なにかあったのかと尋ねさせた。語路五郎《ごろごろう》は御前《ごぜん》まで膝を進め、並四郎《なみしろう》、船虫《ふなむし》の悪事から、旅人犬田小文吾《いぬたこぶんご》の働きで図らずも手に入った笛のことまでを語ると、さっそく嵐山《あらしやま》を献上した。

自胤《よりたね》は笛を手にして驚き、そして満面を喜色に染めた。

「この笛と小篠《おざさ》・落葉《おちば》の両刀を失うたのは、二十歳の頃であった。以来、領内百姓にまで探させてきた宝を、ようやく目《ま》の当たりにしたぞ。その船虫《ふなむし》なる毒婦を尋問すれば、両刀の行方《ゆくえ》さえ知れるかもしれんな。されど、小篠《おざさ》・落葉《おちば》は先祖伝来の家宝ではない、この笛こそが千葉家の宝だ。盗賊めを何年も領内に置きながら、今日まで気づかずにいた怠慢の罪はあるが、今回の手柄で帳消しにしよう。それにしても、犬田《いぬた》小文吾《こぶんご》とやら、よほど知勇の武士らしい。浪人ならばちょうどよい。当家に迎えよ。この由は、馬加大《まくわりだい》記《き》に任せよう。わしが帰城するまでに犬田《いぬた》とやらを連れてこい」

千葉自胤《よりたね》の行列は三ノ輪のほうへ過ぎていった。語路五郎《ごろごろう》は背にびっしょりと汗をかいたまま、ひざまずいて見送った。身を起こして袴《はかま》の土埃《つちぼこり》を払うと、阿佐谷《あさや》村へ急いだ。

阿佐谷《あさや》村に着いてすぐ、語路五郎《ごろごろう》は石浜《いしはま》城へ使いを送り、家老の馬加大記《まくわりだいき》に主命《しゅめい》を伝えさせた。それから、村長《むらおさ》屋敷でささやかな宴《うたげ》を催した。小文吾《こぶんご》に盃《さかずき》を勧めるうち、秋の日は早くも傾きだした。さっさと未《ひつじ》（午後二時）が過ぎてゆく。

石浜《いしはま》へ送った使者が帰り、馬加大記《まくわりだいき》の返答を伝えた。曰《いわ》く、旅人犬田小文吾《いぬたこぶんご》は、語路《ごろ》五郎《ごろう》が石浜《いしはま》城まで連れ帰ること。賊婦船虫《ふなむし》は村長《むらおさ》屋敷に預け置き、明日、石浜《いしはま》の牢獄へ入れること。なんとなれば、使者が阿佐谷《あさや》へ戻る頃は黄昏《たそがれ》だろうから、日暮れ後に曲者《くせもの》を連行するのは心許《こころもと》ない。

語路五郎《ごろごろう》は命令に従った。村の百姓をかき集め、村長《むらおさ》には夜を徹した罪人監視を命じた。明日下知《げち》が届き次第、船虫《ふなむし》を石浜《いしはま》まで連行するように言いつけた。

それから小文吾《こぶんご》に石浜《いしはま》への随行を請《こ》うた。十分なもてなしを受けた以上、小文吾《こぶんご》も断れず、語路五郎《ごろごろう》主従とともに出発した。

阿佐谷《あさや》村では、村長《むらおさ》と百姓たちが罪人の監視を続けた。縛り上げた女を見守るだけの容易な仕事だ。初更《しょこう》（午後八時）すぎ、畑上語路五郎《はたがみごろごろう》から書状が届いた。村長《むらおさ》が受けとったその手紙には、「今夜のうちに罪人船虫《ふなむし》を石浜《いしはま》城へ連行せよ」と書かれていた。

村長《むらおさ》は怪訝《けげん》な思いがしたが、承諾して使者を返した。百姓たちに新たな命令が下ったことを告げ、船虫《ふなむし》を引っ立てさせた。松明《たいまつ》を携えた八人と、縄を取った三人、村長《むらおさ》は後方に控えた。隊伍を整えた百姓一行は夜道を急いだ。

二更《こう》（午後十時）の鐘が鳴ったとき、石浜《いしはま》城までは残り六町の距離だった。走れ走れと村長《むらおさ》が急かしていると、森から鉄炮《てっぽう》音がした。百姓たちは慌てふためいた。逃げだす者がいた。腰を抜かす者もいた。村長《むらおさ》も生きた心地がしなかったが、とにかく罪人を逃がすまいと、百姓が投げ出した捕縄《とりなわ》をつかみ、その場から離れようとした。

そこへ覆面をした四、五人が、刀を振り上げて襲ってきた。村長《むらおさ》はおびえきって船虫《ふなむし》を放り出し、息も絶え絶えに逃げだした。

だが、すぐに命令違反が恐ろしくなった。なにしろ、領主家の命令なのだ。逃げた百姓たちを呼び戻し、近くの村から二、三十人の村人を借り集めると、襲撃された現場へ引き返した。

そこにはもう人影はなかった。虫の声だけが虚《むな》しく漂う。村長《むらおさ》は草むらに捨てられた捕縄《とりなわ》を見て、一挙に血の気が引いた。

「賊どもは船虫《ふなむし》を奪いにきたのだ。仲間に違いないが、ひとりも捕らえられなかった以上、証明する手立てがない。我らが逃がしたと思われる。どうすればよい？」

村長《むらおさ》は百姓たちと相談を始めた。夜が更《ふ》けていった。


畑上語路五郎《はたがみごろごろう》が石浜《いしはま》に着いたのは、夕方だった。真っ先に馬加《まくわり》屋敷へ赴き、帰城の報告を行った。馬加大記常武《まくわりだいきつねたけ》は、犬田小文吾《いぬたこぶんご》を先に客間へ通した。語路五郎《ごろごろう》は玄関脇の小座敷で待機し、お召しを待つうちに日が暮れた。

やがて常武《つねたけ》に呼び出されて居室へ赴き、語路五郎《ごろごろう》はやや遠くで居住まいを正した。そこから並四郎《なみしろう》、船虫《ふなむし》の悪事、ならびに小文吾《こぶんご》の手柄を告げた。常武《つねたけ》は鼻で笑った。

「並四郎《なみしろう》が犬田殺害を謀《はか》ったのは本当だろうが、件《くだん》の笛が失せたのは昨日今日の話ではない。二十年近くも昔のことだ。並四郎《なみしろう》が盗んだと断言する根拠はあるのか。盗品と知らずに買うことはよくあろう。なんの確証もない事柄を、お前はわしを通さず直接主君に申し上げたのだ。あまつさえ件《くだん》の笛を無断で、それも道端で献上するとは愚《ぐ》の極み。己の立場をわきまえず、家老をあなどったな。そんなことで法が立ちゆくか。どう思う？」

　思わぬ叱責に語路五郎《ごろごろう》は恐縮し、額を床に付けたまま返答もできなかった。

「お前が小利口にふるまうのは、今日だけではないぞ。散々我慢してきたが、今度ばかりは見過ごせん。後日、改めて詮議《せんぎ》しよう。それで、船虫《ふなむし》はどうした？」

「犬田《いぬた》のみをお連れし、船虫《ふなむし》は村長《むらおさ》に預けよとのことでしたので、ご命令に従いまして阿佐谷《あさや》の村長《むらおさ》屋敷にて監視させています」

「わしが言うたのは、船虫《ふなむし》を連れてこい、犬田《いぬた》は長旅の疲れもあろうから今宵は村長《むらおさ》屋敷に泊めよ、だ。なにを聞いていた。かの船虫《ふなむし》は猛悪というではないか。農夫らが取り逃せばどうなる。小篠《おざさ》・落葉《おちば》の両刀を探し出す手立てもついえるのだぞ。たとえ使者が伝言を違《たが》えたとしても、三歳の子供でも分かろう道理を目代《もくだい》が気づかぬのか。罪人をほったらかしにして間違いが起きれば、だれが責任を取る。さっさと戻って船虫《ふなむし》を連れてこい。今夜のうちに牢につなげ。できねば、罪を逃れられんぞ」

　語路五郎《ごろごろう》はいよいよ萎縮し、何度も詫びを述べた。帰宅を許されても休む暇はなく、慌てて手勢を呼び集めて石浜《いしはま》城を出発した。総泉寺の鐘が二更（午後十時）を告げた。

　松明《たいまつ》を掲げ、語路五郎《ごろごろう》は夜道を急いだ。城から六町ほど行ったところで、人の気配がした。真夜中だというのに大勢がたむろし、がやがやと語り合っているようだった。

「そこにいるのは何者か」語路五郎《ごろごろう》が険しい声で誰何《すいか》すると、

「これは目代様《もくだいさま》」ハッとしたように平伏したのは、阿佐谷《あさや》の村長《むらおさ》だった。後ろにいるのは百姓たちで、「わしらをお救いくだされ」と村長《むらおさ》が涙ながらに訴えると、お慈悲を、お救いを、と彼らも口々に言った。

「お前たちには、船虫《ふなむし》の監視を言いつけてあっただろう。なぜこんなところにいるのだ。わしは、狐に化かされているのか。その手には乗らんぞ。正体を顕《あらわ》せ！」

語路五郎《ごろごろう》が刀の柄《つか》を握りしめると、村長《むらおさ》たちは慌てて両手を挙げた。

「狐ではございません。悪者の仕業でございます。先刻、船虫《ふなむし》をお城へ連行せよとのご命令を受け、夜道の用心にと百姓を連れてここまできましたが、あそこの森の木陰からいきなり数多《あまた》の曲者《くせもの》が現れまして、それぞれ鉄炮《てっぽう》を持ち、白刃《はくじん》を振り上げ、わしらを討とうとしました。これ以上は申さずとも、ええ、ご想像の通りでございます。後で戻ってみますと、人っ子ひとりおらず、捕縄《とりなわ》だけが残っていました。船虫《ふなむし》を奪い去られ、曲《くせ》者《もの》のひとりとて捕らえられず、これでは申し訳が立たない。どうするか話し合うていましたら、目代様《もくだいさま》が通りかかられ、度を失うてしまいました。ご無礼つかまつりました」

語路五郎《ごろごろう》は呆気《あっけ》にとられ、思わず手勢を振り向いた。我に返ると、村長《むらおさ》をにらみつけ、

「馬鹿を申すな。船虫《ふなむし》を連行せよなど命じてはおらん。書状があるなら見せてみろ」

村長《むらおさ》は懐《ふところ》だけでなく、袂《たもと》、褌《ふんどし》のなかまで探った。だが、振ってみても鼻紙一枚出ない。逃げたとき落としたのだと青ざめた顔で言い、月明かりを頼りに草むらを探し始めた。

「おい、どこへ行く。逃がしはせんぞ！」語路五郎《ごろごろう》は語気を強め、「さてはお前たち、船虫《ふなむし》に籠絡《ろうらく》されたのか。罪人を逃がした上、嘘偽《うそいつわ》りを述べて騙そうとするか。わしが夜更《よふ》けに城を出たのは、ご家老の指図ゆえだ。今夜中に船虫《ふなむし》を牢屋に入れねばならん。お前たちの巻き添えになってたまるものか。ひとり残らずひっ捕らえよ！」

村長《むらおさ》はじめ百姓十余人が数珠《じゅず》つなぎに縄に掛かった。みな顔を青くし、歯の根が合わないのに念仏を唱えている。命はないと悟ったようだが、その実、語路五郎《ごろごろう》こそおびえていた。罪人を失ってはただでは済まない。とにかく村長《むらおさ》たちを城へ連行し、全員を牢屋に押し込んだ。

夜明けは近いが、家老を訪ねるには早すぎた。語路五郎《ごろごろう》は一旦帰宅して寝床についた。起きたのは、巳《み》の刻（午前十時）頃だった。慌てて身支度を整えて馬加《まくわり》屋敷を再訪したが、常武《つねたけ》はすでに家を出ていた。胸騒ぎを抑えきれないまま、語路五郎《ごろごろう》は役所へ向かった。

「畑上《はたがみ》、待ちわびたぞ」常武《つねたけ》は軽い調子で言った。「船虫《ふなむし》はどうしている？」

語路五郎《ごろごろう》は船虫《ふなむし》を奪い去られた顚末《てんまつ》をおそるおそる告げた。「村長《むらおさ》も百姓たちも牢につないでいます。連中を問い詰めれば、船虫《ふなむし》の行方《ゆくえ》を知るのも容易かと存じます」

常武《つねたけ》の目は据《す》わっていた。「わしの言うた通りになったようだな。村長《むらおさ》どもの罪は軽くないが、そもそも罪人を村に留めさせたお前に罪がある。――此奴《こやつ》をからめとれ！」

若侍《わかざむらい》三人が進み出、語路五郎《ごろごろう》を縁台から突き落とした。その身を庭先で押さえつけると、素早く捕縄《とりなわ》を掛け回して牢屋へ連行した。

さて、阿佐谷《あさや》村の村長《むらおさ》、百姓の妻子は、毎日、石浜《いしはま》城を訪れて釈放を訴えた。田や林を売って作った金を、馬加《まくわり》主従に賄賂《わいろ》として贈り続け、一月余り経った頃、ようやく全員釈放された。

畑上語路五郎《はたがみごろごろう》だけは恩赦を得られず、やがて獄中で死んだ。同じ頃に妻も他界したそうで、子供のなかった夫婦の亡骸《なきがら》は親族と友人たちによって葬《ほうむ》られた。

4 幽囚の始まり

嵐山《あらしやま》の尺八《しゃくはち》を手に入れた日、千葉介自胤《ちばのすけよりたね》は予定を早めて帰城した。語路五郎《ごろごろう》は犬田《いぬた》のことを常武《つねたけ》に告げただろうかと、自胤《よりたね》は考えた。千騎に勝る勇士のようで、すぐにも対面したいが、重臣からの上申もなしに自ら浪人を召し出すわけにはいかなかった。

翌日、馬加常武《まくわりつねたけ》が訪れた。家宝の尺八《しゃくはち》が宝物庫へ戻った喜びを述べ、それから悪い報せを告げた。畑上語路五郎《はたがみごろごろう》と阿佐谷《あさや》の村長《むらおさ》たちが誤って船虫《ふなむし》を逃がしたというのだ。

「全員、拘禁しています。逃げた船虫《ふなむし》も、多勢を差し向ければ追捕《ついぶ》はたやすいでしょうが、仮に行方《ゆくえ》知れずのままでも、卑《いや》しい女がひとり野垂れ死するだけのこと。お心に留められるほどではございません」

「あの賊婦を尋問すれば、小篠《おざさ》・落葉《おちば》の両刀も出てこぬかと期待したがな。語路五郎《ごろごろう》の不注意、村長《むらおさ》らの過失は禁獄に相当するだろう。……だが常武《つねたけ》、よく聞け。古来、賢君は骨董《こっとう》や名物より、良臣、賢者を宝にしたものだ。わしが本当に欲するのも、嵐山《あらしやま》の笛や小篠《おざさ》・落葉《おちば》でなく、犬田小文吾《いぬたこぶんご》だ。猪退治、並四郎《なみしろう》の返り討ち、船虫《ふなむし》の奸計《かんけい》の裏をかいた企み、いずれも優れた智勇の証明だ。もてなしに念を入れ、必ず当家に仕えさせよ。遠からず対面する」

常武《つねたけ》は膝を進めると声を低め、「仰せではございますが、某《それがし》なりに犬田の手柄を調べましたところ、猪は並四郎《なみしろう》の槍で手傷を負っており、退治するのは簡単でした。並四郎《なみしろう》殺しは騙し討ちです。果たして手柄と呼べましょうか。それから笛ですが、これは大きな疑惑がございます。取り調べを察知し、元々携えていた笛をあの家の戸棚に隠したのではないか。実は船虫《ふなむし》の訴えが真実で、犬田が偽りを述べた恐れは十分にあり得ます。昨夜、船虫《ふなむし》を奪い去ったのは、彼女の無実を憐《あわ》れんだ者かもしれません。船虫《ふなむし》がいないいま真相は藪《やぶ》の中ですが、拙速《せっそく》なご対面は控えられたほうがよいでしょう」

「聞くかぎりでは、偽《いつわ》って人を虐《しいた》げたり、誉《はま》れを求めたりするとは思えんが……」

「迷妄とは」と、常武《つねたけ》は主の言葉尻に被せるように言う。「深い愛憎から生じるものです。智勇があり、言動正しく見えようと、これが敵国の間者《かんじゃ》なら恐るべきことです。彼の故郷は下総行徳《しもうさぎょうとく》であり、孝胤《のりたね》殿の腹心であっても不思議ではない。里見か古河殿の回し者かもしれません。逸材が未だ仕官せず諸国を放浪していること自体、おかしいのです。一刻も早く牢に送って拷問にかけ、間者《かんじゃ》であることを白状させた上、河原に生首を晒《さら》して戒《いまし》めとすべきです。これが当家の武威《ぶい》を知らしめす一番の手立てでございます」

自胤《よりたね》は考え込んだ。「たとえ間者《かんじゃ》の疑いがあろうと、手柄ある者を罰することが正しい裁きとは思えぬ。真偽が定かになるまで当地に逗留《とうりゅう》させ、なおざりな応対《おうたい》はせぬことだ。手厚くもてなせば間者《かんじゃ》であろうと考えを変え、我らに服従するだろう。これがよい方策だ」

そう落とし所がつくと、常武《つねたけ》も拒まなかった。「是非《ぜひ》とも、某《それがし》の屋敷にお預けいただきたい。着物も食事も抜かりなく、心を尽くしてもてなしましょう」

「疑心暗鬼が生じたときは同僚と詮議《せんぎ》し、軽はずみな行いは避けよ」

自胤《よりたね》の戒《いまし》めに生返事をして、常武《つねたけ》は退出した。

滞在三日目の朝、小文吾《こぶんご》は柚角九念次《ゆづのくねんじ》という老僕の訪問を受け、馬加常武《まくわりつねたけ》からの伝言を告げられた。

――務めに追われて暇がなく、帰宅も稀《まれ》であるため、ろくなもてなしができずにいたことをお許しいただきたい。今日は半日休暇を得ましたので、対面いたしましょう。

「ご案内します」老僕が先に立ち、部屋の襖《ふすま》を次々に開けて奥の小書院まで進んだ。

馬加大記常武《まくわりだいきつねたけ》は、縮羅《しじら》の単衣《ひとえ》に精好《せいごう》織りの袴《はかま》をはき、腰には聖柄《ひじりづか》の短刀があった。十二、三歳の小姓《こしょう》に太刀を持たせ、床の間の前にゆったりと座っていた。縁側に、力士めいた色黒の若党《わかとう》が四、五人いた。みな二尺余りの大脇差を帯び、肘《ひじ》を張り、肩怒らして小文吾《こぶんご》を見た。

小文吾《こぶんご》はうやうやしく平伏したが、常武《つねたけ》からの返礼はない。常武《つねたけ》はおもむろに扇をとって「ここへ」と、近くへ呼んだ。小文吾《こぶんご》は動かなかった。

「お屋敷に引き止められた理由が知れず、いつ出られるかと一日千秋の思いでいます。伝え聞かれたでしょうが、某《それがし》、はぐれた同行者を探す途上でございました。盗難の一件は解決したものと存ずる。解放してくださいますよう、切にお願い申し上げます」

「その訴えはもっともだ。某《それがし》も心苦しく思うているが、領主自胤《よりたね》が疑うた以上、速やかにはいかんのだ。船虫《ふなむし》が贈ったという嵐山《あらしやま》の笛を、そなたは一度受け取った後で戸棚に残したという。だが、船虫《ふなむし》から贈られた証拠がない。船虫《ふなむし》が輸送中に身柄を奪われたのも、嘘《いつわり》の自白を強いられたことを哀れんだ者の仕業かもしれまい。さらには、智に優れて武芸も見事なそなたが浪人しているのを不自然と見る声もある。千葉孝胤《のりたね》か里見か古河かの間者《かんじゃ》ではないかと、主君もお疑いなのだ。河原に首を晒《さら》して隣国に示せとお命じなさるのを、いま、某《それがし》が諫《いさ》めている。そのせいで某《それがし》まで疑われ始めた。説得に苦心している最中だ、しばらく待ってほしい。とにかく主君の意向に任せる他ない」

小文吾《こぶんご》は驚きを通り越し、呆《あき》れた。「船虫《ふなむし》が逃げたことで、なぜ某《それがし》が疑われねばならんのです。間者《かんじゃ》呼ばわりも納得いきませせん。行徳《ぎょうとく》へ人を送り、村人に問うてくだされ。故郷には父もいます。古那屋《こなや》の倅《せがれ》と言えば、素性は隠しようもない。その上で、いま一度お諫《いさ》めなされば、ご主君のお疑いも解けましょう」

「それも難しい。行徳《ぎょうとく》は当家の旧領だが、いまや千葉孝胤《のりたね》の領分。敵地だ。人を遣わすことはできんし、そもそも敵地の返答は信用できん。歯痒《はがゆ》いだろうが、気長に待ってほしい」常武《つねたけ》は親身な口ぶりで言ったが、小文吾《こぶんご》は相槌《あいづち》すら打たなかった。

「短気を起こして難しくしてくれるな。この母屋《おもや》は出入りが激しくて煩《わずら》わしかろう。今夜から離れ座敷で寝起きしなされ。欲しいものがあれば老僕に言えばよい。某《それがし》もなるべく会うようにいたそう」

九念次《くねんじ》に案内され、小文吾《こぶんご》は離れ座敷へ移った。小さな茶室に、浴室、厠《かわや》が備わっていた。畳三枚を敷いた次の間には、着替えを入れる戸棚があった。庭に樋《とい》が伸び、池や手水鉢《ちょうずばち》へ水が通っていた。夏はさぞ涼しげだろう。四目垣《よつめがき》に萩《はぎ》が咲き、御影石《みかげいし》に寄り添う小松でヒグラシが鳴く。眺めがよくとも、ひとり憂愁《ゆうしゅう》に沈んでいては楽しめるはずもない。

常に目に入るのは、その庭を取り囲む高い築垣《ついがき》だった。唯一の出入り口である南の折戸は、堅く鎖《じょう》で閉ざされていた。

さながら囚人だ。離れは牢獄そのもので、日に三度、飯を運ぶ童子たちと、月に二、三度、草刈りや庭掃除に来る老僕以外はだれとも会わなかった。

「荒芽山《あらめやま》で別れた四人の安危も知れず、曳手《ひくて》、単節《ひとよ》の行方《ゆくえ》も分からん。親や甥《おい》に会いに故郷へも戻れない。身はここにあれど、心は散り散りだ。あの折戸は壊せようが、その先には城門がある。さすがに城門は破れない。城内《じょうない》の見張りも厳重だ。折戸や築垣《ついがき》の外に出たのが見つかればどうなろうか。抑留が続くこと自体、辱《はずかし》めを重ねるようなものだ」

翼があればよかった。小文吾《こぶんご》は籠《かご》の鳥が友を呼んで鳴くように、雀色《すずめいろ》の夕暮れをただ眺めているしかできなかった。

秋が過ぎた。冬枯れした寂しい離れで年を越した。

明けて文明十一年（一四七九）春三月。美しい花がたくさん咲いたが、庭を楽しむのは小文吾《こぶんご》ひとりだ。いまや、庭の手入れに訪れる老僕たちと交わす世間話だけが楽しみだった。特に品七《しなしち》という老人と親しくなった。

その品七《しなしち》がひとりで草刈りにきた。日長の季節になったから仕事を急がず、昼飯を食った後、縁側で休んでいた。小文吾《こぶんご》が煎茶《せんちゃ》を出して労うと、品七《しなしち》は物言いたげに見つめた。

「少し痩《や》せられましたな。旅の途中にこの離れに押し込められ、はや八ヶ月になりますな。わしらはなんもしてあげられず……。智者や勇士が巡り合わせのせいで芽が出ないことは、世間にざらにござる。近くは、武蔵《むさし》の大塚に、犬塚番作《いぬづかばんさく》という猛者《もさ》がありました。この人は姉婿《あねむこ》に家督を横領され、最期は腹掻《か》き切って死になさった。その子が親に劣らぬと評判でしたが、もう噂も聞かなくなりましたな。なんにせよ、思い詰めるのがよくない。人生七転び八起きと思うたほうがいい。心をのどかに保たれて、悪い時が過ぎるのを待ちましょう」

「そうかもしれん」小文吾《こぶんご》は当たり障りない相槌《あいづち》を打ってから、「いま話に出た犬塚《いぬづか》親子だが、聞き覚えがある気がする。あんたの知り合いかね」

品七《しなしち》は頭《かぶり》を振り、「直接は知りませんがね。昔、大塚にいた糠助《ぬかすけ》という百姓と親しく、彼の生前はよく行き来がありました。その百姓から聞いた噂です。噂と言えば、これは大きな声では言えんが、ご主君が馬加《まくわり》殿に遠慮なさるのも巡り合わせなんでしょうな」

「巡り合わせ？」小文吾《こぶんご》は聞きとがめた。「気になる言い方じゃないか。大きな声で言えん話だろうと、俺を訪ねる客などいない。漏れる気遣いは要《い》らんぞ」

品七《しなしち》は頭をかきつつ、周りに人がいないのを確認すると、「あなたは、つつしみ深い人ですからな。ええ、少しお話ししましょう。くれぐれも人には漏らしなさるな」

千葉家分裂の発端は、公方《くぼう》家と管領《かんれい》家の対立にあった。関東を二分する合戦が始まったとき、年若の当主千葉介胤直《ちばのすけたねなお》は、いずれの陣営に与《くみ》するべきか重臣たちに諮《はか》った。二十四年前、享徳《きょうとく》四年（一四五五）秋口のことだった。

激しい議論の末、千葉家は管領《かんれい》方につくと決まったが、公方《くぼう》方を推した重臣原越後守《はらえちごのかみ》胤房《たねふさ》はこれを不服とし、反旗をひるがえした。

原胤房《はらたねふさ》は古河公方《くぼう》に加勢を頼み、千葉城主馬加《まくわり》陸奥入道《むつのにゅうどう》康胤《やすたね》とともに兵数千を率いて決起すると、ついには当主千葉介胤直《たねなお》を切腹させた。その弟中務《なかつかさ》入道了心《にゅうどうりょうしん》も自害した。

当主亡き後、古河公方《くぼう》の後押しにより、陸奥入道《むつのにゅうどう》康胤《やすたね》の嫡男孝胤《のりたね》が千葉介《ちばのすけ》を称し、千葉城に拠点を構えた。

当然、管領《かんれい》家は黙っていなかった。同年冬、山内《やまのうち》、扇谷《おうぎがやつ》の両管領《かんれい》家は、亡き入道了心《にゅうどうりょうしん》の長男実胤《さねたね》、次男自胤《よりたね》を、それぞれ武蔵国石浜《むさしのくにいしはま》と赤塚の城主に据《す》えた。ここに下総《しもうさ》国と武蔵《むさし》国で千葉家はふたつに割れ、以後長く恨み合い、憎しみ合う端緒が開かれた。

この千葉家の庶流に、馬加《まくわり》記内常武《つねたけ》という男がいた。彼は千葉孝胤《のりたね》に仕えていたが、失態を犯して出奔《しゅっぽん》すると、敵対勢力である武蔵国《むさしのくに》石浜《いしはま》城の千葉実胤《さねたね》に投降し、孝胤《のりたね》方の機密を密告した。実胤《さねたね》の寵愛を受けて重臣に出世した馬加《まくわり》記内常武《つねたけ》は、名を大記《だいき》と改めた。前途洋々だった。

ところが、生来病弱だった実胤《さねたね》が隠居を考え始めた。近く家督を弟の自胤《よりたね》に譲ると重臣たちに告げると、家中《かちゅう》は騒然となった。馬加常武《まくわりつねたけ》が家督相続の手続きを承った。当主の意向を粛々《しゅくしゅく》と実行する構えを見せる常武《つねたけ》だったが、内心では焦りを募らせていた。

赤塚城主千葉自胤《よりたね》には、粟飯原首胤度《あいはらおうとたねのり》、籠山逸東太縁連《こみやまいっとうたよりつら》というふたりの重臣がいた。ともに千葉の一族で、名門だった。自胤《よりたね》が当主の座につけば、彼らが筆頭家老に就くのは確実で、常武《つねたけ》の権勢は大きく削られるだろう。若い籠山縁連《こみやまよりつら》は血気盛んで思慮も浅く、籠絡《ろうらく》は難しくないだろうが、問題は粟飯原胤度《あいはらたねのり》だ。胤度《たねのり》は下総《しもうさ》国志摩《しま》の如来堂で入道《にゅうどう》了心《りょうしん》とともに死んだ粟飯原右衛門尉《あいはらえもんのじょう》の子だった。忠臣の子として自胤《よりたね》との縁は深く、信頼も厚かった。

馬加常武《まくわりつねたけ》はしばしば赤塚城へ赴いて自胤《よりたね》の機嫌をうかがい、粟飯原《あいはら》、籠山《こみやま》とも親しく交わった。ある日、常武《つねたけ》は石浜《いしはま》城の宝物庫から嵐山《あらしやま》という一節切《ひとよぎり》を取り出し、懐《ふところ》に忍ばせて粟飯原《あいはら》屋敷を訪れた。人払いを頼んで胤度《たねのり》とふたりきりになると、神妙な顔つきでささやいた。

「今日は、密命を帯びて参ったのだ。まだ聞き及びでないかもしれんが、近く古河殿と両管領《かんれい》家がおん和睦《わぼく》を結ばれる運びとなった。主君は先から赤塚殿に家督を譲りたいと思《おぼ》し召されておいでだが、当家は長く管領《かんれい》方として、古河殿と敵対してきた。おん和睦《わぼく》の後は、管領《かんれい》家だけでなく古河殿のご意向も無視できなくなる。当家の相続を悪く取られては後顧《こうこ》の憂い、そこで古河、鎌倉のおん和睦《わぼく》が公表される前に、千葉家として古河殿へ使者を遣わしたいとのお考えである。ただし、石浜《いしはま》城から送れば、今度は管領《かんれい》家に聞こえが悪い。そこで自胤《よりたね》殿から遣わしてもらえれば、無用な嫌疑を避けられよう。引き出物はこちらで用意した。この一節切《ひとよぎり》はご先祖貞胤《さだたね》公の代から相伝されてきた家宝であり、古河御所《こがごしょ》もご存知だ。献上してもらいたい。主君は用心なさっており、念には念を入れて内密に進めるようご所望である」

持参した名笛を渡すと、胤度《たねのり》は感銘を受け、「仰せの儀、しかと承りました」深々と頭《こうべ》を垂れて丁寧に礼を言った。「ただちに古河へ赴きましょう。帰城後速やかに石浜《いしはま》へ馳《は》せ参じ、首尾をご報告申し上げる。ご主君へのおとりなし、よろしく頼み奉《たてまつ》ります」

同日、粟飯原胤度《あいはらたねのり》は千葉自胤《よりたね》と面会し、実胤《さねたね》からの伝言を告げて笛を差し出した。

自胤《よりたね》は笛をしげしげと眺め、「石浜《いしはま》殿のお計らいは、わしを思うてのご慈愛だ。古河殿へは当家からもなにか献上したいが、胤度《たねのり》、なにかないか」

「以前、某《それがし》が鎌倉へ遣わされた折、長短二振りの刀を贖《あがな》いました。焼刃《やいば》の優れた逸品であるとお気に召され、殿おん自ら、小篠《おざさ》・落葉《おちば》と名付けて御秘蔵なさいました」

「おお、よいではないか。あの刀なら申し分ない」自胤《よりたね》は満足げに言った。「引き出物はこれでよし。あとは使者だが、他の者では果たせぬ仕事だ。胤度《たねのり》、行ってくれるか」

言われるまでもなく、胤度《たねのり》は用意を始めていた。明朝には出発できる旨《むね》を伝えると、自胤《よりたね》は小姓《こしょう》に命じて、小篠《おざさ》・落葉《おちば》の両刀、嵐山《あらしやま》の笛を胤度《たねのり》に渡した。

胤度《たねのり》は帰宅すると職人を呼び、その笛と両刀を入れる箱を三つ、大急ぎで作らせた。

夜明け前、献上品を収めたそれらの箱を若党《わかとう》に持たせ、槍持や具足櫃《ぐそくびつ》などの荷運びに従者十人ばかりを引き連れ、粟飯原胤度《あいはらたねのり》は赤塚城を出発した。

5 嵐山奇譚《あらしやまきたん》

十四、五年前、寛正《かんしょう》六年（一四六五）十一月の出来事だ。
馬加大記常武《まくわりだいきつねたけ》は若党《わかとう》を走らせ、粟飯原胤度《あいはらたねのり》の動向を探らせていた。明け方に若党《わかとう》は戻り、「粟飯原《あいはら》殿は黎明《れんめい》の頃、主従十人ばかりで栗橋《くりはし》へ出立《しゅったつ》なさいました」と、報告した。

常武《つねたけ》は赤塚城へ赴き、千葉自胤《よりたね》と面会した。

自胤《よりたね》は上機嫌《じょうきげん》だった。「昨日、伝えられた当主のご意向は、まことに喜ばしいものであった。当方、謹《つつし》んで承った。なお、贈られた嵐山《あらしやま》の笛の他に、小篠《おざさ》・落葉《おちば》なる年来秘蔵の両刀を添えて胤度《たねのり》に持たせ、すでに古河へ遣わした」

すると常武《つねたけ》は大げさなほど目を丸くし、「いったい、なんのお話でございましょうか。そのようなご意向を伝えた覚えがございませんが……。嵐山《あらしやま》の笛は、以前、胤度《たねのり》の訪問を受けた際、六代の家宝である尺八《しゃくはち》を赤塚殿はご覧になったことがない、拝借できればお喜びになると求められましたので、弟君のご所望ならば近いうちにお貸ししよう、と約束していました。そこで昨日、胤度《たねのり》を訪ねて笛を渡し、赤塚殿がご覧なさった後は速やかにお返し願うよう念を押し、退出しましたが……」常武《つねたけ》の息づかいが荒くなり、「家宝が他家へ渡れば、某《それがし》も罪に問われます。まさか胤度《たねのり》に欺《あざむ》かれたか！」

常武《つねたけ》の剣幕に自胤《よりたね》はたじたじになり、「……本当ならば穏やかではないが、胤度《たねのり》は長く仕えた無二の重臣だ。なにか理由があるのではないか。思い当たる節はないか」

「風聞ですが、粟飯原首《あいはらおうと》胤度《たねのり》は、近頃、千葉一族の家系を笠に着た暴言が過ぎると、しばしば耳にします。主君ご兄弟を倒して武蔵《むさし》七郷、葛西《かさい》三十ヶ荘を横領せんと目論み、あろうことか古河公方《くぼう》に内通しているとの報告もございました。某《それがし》、胤度《たねのり》に嫉妬した者の讒言《ざんげん》であろうと、相手にしませんでしたが」

自胤《よりたね》はみるみる血相を変え、「逸東太《いっとうた》を呼べ！」と、声を荒らげた。「猶予はないぞ。胤度《たねのり》が公方《くぼう》家を領内に引き込めば大変なことになる」自分に言い聞かせるようにつぶやく。俄然《がぜん》慌ただしくなった広間を冷ややかに眺め回し、常武《つねたけ》は控えの間へ退《しりぞ》いた。

赤塚城第二の重臣籠山逸東太《こみやまいっとう》縁連《たよりつら》は、突然のお召しにとるものとりあえず御前《ごぜん》へ赴いた。自胤《よりたね》は近くへ呼び寄せ、胤度《たねのり》の一件を一部始終、声を低くしてまくし立てた。

「ただちに胤度《たねのり》を追え。まだ五、六里も進んでいないだろう。敵地に入れば面倒なことになる。必ず栗橋《くりはし》よりこちらで追いつくのだ。追いついたなら、事を荒ら立てず、言い残しがあったから速やかに帰城せよと我が命令を告げ、胤度《たねのり》の態度をうかがえ。野心がなければ、疑わず下知《げち》に従うだろう。強いて先を急ごうとするなら、そのときは叛意《はんい》も明らかになる。捕縛して連れ帰れ。もしも敵の加勢があって討ち漏らすことがあろうと、嵐山《あらしやま》の笛と二振りの名刀だけは取り戻すのだ。必ずだ。空手で帰ってくれば、胤度《たねのり》と同じく謀叛《むほん》の咎《とが》めが及ぶぞ。心して当たれ」

縁連《よりつら》は大役に臆せず、足取りも荒く退《しりぞ》くと、馬加常武《まくわりつねたけ》に控えの間へ呼ばれた。常武《つねたけ》は人に見られないように辺りを気遣っていた。

「大事な使いを仰せつかりましたな。某《それがし》、友人としてまず喜びを申し上げたい。そして、一言、餞《はなむけ》を贈りましょう。胤度《たねのり》に追いついたとき、あなたは選択できる。仮定の話だが、胤度《たねのり》がいなければ、ご家中《かちゅう》にあなたと肩を並べる者はいなくなりましょう。今後、自胤《よりたね》殿は石浜《いしはま》城へお移りになり、某《それがし》もあなたの下につくことになる。くれぐれも油断なさりませぬよう」

縁連《よりつら》は微笑み、「ご教諭、恐れ入りますが、万事、心得てございます」と答え、そそくさと控えの間を出た。そのまままっすぐ城門へ向かい、用意されていた栗毛の馬に飛び乗ると、家来四、五十人を率いて陽射しの下へ駈け出した。

申《さる》の刻（午後四時）頃、粟飯原胤度《あいはらたねのり》は赤塚城から八、九里の道にいた。杉門《すぎと》村の手前にある並松原《なみまつばら》を過ぎた辺りで、後方から馬蹄《ばてい》の音がした。振り返ると、近習《きんじゅ》数人を連れた籠山縁連《こみやまよりつら》が、馬上で鞭《むち》を振って手招きしていた。

「粟飯原《あいはら》殿、止まりなされ」

またたく間に追いついた縁連《よりつら》は、ひらりと下馬する。胤度《たねのり》は従者に命じて縁連《よりつら》の馬を労らわせ、自分も馬を降りた。息を切らす縁連《よりつら》に薬を与え、なにかあったのかと尋ねた。

縁連《よりつら》は呼吸を整えると、早口で言った。

「告げ忘れた大事があるゆえ城へ連れて参れと、殿の仰せだ。ともに引き返されよ」

「左様であったか。何事か知る由もないが、遠路はるばるそなたを遣わすくらいなら、尋常なことではあるまい。ただちに戻ろう」

縁連《よりつら》の栗毛を従者に曳《ひ》かせ、全員で帰路についた。縁連《よりつら》、胤度《たねのり》は馬上で雑談しながらも先を急ぐ。日が落ち始めた頃、縁連《よりつら》の家来が二人、三人と遅ればせに合流し始めた。しまいには、縁連《よりつら》の行列は三、四十人の大所帯となった。

「ずいぶん大人数を連れてこられたな」

胤度《たねのり》が冗談めかして言うと、縁連《よりつら》はにこやかな笑みを浮かべて答えた。

「――お前を殺すためだ」

縁連《よりつら》は腰の刀を抜き打ちに、胤度《たねのり》の肩を斬り裂いた。胤度《たねのり》は血に染まる右手で反射的に刀を抜き、さらに打ち付けてくる縁連《よりつら》の刃《やいば》を受けた。馬上で二合、三合打ち合わせたが、初大刀の深手のせいで胤度《たねのり》は右手に力が入らず、受け流す一方になった。縁連《よりつら》は一気呵成《かせい》に打ち続け、気合い一閃《いっせん》、横ざまに斬りつけた。胤度《たねのり》の首が飛び、体が馬から滑り落ちた。

胤度《たねのり》の従者たちは釜の湯が煮え立つように騒いだ。辺りをとどろかす罵声《ばせい》も上がったが、大方は狼狽《ろうばい》していた。

「粟飯原胤度《あいはらたねのり》は謀叛《むほん》を企んでいた。某《それがし》が討手を承り、いま誅戮《ちゅうりく》したのだ。異議があるなら、汝《なんじ》らの首もことごとく斬り落とすぞ。静まれや！」

そう怒鳴る縁連《よりつら》に向かい、胤度《たねのり》に忠実な若党《わかとう》、村主金吉《すぐりのきんきち》と使主銀吾《おみぎんご》が、首級を返せと声を荒らげた。縁連《よりつら》の家来が立ちふさがる。眼前で殺された主人のため、金吉、銀吾は必死の覚悟でそれらを蹴散《けち》らし、縁連《よりつら》を挟み込んで襲いかかった。

そのとき、松の陰から曲者《くせもの》が出てくる。頬被《はおかぶ》りして顔を隠していた。その男は道端に捨て置かれた嵐山《あらしやま》の尺八《しゃくはち》と小篠《おざさ》・落葉《おちば》の両刀を箱から取り出し、小脇《こわき》に抱えて逃げた。胤度《たねのり》の槍持がそれを見、飛ぶようにして駈けつけ、「曲者《くせもの》、待て！」と声を上げた。穂先を返して突きにかかると、曲者《くせもの》は三つの宝を松原のほうへ放り投げて段平《だんびら》を抜いた。

槍を受け止め、逃げることなく迎え撃つ。丁々発止の戦いとなった。

同じ木陰から、やはり頰被《ほおかぶ》りした女が転がるようにして走り出た。男が投げ捨てた笛と刀を拾い上げるや、元の木陰にさっと隠れる。男のほうはひるまず武士に挑み続け、槍の柄を斬り折ると、返す刀で槍持を斬り伏せた。夕焼け空と同色の血煙が舞う王莽時《おうまどき》、木陰にひそんだ女と目配せを交わす。そして男女は連れ立って、夕間暮れのなかを逃げていった。

籠山縁連《こみやまよりつら》は金吉、銀吾としのぎを削る最中《さなか》に、笛と両刀を盗まれる現場を目撃した。焦りに駈られた縁連《よりつら》は切っ先が乱れ、金吉の大刀で鬢《びん》のあたりに三寸ほど浅手を負った。足元がよろけて倒れかけたとき、折よく家来が四、五人駈けつけ、金吉と銀吾を取り囲んだ。家来らがズタズタに切り刻み、ようやくふたりの首を取った。

胤度《たねのり》の従者は討ち果たしたが、笛も刀も奪い去られては、さすがの縁連《よりつら》も落ち着いていられなかった。そろそろ日没だ。他領でぐずぐずしていられない。味方の死体も捨て置き、胤度《たねのり》主従三人の首だけを携え、ひとまずその場を離れた。岩槻《いわつき》近くの古寺で夜を明かすことにしたが、縁連《よりつら》は眠れなかった。

逃がした粟飯原《あいはら》家の従者が赤塚へ帰れば、主命《しゅめい》に逆らって騙し討ちしたことが露見する。これでは死刑だ。身の安全を優先すれば、赤塚へは帰城できない。父母は他界し、未だ妻子もない縁連《よりつら》に、しがらみはなかった。いまや戦国の世であり、どの国でも仕官はできる。三十六計逃げるに如《し》かずと腹をくくり、夜明け前にひとりで行方《ゆくえ》をくらました。

夜が明け、主人の不在に家来たちは騒いだが、結局、三つの首を携えておめおめと赤塚へ帰った。自胤《よりたね》の前で一部始終を報告した。

自胤《よりたね》は絶句した。どう考えるべきか分からなかった。語らうべき重臣ももういない。そこで、客の馬加常武《まくわりつねたけ》を呼んだ。なにより気がかりなのは笛の紛失だった。家宝を奪われた以上、実胤《さねたね》からの咎《とが》めは避けられない。

常武《つねたけ》は自胤《よりたね》を安心させるよう、あえて淡々と述べた。「笛紛失の責任は、粟飯原胤度《あいはらたねのり》にございます。彼の妻子を誅戮《ちゅうりく》なさり、この一件の罪科がどこにあるか明らかにされることが、自胤《よりたね》様の務めでございます。そうなされば、自胤《よりたね》様には咎《とが》めが及ばないように、某《それがし》が命を懸けて計らいましょう」

こうして、千葉実胤《さねたね》、自胤《よりたね》両君の命令として粟飯原《あいはら》家の処刑が行われた。馬加大記《まくわりだいき》が責任者となり、長男の夢之助という十五歳の美少年に腹を切らせた。妻の稲城《いなぎ》と五歳になる娘玉枕《たまくら》も同日に殺させた。親族たちを追放、あるいは禁獄した。憂い死にする者も多かった。粟飯原《あいはら》氏は一夜《ひとよ》にして滅亡した。特に、夢之助の無残な死は大勢に惜しまれた。

栗飯原胤度《あいはらたねのり》の妾《めかけ》に、調布《たつくり》という女がいた。身ごもって二年経っても子が生まれず、医師は病症を定めかね、血塊の病と言い張って治療を行っていた。常武《つねたけ》は、調布《たつくり》の胎《はら》にいるのは胤度《たねのり》の遺児と聞き、これも殺そうとしたのだが、栗飯原《あいはら》家の悲劇に同情した大勢が、この医師の診断を挙げて懇請した。

「調布《たつくり》は身ごもっているのでなく、腹が膨れている原因は血塊でございます」

常武《つねたけ》は納得せず、調布《たつくり》に堕胎薬を三日間飲ませ続けた。それでも、なにも起きなかったため、血塊の病という主張を認めざるを得ず、罪を減じて追放刑に処した。

その後の調布《たつくり》は、相模国足柄郡犬阪という山里に居を据《す》え、年末に子を産んだと噂された。二年後の応仁元年秋頃、常武《つねたけ》はその噂を聞き、九念次《くねんじ》を遣わして真相を探らせた。

「子を産んだのは確かなようですが、母子はすでに山里におらず、行方《ゆくえ》は知れません」

そう報告を受けた後も、常武《つねたけ》はしつこく行方《ゆくえ》を探させたが、いまに至るまで母子は見つかっていない。

千葉実胤《さねたね》は弟自胤《よりたね》に家督を譲り、美濃国に隠退後まもなく世を去った。鎌倉の山内《やまのうち》、上杉両管領《かんれい》家は、二郎自胤《よりたね》を千葉介《ちばのすけ》に補任して石浜《いしはま》城に入らせ、武蔵《むさし》七郷と葛西《かさい》三十ヶ荘の支配を認めた。栗飯原胤度《あいはらたねのり》も籠山縁連《こみやまよりつら》もいない家中《かちゅう》で、馬加大記常武《まくわりだいきつねたけ》は筆頭家老となり、その勢いは留まるところを知らなかった。実胤《さねたね》の代以上に、思うがままにふるまうようになった。

「粟飯原胤度《あいはらたねのり》が討たれたとき、尺八《しゃくはち》と刀が盗まれたと言うたな」

小文吾《こぶんご》が問いただすと、品七《しなしち》はうなずいた。「その曲者《くせもの》が並四郎《なみしろう》なのでしょう。馬加《まくわり》殿が地元の悪人を使うて、家宝の笛と刀を盗ませたのです。いっしょにいた女は間違いなく船虫《ふなむし》ですな」

それで繋《つな》がった気がした。小文吾《こぶんご》は吐息を漏らし、「刀は高値で売れたが、笛は売れなかった。あの笛は骨董品だ。派手な蒔絵《まきえ》のせいで出所も露見しやすい。怪しい品に大金は出しにくかろう。昨年、阿佐谷《あさや》の村長《むらおさ》たちが賊に襲われ、連行中の船虫《ふなむし》を奪い去られたと聞いたが、それも馬加《まくわり》の回し者ではなかったのか。船虫《ふなむし》が白状すれば、馬加《まくわり》の悪事も露見する」

「あなたを閉じ込めたのも、同じ疑念からでしょう。かの人の悪事は、長い間、本当に長い間、隠されてきました。それが少し前に、狙渡増松《さわたりましまつ》なる小姓《こしょう》が、これは馬加《まくわり》殿の腹心で機密をよく知る者でしたが、恩賞の少なさを恨んで人に漏らしたのです。その話が広まって、いまや知らぬ者はございません。むろん馬加《まくわり》殿を恐れて公には口外しませんし、ご主君に知らせる人もありません。小姓《こしょう》の増松《ましまつ》が、秘密を漏らした数日後に毒殺されたからです。あなたも、食べ物には用心なさいませ」

そう品七《しなしち》がささやいたとき、小文吾《こぶんご》の背後に、夕餉《ゆうげ》の膳を捧げもつ童子が立っていた。いつからいたのか気づかないほど、長物語に熱中していたのだ。童子に袖《そで》を引かれて「夕餉《ゆうげ》です」と言われ、初めて小文吾《こぶんご》たちは気が付いた。

品七《しなしち》は慌ただしく箒《ほうき》を取り、ちりとりを提げて折戸へ向かった。「開けてくれ」と戸を叩き、逃げるようにして立ち去った。その戸は、再びしっかりと閉じられた。


日が暮れてから春雨が降った。しめやかに夜は更《ふ》け、鐘の声も寂しげに聞こえた。小《こ》文吾《ぶんご》は物思いに囚われて寝つけなかった。

……常武《つねたけ》は胡散《うさん》臭いと思ってはいたが、そんな秘密があるとは思わなかった。狙渡《さわたり》増松《ましまつ》は毒殺されたという。俺も腹痛を我慢できない日があった。守り袋から珠を出して鳩尾《みぞおち》に当てたり、口に含んで舐《な》めたりすると、苦痛が和らぎ、清々《すがすが》しい心地になれたが、いま思えば、俺の食事も毒入りだったのだ。珠の奇特に救われた。いつか犬川荘助《いぬかわそうすけ》が言っていた。大塚の牢獄で拷問を受ける間、珠の霊応に救われた、と。

栗飯原《あいはら》氏の遺児がどうなったか、品七《しなしち》は知らないようだった。小文吾《こぶんご》に知る術《すべ》はない。

かわいそうな子だと同情するだけだ。

春がすぎ、夏になった。その間、品七《しなしち》は一度も訪れなかった。あるとき小文吾《こぶんご》は草刈りにきた老僕に、近ごろ品七《しなしち》はどうしているのかと尋ねた。

「品七《しなしち》ですかい。あれは何ヶ月か前、夕暮れ時にいきなり苦しげに呻《うめ》きだしましてな。寝床につくなり喀血《かっけつ》したかと思えば、その夜に亡くなりました。風邪も引かない丈夫な親爺《おやじ》でしたが、分からんものです。確か、こちらへ庭掃除へ参った次の日でしたなあ」

自分がどう答えたのか、小文吾《こぶんご》は覚えていない。頭をよぎったのは、品七《しなしち》の長物語を聞いたあの日、夕餉《ゆうげ》を運んできた童子の顔だった。常武《つねたけ》に密告したのだろう。そして品《しな》七《しち》は毒殺されたと、小文吾《こぶんご》は疑わなかった。こうなると、品七《しなしち》への同情さえ告げられない。まさに、口は禍《わざわい》の門なのだ。

6 女《おん》田《でん》楽《がく》師《し》

昨年七月、馬加大記《まくわりだいき》常武《つねたけ》は自邸の離れ座敷に犬田《いぬた》小文吾《こぶんご》を軟禁した。

主君は召し抱えたがったが、小文吾《こぶんご》が家中《かちゅう》に加われば、いずれ常武《つねたけ》の地位をおびやかすだろう。と言って、他の諸侯、特に千葉孝胤《のりたね》に仕官されても困りものだ。そんな身勝手な思惑から、常武《つねたけ》は小文吾《こぶんご》を処分することにした。食事に毒を混ぜて病死に見せかけて殺す。幽閉するつもりさえなかったのだ。しかし功を奏さなかった。毒を増量して六、七回試したが、寝込みもしなかった。さすがの常武《つねたけ》も困惑した。

「よもや不死術ではなかろうが、これで死なぬのなら、いよいよ外には出せんのう」

暗殺を中止し、離れの封鎖を厳重にした。年が暮れ、明けて春三月、庭掃除の老僕品《しな》七《しち》が小文吾《こぶんご》になにかを告げた。常武《つねたけ》の悪事についてのようだが、配膳の童子が耳にした事柄はわずかだった。常武《つねたけ》は童子を褒《ほ》め、「これからも陰口を叩く者がいたら、すぐに知らせよ」と、壺から菓子を取り出して与えた。

早々と品七《しなしち》を毒殺し、小文吾《こぶんご》がなにを知ったかは分からないままだった。己の野心の妨げにならないか、常武《つねたけ》は考えた。粟飯原胤度《あいはらたねのり》を殺したように、いずれ千葉自胤《よりたね》にも腹を切らせ、石浜《いしはま》城主に我が子鞍弥五常尚《くらやごつねひさ》を据《す》えて千葉介《ちばのすけ》を任じさせる計画だった。いまは自胤《よりたね》の後ろ盾に鎌倉の両管領《かんれい》家がある。管領《かんれい》軍が動けば、常武《つねたけ》ごときひとたまりもない。それで決行を延期していたが、常武《つねたけ》は不意に打開策を見出した。

「犬田小文吾《いぬたこぶんご》の智慧《ちえ》は蜀《しょく》の孔明《こうめい》、後醍醐帝の楠公に劣らぬと評判だ。今日まで寝床と飯を与えて世話してきたのは、この俺だ。味方につければよく働くのではないか」

殺さずにいたことが良い目に転びそうだと、常武《つねたけ》はほくそ笑んだ。

鎌倉の女田楽師五、六人が石浜《いしはま》へ巡業に訪れたのは、その少し前だった。常武《つねたけ》は歌舞と女に目がなかった。妾《めかけ》たちに教え込むだけでなく、行きずりの芸人に気に入った者がいれば、何ヶ月でも屋敷に逗留《とうりゅう》させ、宴《うたげ》で披露させた。散財は惜しまなかった。

屋敷へ招いた鎌倉の女田楽師のひとり、旦開野《あさけの》という少女の芸に、常武《つねたけ》は度肝を抜かれた。まだ十五、六歳だったが、見映えのよさだけでなく、俳優《わざおぎ》としての技倆《ぎりょう》が卓越していた。旦開野《あさけの》だけを残し、他は帰した。

小文吾《こぶんご》のもとへ九念次《くねんじ》を遣わしたとき、常武《つねたけ》はこの旦開野《あさけの》を思い浮かべていた。あの美貌と歌舞の才に魅了されない者はいないだろう。

「――昨年初秋に会うてから、早いもので一年になろうとしている。自胤《よりたね》の疑念は未だ解けず、不快《ふかい》な思いをさせているだろう。某《それがし》も主君を諫《いさ》め続けたせいでお側から遠ざけられた。あなたの気晴らしに宴《うたげ》を催したいと願い出ても、なかなかお許しが下りなかった。今夜、ようやく内々ながら奥座敷に支度を整えられた。すぐにお出でなされ」

そう常武《つねたけ》の言葉を伝え、九念次《くねんじ》は袷衣《あわせ》と袴《はかま》一揃いを小文吾《こぶんご》に渡した。贈答品だった。

小文吾《こぶんご》は面食らった。誘《おび》き出して殺す気かと疑ったが、手厚い招待を理由なく拒むわけにもいかない。よくよく考えれば、築垣《ついがき》の外へ出られる滅多にない機会でもあった。

「礼服を持たないことにまで気を回され、このような立派な着物を賜《たま》わりました。ありがたく頂戴《ちょうだい》いたします。着替えてくるので、しばしお待ちくだされ」

次の間で、脇差の目釘を潤《うるお》したのは一応の用心だった。

飛び石伝いに庭を進んだ。関所に等しい折戸が、この日は開放してあった。戸の向こうの広庭を横切ってゆくと浮橋が見えた。奥座敷は、その橋を渡った先にある。呆《あき》れるくらい豪奢《ごうしゃ》な、まだ白木の香りが漂う新築だった。縁側から上ると、常武《つねたけ》が出迎えた。

宴《うたげ》は、庭に面した大広間で催された。小文吾《こぶんご》は上座《かみざ》を勧められたが固辞し、東面に腰を下ろした。髪を結った女童ふたりに茶と菓子を差し出された。絶景を眺めながら喉を潤《うるお》していると、膳が配られた。料理は豪勢で、もちろん酒もあった。

常武《つねたけ》が盃《さかずき》をとり上げ、「某《それがし》が毒味役をつかまつる」と親身な口調で言い、「主君を諌《いさ》めきれず豪傑を籠《こも》らせ続ける当家の過ち、恥じ入る他ござらん。今夜は打ち解け、膝を交えて歓談したい。ささやかな宴《うたげ》を開くのにさえ、主君の疑念を解くべく力を尽くさねばならなかった。わずかながらの成果と思うてくれ。では、将来を祝してまずは一献《いっこん》」

と、呑み干した盃《さかずき》を差し出した。小文吾《こぶんご》は膝を進めて受けはしたが、盃《さかずき》は脇に置いた。

「居候《いそうろう》の某《それがし》に、山海の馳走《ちそう》をご用意していただいたこと、誠に喜ばしうございます。されど、某《それがし》、元は町人、縁あって両刀など帯びていますが、家柄もなく、尊敬に値する人徳もございません。このように懇《ねんご》ろにもてなされては、もったいのうございます」

「それは気遣いがすぎる。堅苦しく思われたならば、お席で気楽に呑まれよ」

常武《つねたけ》がにこやかに勧めると、小文吾《こぶんご》は盃《さかずき》を持って席に戻った。それからは呑むふりをして中身は椀に捨てた。料理も箸をつけるだけで、一口も食べなかった。やがて日が暮れ、大広間のあちこちに置かれた銀の菊燈台《きくとうだい》が星のようにきらめきだした。

四十歳ほどの女性が、六、七歳の女の子の手を引いて座敷へ入ってくる。二十歳ほどの男が随伴した。男は脂肪がたぷたぷした太り肉で、女より頭ひとつ背が高かった。三人は小文吾《こぶんご》に会釈し、常武《つねたけ》の近くに腰を下ろした。

「妻の戸牧《とまき》、倅《せがれ》の鞍弥吾《くらやご》で、母の近くにいるのは娘の鈴子《すずこ》です。子は五人生まれたが、多くは赤子のまま死んでしもうた。残ったのは、長男と末娘だけだ」

小文吾《こぶんご》は膝を進め、畏《かしこ》まって名乗った。戸牧《とまき》が余裕ありげな態度で言葉少なく挨拶した。息子の馬加鞍弥吾《まくわりくらやご》は横柄な口ぶりで語りだす。

「犬田殿、あなたの名は去年から耳にしていた。君父《くんぷ》にはばかって会わずにいたが、今夜、同席できたのはありがたい。なんとなれば、武芸は我が家業だ。弓馬、剣術、槍に拳法《けんぽう》、俺も他人に劣るとは思わんが、戦場では年長者に手柄を譲らねばならず、本気を出せたためしがない。是非《ぜひ》とも一試合願いたいものだ」

「小賢《こざか》しげに、負けじ魂を見せているのか」と、常武《つねたけ》は笑った。「今夜はよい折かもしれん。我が四天王《してんのう》も同席させよう」

次の間に待機していた若党《わかとう》たち――渡辺綱平《わたなべつなへい》、卜部季六《うらべのすえろく》、臼井貞九郎《うすいのさだくろう》、坂田金平太《さかたのきんぺいた》がそろって末席へ膝を進めた。小文吾《こぶんご》へ頭《こうべ》を垂れ、「初めてお出でなさった折、我らは主人のそばに侍《はべ》っていました。見覚えがあるかもしれません。某《それがし》、渡辺綱平《わたなべつなへい》といいます」

ひとりの口上《こうじょう》を呼び水に、某《それがし》は云々、某《それがし》は――と、それぞれ名乗りを上げてゆく。

「これはこれは。源頼光の四天王《してんのう》に劣らず、名だけではなく、体格、面構えも頼もしいかぎりですな」小文吾《こぶんご》がお世辞を述べると、

「我ら不幸にして、腕を斬るべき鬼女に会えず、土蜘蛛《つちぐも》のような妖怪変化も見たことが

ない。目を凝らしても放し飼いの牛に鬼童丸《きどうまる》は隠れておらんし、大江山は遠く、酒呑童《しゅてん》子の旧跡へも行ったことがない。腕の見せ所がなく、残念至極でござる」

そんなことを言いながら、全員照れもせず神妙な態度でいる。小文吾《こぶんご》は笑いをこらえきれず、口元を袖で隠し、咳払いしてごまかした。

呑み食いが続いた。四天王《してんのう》にも盃《さかずき》が回り、やがて鞍弥吾《くらやご》や綱平《つなへい》たちは酔ったようだ。小文吾《こぶんご》相手に武芸や相撲《すもう》の腕前を自慢しだした。話が堂々巡りして辟易《へきえき》してきた頃、やっと常武《つねたけ》が割って入った。

「武士が武士臭さの自慢などするな。もう立ち去れ！」険しく叱りつけて若者たちを退《しりぞ》かせたが、卜部季六《うらべのすえろく》だけは呼び止めた。それから小文吾《こぶんご》へ向き、「見苦しいところをお見せした。少しは座が盛り上がるかと期待したが、かえって白けさせましたな。酒のせいなのだ。どうかお気になさるな。詫びと言うてはなんだが、この頃、当地を訪れた女《おんな》田楽《でんがく》がいる。鎌倉からきたその一行に傑出した女がいて、当家に逗留《とうりゅう》させている。これを肴《さかな》に楽しもうではないか」早くも常武《つねたけ》の顔は緩んでいた。

すでに、次の間に控えさせていたらしい。まず着飾った女子《おなご》たちが大広間へ進み入り、縁側にずらりと並んだ。みな、大小の鼓《つづみ》や笛を持っている。そして、麗《うるわ》しいその女子《おなご》たちをも霞ませる艶《あで》やかな美少女が入ってきた。

摺箔縫箔《すりはくぬいはく》した六尺袖の袿《そで》に、様々な色合いの下襲《したがさね》。薫《た》きしめた伽羅《きゃら》の香りは、快く頭をしびれさせるだろう。縦に結んだ幅広の帯が、柳腰に合わせて揺らめいた。立ち姿は一輪挿しの花のようで、通人ならたちまち魂を天外まで持って行かれるだろう――が、あいにく小文吾《こぶんご》は無粋な男だ。自ら吹く尺八《しゃくはち》は好きだが、他人が奏でる楽の音も、女性美にさえ関心がない。類《たぐい》まれな美少女が目の前にいても、よく見ようとさえしないし、歌舞に至っては、見方、楽しみ方が分からないから、始まる前から退屈していた。

女田楽師《おんなでんがくし》旦開野《あさけの》は主人夫婦へ、それから小文吾《こぶんご》へ額《ぬか》ずき、少し下がって座敷の真ん中に陣取った。常武《つねたけ》の頬は緩みっぱなしだ。「おい季六《すえろく》、これほどの俳優《わざおぎ》が出てきたのに開場の口上《こうじょう》がなくてはもったいなかろう。訓点、注釈もなしに読む源氏物語のようで味気ない。お前は猿楽の心得もあるゆえ残したのだ。さあさあ、盛り上げてみせよ」

「仰せの段、誠に道理でございます」

季六《すえろく》も乗り気だ。扇をとって大股で進み、袴《はかま》のひだを両手で持って広げるや、女田楽《おんなでんがく》師の左側に座った。やや長めに額《ぬか》ずいて頭を上げ、さて、高らかにだみ声を張り上げた。

「東西東西、南北中央、席上においでの大人君子へ敬って告げ奉る《たてまつ》。まかり出でたる少女子《おとめご》は鎌倉より下り来たった、名を旦開野《あさけの》と呼ばるる、ただいま日の出の勢いの傑出者。当地には初見参《げんざん》でございます。まだ咲きそろわぬ初花の季節、降り注ぐ雨の拍子に合わせた扇の風の間合いにいささか誤りがあっても、大目に見てくだされ。さても田楽《でんがく》の題目は多うござって、数え上げれば言い古しの繰り返しにはなりますが、呪師《のろんじ》、侏儒《ひきひと》舞《まい》、田楽《でんがく》、傀儡子《くぐつまわし》、唐術《からてづま》、品玉《しなだま》、輪鼓《りゅうご》、八玉《やつだま》之《の》曲《きょく》、独り相撲《すもう》に独り双六《すごろく》、無骨有骨《はねなしはねあり》、延《のび》動《ゆるぎ》大領《たいりょう》之《の》腰支《こしばせ》、蝦漉舎人《えびすきとねり》之《の》足仕《あしつかい》、氷上専当《ひがみせんとう》之《の》取袴《とりばかま》、山背大御《やましろおおご》之《の》指扇《さしおうぎ》、琵琶法師《びわほうし》之《の》物語《ものがたり》、千秋万歳《せんずまんざい》之《の》酒禱《さかほがい》、飽腹鼓《あいはらつづみ》之《の》胸骨《むなぼね》、蟷螂舞《いぼじりまい》之《の》頭筋《つぶりすじ》、福廣聖《ふくこうひじり》之《の》袈裟求《けさもとめ》、妙高尼《みょうこうあま》之《の》襁褓乞《むつきごい》、形勾當《けいこうとう》之《の》面現《ひたおもて》、早職事《そうしきじ》之《の》皮笛《かわぶえ》、目舞《さかんまい》之《の》翁體《おきなすがた》、巫遊《かんなぎあそび》之《の》氣装貌《けわいがお》、京童《きょうわらわ》之《の》虚左禮《そらざれ》、東人《あずまびと》之《の》初京上《ういきょうのぼり》、すべて男田楽《おとこでんがく》の主たる題目。お目にかけます女田楽《おんなでんがく》師は、これら男の題目にも優れた上で、幾節竹《いくよたけ》の一本立ち、八尋細《やひろぼそ》の綱渡りを特に得意としています。それはそうと、夜も更《ふ》けました。これらは後日のお楽しみとし、今宵は今様《いまよう》をご覧いただきましょう。これは桃源郷の故事に倣《なら》うた祝いの一曲、山路の桃と名付けました。さあさ、開演、開演」

息も切らせず喋り終えると、逃げるようにして次の間へ退《しりぞ》いた。その道化ぶりに、女《おな》子《ご》たちがどっと腹を抱える。聞こえていた木兎《みみずく》の鳴き声がやんでいる。笛の調べが始まった。鼓《つづみ》が打ち添えた。音楽が大広間に浸透するなか、旦開野《あさけの》はゆらりと立ち上がる。

〽ここは、讃岐《さぬき》国八嶋《やしま》壇ノ浦のほとり。弓削《ゆげ》山の麓《ふもと》に貧しい女が暮らしていました。

ある日、女は里の少女子《おとめご》と連れ立って八栗山《やくり》へ赴きます。谷川の水上から美しき盃《さかずき》が流れてきました。この奥に、浮世を離れた神仙がおわすのではなかろうか。女は思い、どこまでも登って、見てみたくなりました。峰の白雲、谷の水、遠く遠くまで分け登れば、たまほこの三千歳《みちとせ》の果実がなるという、桃の林がありました。

唄声は澄みきっていた。仏の国の迦陵頻伽《かりょうびんが》さえここまではあるまい。袖《そで》を妖艶《ようえん》に舞わせる。かざす扇は蝶々のよう。灯火を受けてきらめく桃の花かんざし。序破急の音曲。数知れない歌舞を見てきた常武《つねたけ》夫婦も、未だ幼い娘の鈴子も、まばたきもせず旦開《あさけ》野《の》に見惚《みほ》れた。仕草ひとつひとつを見落とすまいと身を乗り出した。彼らだけではない。襖障子《ふすましょうじ》の向こうから覗き込んだ使用人たちまでが、互いをかき分け押し分け、頭に頭を重ね、目に目を並べて遠くから凝視していた。だれもかれも時が経つのも忘れた。

舞曲が終わると、戸牧《とまき》が小袖《こそで》を贈った。旦開野《あさけの》はその場で肩に引っ掛け、横笛、鼓《つづみ》の女子《おなご》たちに先んじて、ひとり退出した。

四月下旬、夜の短い季節だ。鐘が鳴り始めると、東の空は白み始める。小文吾《こぶんご》だけは、歌舞が終わってホッとしていた。やはり退屈だったのだ。無事に宴《うたげ》も終わって安心し、進み出て主人夫婦に別れの挨拶をした。

常武《つねたけ》が引き止めた。「そう急がずともよかろう。ここも離れも我が座敷だ。特にこの新居は、眺望のために建てたものだ。あの窓を開ければ墨田川《すみだがわ》の流れが遠くまで見通せる。ゆえに、臨江亭と呼ぶ。楼上に登れば牛島、葛西《かさい》の海まで眼下に収まる。ゆえに、対牛楼《たいぎゅうろう》と名付けた。犬田殿をご案内しよう。よい景色と薄茶を馳走《ちそう》いたす」

小文吾《こぶんご》は眠気でぼーっとしつつも、立ち上がろうと脇差に手を伸ばした。その脇差の緒に、白銀造りの桃の花のかんざしが絡んでいた。縁側に残っていた女子《おなご》たちへ、「だれか落とした者はいないか」と、かんざしを見せる。

受け取った女子《おなご》が即答した。「これは旦開野《あさけの》の花かんざしです。振り落としたのに気づかなかったのでしょう」

「届けてやってくれ」小文吾《こぶんご》はそう言い捨て、常武《つねたけ》たちの後ろについた。

対牛楼《たいぎゅうろう》へ続く梯子《はしご》を登った。楼閣の雨戸が開け放たれる間、小文吾《こぶんご》は首を巡らしてあちこちを眺めた。東の壁に、僧一山《いっさん》の落款《らっかん》がある「対牛弾琴《たいぎゅうだんきん》」という四文字の額が掲げられていた。その左右に掛かった竹簡《ちくかん》に、初唐の詩人王勃《おうぼつ》の「蜀中九日《しょくちゅうきゅうじつ》」が白字に彫られていた。

九月九日望郷台
他席他郷客送杯
人情已厭南中苦
鴻雁那従北地来

九月九日　望郷台
他席他郷《たせきたきょう》　客を送る　杯《さかずき》
人情已《すで》に厭《いと》う　南中の苦《く》
鴻雁《こうがん》　なんぞ北地より来たる

小文吾《こぶんご》がさっきの歌舞音曲よりこの詩に感じ入ったのは、自分のことが詠まれていると思うからだった。季節は違うが、ここが俺の望郷の台《うてな》だと痛感した。欄干《らんかん》に身を寄せて墨田川《すみだがわ》を見下ろすと、やはり望郷の念を止められなかった在原業平《ありわらのなりひら》の有名な歌を念《おも》った。

名にし負はばいざ言問《ことと》はむ都鳥《みやこどり》
　わが思ふ人はありやなしやと

北から飛んでくる雁《かり》はいないが、業平《なりひら》が見た都鳥ならいまも墨田川《すみだがわ》の川辺にいた。ユリカモメのことだ。行徳《ぎょうとく》は、その墨田川《すみだがわ》の向こうだった。

夜が明ける。棚引く雲が色紙なら、だれが磨《す》ったか墨田川《すみだがわ》。黒い牛島は水中に伏せ、青い柳島がさざ波になびく。ちらほらと、漁船が東へ西へ漕いでゆく。葛西《かさい》村では朝餉《あさげ》の煙が立っている。鎌田、浮田、行徳《ぎょうとく》の浦はあれかこれかと、小文吾《こぶんご》は昇る朝日に目を細めながら故郷に残してきた人たちを想う。

「そう思いつめなさるな」と、常武《つねたけ》が慰めるように言った。「尺取虫は伸びる前に身を縮める。苦しいときは運に身を任せるのがよい。あの船を見よ。あれは長いこと汀《みぎわ》につながれたままだったが、近頃、また帆を上げるようになった。つないだ船は走れない。走る船は泊まりにくい。あなたの長逗留《ながとうりゅう》も同じではないのか。我が身に例えれば、主君は船であり家臣は水だ。水は船を浮かべるが、覆《くつがえ》すこともある。あなたを閉じ込める自《より》胤《たね》は優柔不断で、豆と麦を分けられないような愚か者だ。あなたの才覚も知らないのだ。近い将来、この地は隣国に攻め滅ぼされるだろう。そうと知りつつ愚者に仕えるのが忠臣か。わしも千葉の一族だ。馬加康胤《まくわりやすたね》の甥《おい》だ。千葉家を救うべく自胤《よりたね》に取って代わって、だれが咎《とが》めようか。失政の責をとって自胤《よりたね》が腹を切るなら、我が子鞍弥吾常尚《くらやごつねひさ》を石浜《いしはま》城主に据《す》えられる。それだけがお家を救う道であれば、そうすべきではないか。だが、我が家臣には智勇の軍師がなく、踏ん切りがつかない。なあ犬田殿、わしを補佐してくれんか。念願成就の暁《あかつき》には、葛西《かさい》半郡を宛行《あてが》おう。如何か」

小文吾《こぶんご》は表情を硬くした。「思いがけない密謀です。某《それがし》は学がなく儒の教えもよく知りません。いま水と船の喩《たと》えで説かれたが、それは順逆を無視してよいものか。水が船を浮かせるのが常ならば、船を覆《くつがえ》すのは変です。異変を己が利と見て日常を捨てるのは、すなわち乱臣賊子の志でしょう。君臣の礼を失するのは、船が舵を失うのに等しい。一旦は成功しようとも必ず滅亡します。主を弑《しい》して成功した者がいましょうか。それよりも、ご自身が千葉家の諸葛孔明《しょかつこうめい》として主君を補佐なさるなら、あなたは後世に名を残し、子孫も栄えましょう。某《それがし》に補佐の才はござらん。忠信の犬となろうとも乱離の人にはならぬと愚直に志すのみです」

ズケズケと答える間、常武《つねたけ》の表情に怒りが浮かんだようだったが、遮《さえぎ》ったり詰め寄ったりはしなかった。聞き終えると、常武《つねたけ》は笑みを浮かべていた。

「いま言うたのは戯れだ。あなたを試してみただけだ。やはり頼もしい御仁で、感服した。戯言《ざれごと》は忘れられよ。そろそろ朝餉《あさげ》もできただろう。ごいっしょなされ」

そそくさと歩きだした常武《つねたけ》に続き、小文吾《こぶんご》も梯子《はしご》を降りた。朝食に招かれたが丁重に断り、階下で別れを告げた。九念次《くねんじ》に送られて離れ座敷へ帰った。

離れに戻って安堵《あんど》した己《おのれ》に、小文吾《こぶんご》は厭気《いやけ》が差した。ここは我が家ではないぞ、と言い聞かせ、顔を洗おうと手水鉢《ちょうずばち》へ向かった。母屋《おもや》からつながった樋《とい》を木の葉が一枚流れてきて、鉢の水面に落ちた。掬《すく》い上げると、和多羅葉《わたらよう》の葉だった。葉の裏に文字が書いてあった。小文吾《こぶんご》はいぶかしげに辺りを見回してから、目を落とした。

わけ入りし栞《しおり》たえたる麓路《ふもとじ》に
　流れも出でよ谷川の桃

何度か読み返した末に、これは桃源郷《とうげんきょう》の舞を披露した旦開野《あさけの》の仕業ではないか、と思いついた。桃の花のかんざしも、偶然、脇差の緒に絡まったとは考えにくかった。馬加《まくわり》常武《つねたけ》が裏で糸を引いているのか、と小文吾《こぶんご》は考えた。

昨夜の宴《うたげ》は、小文吾《こぶんご》を謀叛《むほん》に引き入れるための懐柔工作だった。戯れだと常武《つねたけ》は撤回したが、長く逆心を温めてきた者が簡単に志を改めはすまい。次は、色仕掛けを試みたか。浅はかな悪知恵を面罵《めんば》して常武《つねたけ》を辱《はずかし》めてやれば気は晴れるだろうが、それが短慮だとは小文吾《こぶんご》にも分かる。二度も拒絶すれば、今度こそ速やかに殺しにくるだろう。俺は知りすぎた。捨てる命は惜しまねど、こんなところで犬死にすれば親が嘆こう。四犬士への裏切りでもある。曳手《ひくて》、単節《ひとよ》の行方《ゆくえ》をだれが探すというのか。

小文吾《こぶんご》は信念と現実の間に囚われた気分だった。自胤《よりたね》殺しを拒めば危険が増す。敵の腹中にいるのを忘れてはならない。猶予はなかった。機会を捉え、逃げねばならない。その日以来、小文吾《こぶんご》はほとんど眠らなかった。まどろみもせず、徹夜で警戒を続けた。

予想に反し、つつがない毎日が繰り返された。童子が三度の食事を届けるだけで、常武《つねたけ》からは呼び出しもない。拍子抜けするほどなにも起きないまま、十日余りがすぎた。気の鬱《ふさ》ぐ雨が降り続き、五月も半ばとなった。やっと雨が上がった日、緊張感も途切れがちだった。その宵はつい、うたた寝した。雨戸も閉めずにいた。

五月晴れの夜。十四日の月が、縁側の障子に人影を映していた。

夢うつつにその影を見た瞬間、小文吾《こぶんご》の目が冴《さ》えた。……抜かった！　と、慌てて頭を持ち上げたとき、障子の向こうで「あ！」と叫びが聞こえた。物音が続いた。小文吾《こぶんご》は警戒を強め、刀の柄に手を掛けたまま障子を開け放った。縁台に抜き身を握る男が倒れ、首筋からおびただしい血を流していた。

「……なにがあった？」

賊の侵入より、その賊が死んでいることが不気味だった。死骸を抱え起こすと、凶器はすぐに見つかった。桃の花をかたどった白金のかんざしが、盆《ぼん》の窪《くぼ》から喉笛へ向けて打ち込まれていた。分かったのはそれだけではなかった。

死人は、馬加常武《まくわりつねたけ》腹心の若党《わかとう》、卜部季六《うらべのすえろく》だった。

「季六《すえろく》は常武《つねたけ》が放った刺客《しかく》だろうが、このかんざしはなんだ？　見覚えはある。あの女《おんな》田楽《でんがく》、旦開野《あさけの》の花かんざしだ。まさか、あの女が殺したとでも？」

月の影から推して、まだ丑三《うしみ》つ（午前二時）頃だった。

「とにかく、ここで季六《すえろく》が殺されたとなれば、常武《つねたけ》は俺を誅伐《ちゅうばつ》すべく多勢を動かすだろう。大義名分を与えたかもしれん。死骸を隠して常武《つねたけ》の出方をうかがうしかない……」

小文吾《こぶんご》は手頃な石を拾って死骸の裾《すそ》に包むと、庭の池に沈めた。作業を終えたとき、月が雲に隠れた。視界はおぼろだが、気配を覚えて振り返った。折戸の向こうにそびえ立つ松を伝い、築垣《ついがき》を越えようとする者がいた。小文吾《こぶんご》は抜き足で姿を隠した。曲者《くせもの》が築垣《ついがき》からひらりと飛び降り、庭木の間を音もなく駈けてくる。さらに縁側に手を乗せて離れの屋内をうかがい、静かに駈け込もうとしたところへ、小文吾《こぶんご》は飛び出した。

「曲者《くせもの》め！」と叫ぶが早いか、抜き打ちに斬りつけたが、相手はその刃《やいば》の下へ潜ってするするかわし、巧みに間合いをとった。

「おやめくだされ、犬田殿。敵ではありません。逸《はや》って怪我《けが》をさせたまうな」

女の声だ。改めて誰何《すいか》したとき、雲が晴れた。冷たい月光が降り注ぐ庭先で、明るみの下に顕《あらわ》れた人物は、なんと旦開野《あさけの》だった。

小文吾《こぶんご》は油断せず、「宴《うたげ》で顔を合わせたが、言葉を交わしてさえいない。夜更《よふ》けに垣を越え、我が寝床へ忍び入ろうとしたのはなにゆえか」

「あなたの敵を殺した花かんざしを見れば、想いはお分かりでしょう。宴《うたげ》では言葉を交わせませんでしたが、庭へと伝うこの樋《とい》に木の葉を流して切ない想いを告げたのに、それさえ知らぬふりとは薄情です。どうせ叶わぬ恋ならば、あなたに殺されてもいいと、思いきって忍び入りました。それを、なにゆえとは強情が過ぎませんか」

旦開野《あさけの》が恨み顔で不平を言うが、小文吾《こぶんご》は渇いた声で嘲笑《あざわら》った。

「馬鹿を言うな。この鬱屈を色恋で晴らそうとは思わん。こんなザマでも侠者《きょうしゃ》だ。くだらぬ色仕掛けはあきらめ、本当のことを言え。だれに命じられて俺を惑わしにきた」

旦開野《あさけの》はずかずかと近づくと、「先に贈った歌だけでしたら疑われるのも分かります。ですが、花かんざしを血に染めたのはだれのためか。あなたを救いたい心がなければ、だれが人殺しなどしましょうか。それでも私をお疑いなら、さっさと殺しなさい」

無防備《むぼうび》に身を寄せてきた旦開野《あさけの》にゾッとし、小文吾《こぶんご》は素早く身を退《ひ》き、その背後へと回り込んだ。威嚇《いかく》のつもりで刀を振り上げると、旦開野《あさけの》は振り向きもせずにひざまずき、うなじを伸ばして掌《てのひら》を合わせる。……なんのつもりだ。正気か？　と、半ば恐れて刃《やいば》を納めたが状況は治まらず、小文吾《こぶんご》は生唾《なまつば》を飲んだ。口調を和らげて言う。

「敵の手先と疑うたのは悪かった。だが、命を狙われているのは本当なのだ。そんな男の近くに女子《おなご》がいてはならん。添い遂《と》げられない夫婦とあきらめて、もう帰ってくれ」

「添い遂《と》げられないと、どうして決めつけになられるのか。どうしてともに逃げようとおっしゃらないのか。幽囚の屈辱を耐えたあげくに殺されたのでは、愚かにもほどがありましょう！」

小文吾《こぶんご》は胸が詰まった。疚《やま》しいことがあるかのように額をさすり、「逃げられるものなら、今日までここにいるものか。あの折戸は壊せても、城門を越える手立てがない」

「手立てならあります。私は二十日ほどここに逗留《とうりゅう》しています。城の内外はつぶさに見て回りました。城に出入りするには、昼は昼の手形、夜は夜の手形を用いています。その手形さえ手に入れれば、城門から出るのはなんら難しくありません」

小文吾《こぶんご》は顔を上げたが、すぐさま期待を振り捨てた。「下手《へた》を打てば、馬加《まくわり》に付け込まれる。なにより、そなたに危うい真似《まね》はさせられん。軽はずみなことを言うな」

旦開野《あさけの》は優しく微笑んで、「あれも危うい、これも危ういと言ううちに日がすぎて、あなたの命はいよいよ危うくなりましょう。明夜、私が手形を取ってきます。夜明けまでは待たせません。旅立ちの支度をしておいてください。いっしょに逃げましょう」

小文吾《こぶんご》は魅入《みい》られたように相手を見つめ、「本当に逃げられたなら、これ以上の天縁はもう我が身に訪れまい。なすべきことを果たし終え、そなたを妻にすると約束する」

それから気恥ずかしくなって視線を外し、死骸《しがい》から抜き取っていたかんざしを取り出した。「これは返しておこう」

旦開野《あさけの》は興味なさげにかんざしを見て、「手形を取るか、命を失うか。眠れる龍の口から珠を取るより難しい大事を前にして、こんなかんざしをもろうても……。せめて門出の手向《たむ》けにいたしましょう。小柴代わりに道祖神への贄《にえ》となれ」

そう言ってかんざしを池へ投げ込み、伏し拝んだ。音もなく立ち上がると、来たときと同じく樹の間を抜け、裾《すそ》をからげて築垣《ついがき》を登った。田楽《でんがく》で鍛えた身のこなしか、枝に手をかけてひらりと松へ移ったと思うや、もう築垣《ついがき》向こうの庭へ飛び降りていた。


寝付けなかった。田楽《でんがく》、傀儡《くぐつ》の才能は比類ないと常武《つねたけ》が絶賛したが、旦開野《あさけの》の才能はそれだけではなかった。百歩以上離れた築垣《ついがき》付近から、かんざしを打って季六《すえろく》を殺した。見事な手並だ。並の武芸者にはなし得ない芸当だろう。それに、肝の据《す》わり方が違った。素早く決断を下せるのは、頭の回転が速いからだった。励ましの声は力強く、小文吾《こぶんご》の迷いを断ち切った。

しかし、常武《つねたけ》はたやすい相手ではない。城門出入の手形を楽に盗み出せるとも思えなかった。失敗すればどうなる？　旦開野《あさけの》は命を落とすだろう。恋に狂うたとしても、侠《おとこ》気《ぎ》さえ持つあの少女を、俺のために死なせてよいわけがない。そのことについて何度も自問したが、他に手がなかった。ふたりの運を天に任せて明日を待つしかなかった。その夜は果てしなく長かった。

明けて五月十五日、朝から降る雨も未《ひつじ》の頃（午後二時）には上がり、晴れ間が見えてきた。卜部季六《うらべのすえろく》の死はもう知られただろうか。いつ多勢を差し向けられても不思議ではない。小文吾《こぶんご》は油断せずにいたが、この日も顔を合わせたのは食事を運んでくる童子だけだった。いつもと同じ一日が終わろうとしていた。

対牛楼《たいぎゅうろう》で密謀《みつぼう》を明かして以来、馬加常武《まくわりつねたけ》は小文吾《こぶんご》の動向を詳しく知らせるよう童子に命じていた。十日ほど小文吾《こぶんご》は隙《すき》を見せずにいたが、昨日は日中からときどき居眠りをしていた。夕間暮れ、刺客《しかく》として卜部季六《うらべのすえろく》を差し向けた。しかし季六《すえろく》は帰らず、小文《こぶん》吾《ご》はつつがなく離れにいるようだった。

「池のほとりの草の葉に血が落ちていました。池の水も薄紅でした」と、童子が告げた。小文吾《こぶんご》は季六《すえろく》を返り討ちにし、池に沈めて死骸を隠したのだと、常武《つねたけ》は察した。ならば速やかに季六《すえろく》の死骸を引き上げ、人殺しの咎《とが》で小文吾《こぶんご》を討つのだ——と考えたが、さすがに自胤《よりたね》が黙っていないだろう。なぜ季六《すえろく》が離れで殺されたか調べられれば、謀叛《むほん》の企みまで洩《も》れる恐れがある。常武《つねたけ》は善後策を練ったが、今日は時間切れだった。

五月十五日は、長男鞍弥吾《くらやご》の誕生日だ。毎年、大勢を招待して祝いの宴《うたげ》を開いていた。小文吾《こぶんご》の処遇は明日以降に決めればよい。正午頃、宴《うたげ》は対牛楼《たいぎゅうろう》で始まった。

常武《つねたけ》は上座《かみざ》に陣取り、自ら盃《さかずき》を回した。追従の声に満足した。旦開野《あさけの》が田楽能を舞い、楼上は大盛況となった。一日中遊び尽くしてなお飽きなかったが、子《ね》二つ（午前〇時前）頃、客たちは帰っていった。居残った馬加《まくわり》親子やその家来たちは泥酔していた。ある者は千鳥足で階下の寝室へ赴き、多くの者は床に横になっていびきをかいた。

対牛楼《たいぎゅうろう》で酒盛りが行われていたなど、小文吾《こぶんご》に知る由もなかった。日没後、旦開野《あさけの》を心配して庭に降り、裏へ回り、築垣《ついがき》に耳を押し当てた。外の様子は知れず、焦慮《しょうりょ》だけが募った。

遠くから笛や鼓《つづみ》の音が聞こえ、ようやく酒宴が開かれているのを察した。旦開野《あさけの》も宴《うたげ》に呼ばれ、折よく手形を奪う機会を得たのか。やがて夜は更け、音曲の調べも聞こえなくなった。寂寥《せきりょう》とした庭に夜風が吹き付ける。小文吾《こぶんご》はしばらく折戸の前にたたずんでいたが、樹々の揺れる影を踏んで引き返した。旅立ちの支度を整えておかねばならない。

忙しく荷をかき集めて風呂敷に包む。裾《すそ》をからげて三尺手拭《てぬぐ》いで結ぶ。脚絆《きゃはん》をつける。腰に脇差を差す。逃げた後どこへゆくとも決めていなかった。大刀を持って縁側に出ると、満月が西へ傾いていた。鳴り始めた鐘の音を数える。四更《しこう》（午前一時）だった。

かすかな足音が間遠に聞こえ、小文吾《こぶんご》は耳をそばだてた。……旦開野《あさけの》、よもや見咎《みとが》められて捕らわれたか。……いや、酔っ払いの喧嘩《けんか》かもしれない。小文吾《こぶんご》は唇を噛んだ。庭へ降りて耳を澄まし、家内に戻って腰を落ち着け、そんなことを半時（一時間）ばかり続けるうちに物音もすっかり絶えた。緊張の糸が切れ、崩れるようにして縁台に腰を下ろした。

「旦開野《あさけの》が捕らわれれば、命がけで救おうとしても手遅れだろう。やはり巻き込むべきではなかった。あたら少女を殺させれば、俺も生きておれん。間違うた。誤った」

不意に、視界の端をなにかがよぎった。松を伝って築垣《ついがき》を飛び越え、こちらに向かって鳥のように駈けてくる。小文吾《こぶんご》は立ち上がった。息苦しいまでに興奮し、「旦開《あさけ》野《の》！」と呼びかけた。

黒髪が乱れていた。引き裂かれた着物が血に染まっていた。右手に氷のような抜き身を持ち、左手になにかを引っ提げていた。そんな風体の旦開野《あさけの》が小文吾《こぶんご》の前まで近寄ると、こちらが口を開く前に、

「待ちかねたでしょう、犬田殿。約束の手形です。ご覧あれ」

あっさりした口ぶりで言い、左手に持ったそれを縁台に投げた。鈍い音がした。闇夜でも分かった。手形などではない。小文吾《こぶんご》はそれを引き寄せ、漏れる灯火と月明かりに照らしてはっきりと見た。

それは、馬加大記常武《まくわりだいきつねたけ》の生首だった。

小文吾《こぶんご》は物言わぬ首を凝視し続けた。ようやく顔を上げたとき、改めて旦開野《あさけの》の異形を見つめた。美少女に似合わぬ凄惨《せいさん》な風体をいぶかった。

「……どういうことだ。なにがあった」

旦開野《あさけの》は返り血で汚れた口元をニッとゆがめ、「私はそもそも、女ではない」と言った。

7 対《たい》牛《ぎゅう》楼《ろう》の仇《あだ》討《うち》

始まりから語らねば分かるまい。私はそもそも女ではない。もはや隠す必要もない。
寛正《かんしょう》六年（一四六六）冬十一月、馬加大記常武《まくわりだいきつねたけ》の企みに乗せられ、籠山逸東太縁連《こみやまいっとうたよりつら》が千葉家の一門衆粟飯原首胤度《あいはらおうとたねのり》を殺害した。私はその粟飯原胤度《あいはらたねのり》の遺児で、名を犬阪《いぬさか》毛野胤智《けのたねとも》という。浮世をしのぶ女田楽師《おんなでんがくし》となり、俗名毛野《けの》をもじって旦開野《あさけの》と呼ばれるようになったことには、ささやかながら由縁がある。

犬田殿も聞いたことがあるかもしれない。父の正妻稲城《いなぎ》、兄の夢之助、まだ幼かった姉玉枕《たまくら》にいたるまで、我が一家は馬加常武《まくわりつねたけ》によってみな殺しにされた。親戚たちまで巻き添えにされ、粟飯原《あいはら》の家筋と土地が断絶したのは、十五年前のことだった。

私の母は妾《めかけ》だった。名を調布《たつくり》といった。父の子を身ごもり、二年間出産しなかった。常武《つねたけ》は胎児もろとも殺そうとしたが、母の友人や医師たちが、これは妊娠ではない、血塊の病だと証言したことで、辛くも命を助けられた。追放された母は、縁をたどって相模《さがみ》国足柄《あしがら》郡犬阪《いぬさか》の里に落ち着き、その年の十二月、私を産んだ。男子の出産を千葉家に知られるわけにいかず、周囲には女の子だったと告げ、私は毛野《けの》と女名をつけられた。二、三年後、貯えが尽きた母は、私を抱いて密かに里を立ち去って鎌倉へ向かった。当てがあったわけではないが、母は鼓《つづみ》を打つのが上手だった。その芸を見込まれ、女田楽《おんなでんがく》に雇われたのだ。私も一座に加わり、幼い頃から田楽《でんがく》の技を習わされた。覚えがよく、早々に人前に出るようになると、旦開野《あさけの》という名で持て囃《はや》され始めた。

十三歳の秋、母が大病を患《わずら》った。余命を頼りなく感じたのか、私を枕元に呼んで出《しゅっ》生《しょう》に関わる長物語をした。私は初めて親兄姉《きょうだい》のこと、馬加《まくわり》、籠山《こみやま》という仇《かたき》ふたりのこと、陰惨な凶事一切を知った。悲しく、なにより悔しかった。仇敵《きゅうてき》を滅ぼして亡父に手《た》向《む》けねば、人生は始まらないと思った。籠山縁連《こみやまよりつら》の行方《ゆくえ》は知れなかったが、馬加常武《まくわりつねたけ》は石浜《いしはま》城にいる。常武《つねたけ》に狙いを定めつつ、母の看病に明け暮れた。その冬、母は身まかった。

すぐにでも石浜《いしはま》へ赴いて復讐を果たしたかったが、私は発育が悪かった。輪鼓《りゅうご》、品玉《しなだま》、綱渡り、あるいは今様《いまよう》、田楽舞《でんがくまい》、できるのはそれだけだ。刀を抜く術《すべ》も知らずに大敵を討てるはずがない。復讐を延期し、田楽上達のためと偽って昼となく夜となく修練に励んだ。自得した武芸は、剣術、拳法《けんぽう》、槍、薙刀《なぎなた》、手裏剣、組み打ち、鎖鎌《くさりがま》と多岐にわたった。復讐心を師とした数年の鍛錬で、神仏の助けもあっただろう、自我一流を究めた。

父祖は千葉氏の一族、我が家系はまさしく武士だ。しかし、幼少から俳優人《わざおぎびと》として育てられ、女子《おなご》として世を渡ってきた。自分自身として生きられぬことに増す不幸はない。だが、別人であるこの境遇を利用すれば、常武《つねたけ》に近づける。宿望を遂《と》げるまではこのままでいようと決めた。毎日髪を結い、化粧をし、口ぶりから立ち居振る舞いまで、一日中、女のふりをし続けた。そして今年、女田楽《おんなでんがく》の一行に交じって石浜《いしはま》を訪れたのだ。

求めずとも、仇《かたき》のほうから私を屋敷へ招き入れた。それから二十日余り、馬加《まくわり》家の母屋《や》に逗留《とうりゅう》した。その間に、あなたのことを聞いた。噂の通り稀《まれ》な勇士ならば捨て殺しにすべきではない。我が宿望を遂《と》げた暁《あかつき》には、ともに逃がそうと決めた。だから、あの宴の夜に桃の花かんざしを残し、後に桃源郷《とうげんきょう》の歌を贈った。昨夜は、常武《つねたけ》が刺客《しかく》を送ると母屋《おもや》で洩れ聞いたために後をつけ、築垣《ついがき》近くからかんざしを打って仕留めた。そして、あなたの志を試した。警戒していたとはいえ、女色に迷わない芯の強さは、賢人たる柳下恵《りゅうかけい》にも恥じないものだ。手形にかこつけて脱走を約束させたのは、仇《かたき》を討った後の加勢が欲しかったからでもある。

時はよし、今日は鞍弥吾常尚《くらやごつねひさ》の誕生祝いが催され、馬加《まくわり》一党は酒宴で日をすごした。真夜中に散会となり、来客は退《しりぞ》いた。親子郎党はあちこちで酔いつぶれていた。今夜、復讐を遂《と》げる。私は隠していた名刀を引っ提げ、単身、楼閣へ侵入した。音を立てずに対牛楼《たいぎゅうろう》をうかがえば、常武《つねたけ》親子や渡辺綱平《わたなべつなへい》らが床でうたた寝していた。

まずは彼奴《きゃつ》らからだ！　私は梯子《はしご》を登りきるや、常武《つねたけ》の枕元へ忍び寄った。そこに突っ立ったまま、天地に響けとばかり声高らかに罵倒《ばとう》した。

「さっさと起きろ、馬加常武《まくわりつねたけ》！　かつて汝《なんじ》の讒訴《ざんそ》によって杉門路《すぎとじ》で討たれた粟飯原首《あいはらおうと》胤度《たねのり》が妾《めかけ》の胎《はら》に残した遺児、犬阪毛野胤智《いぬさかけのたねとも》が見参《げんざん》したぞ。親の仇《かたき》、兄姉《きょうだい》の恨みを返すときだ。起きて勝負を決さんか！」

枕を蹴り飛ばすと、常武《つねたけ》は驚いて目を覚ました。盗賊とでも思ったか、慌てて近くにあった脇差を取り、抜こうとした。抜かせなかった。私の刀は弧を描き、刎《は》ねた常武《つねたけ》の首がはるか向こうまで飛んでいった。その左右で寝ていた馬加鞍弥吾《まくわりくらやご》、渡辺綱平《わたなべつなへい》が同時に目を覚まし、常武《つねたけ》の死骸からこぼれるおびただしい血に動揺して騒ぎ立てた。

「曲者《くせもの》め、逃げられると思うな！」

嗄《しゃが》れた声で叫ぶや、ふたりして抜き打ちに刀を振るう。私は右に受け、左に払った。一歩も退《ひ》かずに打ち合って、まず鞍弥吾《くらやご》の刀を打ち落とした、あ、と呻《うめ》いた鞍弥吾《くらやご》は慌てて逃げだした。無防備《むぼうび》に晒《さら》した太り肉の背を、私の刃《やいば》が深くつん裂いた。のけぞったところを今度は横ざまに斬り捨てると、肥満体が二つに分かれて倒れた。

騒ぎが大きくなり、階下でも目を覚ます者が出た。大刀音《たちおと》を聞いて駈けつけたのは、馬加夫人《まくわり》の戸牧《とまき》だった。何事か、何事かと呼びかけながら彼女が梯子《はしご》を登っているとき、ちょうど渡辺綱平《わたなべつなへい》が逃げだした。綱平《つなへい》は階下へ逃れようと梯子《はしご》へ向かったが、そのとき登りきった戸牧《とまき》を、私の助太刀《すけだち》と思ったらしい。有無を言わさず一大刀《ひとたち》で斬り捨てた。斬られた戸牧《とまき》はわけも分からず、長梯子《ながばしご》から転落した。娘の鈴子が母を追って梯子《はしご》の中段にいた。真っ逆さまに墜《お》ちてくる母の死骸にぶつかり、幼い娘は首の骨を折った。折り重なるようにして母子は床に叩きつけられた。

その惨状を、綱平《つなへい》は階上から見ていた。自分が引き起こした悪夢を受け入れきれず心が壊れたか、逃げるのをやめて引き返してきた。怒号をあげて私を殺しにかかる。私がふたりを殺したのだと罵《ののし》りながら大振りした。動揺いちじるしい相手を返り討ちにするのは簡単だった。

もはや楼上に敵はなかったが、ひとりも逃す気はなかった。静かに階下へ降りると、襖《ふすま》を蹴り開けて一部屋ずつ進んだ。返り血に染まった私の歩みは、悪鬼の行進と見えただろう。酔いが醒《さ》めずにいた金平太《きんへいた》、九念次《くねんじ》、貞九郎《さだくろう》、それにしもべらが、手槍、六尺棒、お貸し刀を構えたが、動揺から足並みをそろえられず、それぞれ勝手に打ちかかった。私はそれらを縦横無碍《じゅうおうむげ》に斬り崩してゆく。羊の群れに突っ込んだ虎のようなものだった。浅手を負った白井貞九《さだく》が一目散に逃げだせば、唐竹割《からたけわり》に斬り殺した。返す刀で金平太《きんぺいた》の手槍を折り、畳みかけて咽喉《のど》を貫いた。九念次《くねんじ》は数ヶ所に痛手を負い、よろめきながら逃げていた。その背に大刀を浴びせると、老人は血煙を上げて死んだ。残りのしもべたちに童子までが入り混じって逃げ惑い、厨《くりや》の土間へ逃げ込んだ。いや、追い込まれたというべきだろう。彼らは逃げ場のない行き止まりに至り、高く積まれた米俵《こめだわら》の陰に隠れようと押し合いへし合いしていた。浅ましく罵《のの》り合ううち、俵《たわら》が崩れて頭から押しつぶされた。他人を覗き見してばかりいた童子たちは、目ん玉が飛び出した。肩や腰の骨を折って六、七人が自滅した。生き残った者もすでに半死半生だ。土間を舐《な》めんばかりに平伏し、手を合わせて「許してください。堪忍《かんにん》してください」と詫びるばかりだった。これ以上は無益《むえき》な殺生だと捨て置き、私は踵《きびす》を返した。再び対牛楼《たいぎゅうろう》へ登ると、仇《かたき》の血で壁に声明文を書き留めてから馬加常武《まくわりつねたけ》の首を拾い上げた。

父兄の為に讐《あだ》をみなごろしにし、旧主の為に奸臣《かんしん》を鋤《す》いた。今日より後、主君が主君としてあるならば、二度と臣に惑わされて謀略に掛かるなかれ。

文明十一年五月十六日暁天《ぎょうてん》　粟飯原首胤度《あいはらおうとたねのり》遺児　犬阪毛野胤智《いぬさかけのたねとも》十五歳書

8 水難

「奇妙な少女と思うていたが、噂に聞く粟飯原《あいはら》家の遺児だとは」小文吾《こぶんご》は信じがたい思いで、犬阪毛野《いぬさかけの》を見た。「胎内に留まって禍《わざわい》を避けたそなたが、今夜恨みを晴らして国をも救うた。御年十五歳、身ひとつで十数人の大敵を討ち尽くすなど聞いたことがない。言いたいことはある。聞くべきことはもっとあるが、長語りで夜を明かせば、城兵らに捕らわれて後悔することになろう。これから、どうするつもりだ。逃げ道はないと俺は言うたが、これほどの大事を仕出かすつもりだったなら、考えあってのことだろう」

「夜ごと寝床を抜け出しては、要害や堀を見て回り、逃げ道を探ってきた。逃げられそうな経路はとっくに見極めてある。怖じずについてくるか」

小文吾《こぶんご》が物問いたげに見つめる間に、毛野は乱れ髪をひとつにまとめた。それから馬加常武《まくわりつねたけ》の首を取り、その髻《もとどり》を腰に結んだ。裾《すそ》をからげて帯に挟み、颯爽《さっそう》と折戸のほうへ駈けだした。勢いのまま軽やかに笠木《かさぎ》に飛びついてするすると越え、外から鎖をねじ切って扉を開けた。その早業に小文吾《こぶんご》は驚き、「あれは真似《まね》できん」と、素直に褒《ほ》めた。

あっさり馬加屋敷《まくわり》を脱出すると、密やかに曲輪《くるわ》を進んだ。毛野《けの》が脱出口に選んだのは、城の裏門側、東の土手にある林だった。林を突っ切ると、堀に突き当たる。他と比べて幅が広くないとは言うが、それでも四丈《じょう》（約六メートル）以上はある。毛野《けの》は腰につけた縄を取って端に重しをつけた。もう一方の端を近くの松に固く結び、重しにした珠を握りしめて堀向こうの汀《みぎわ》へ投げた。柳の幹に、珠が三重四重に絡みついた。ピンと張り切ると、「さあ、渡るぞ」と、その縄に乗って向こう岸へと走ってゆく。

小文吾《こぶんご》は目を丸くした。毛野《けの》の足取りは、平地よりも身軽に見えた。あまりに簡単そうだから、すぐさま後に続こうとしたが、縄はけっして太くはない。小文吾《こぶんご》は足を乗せることさえできなかった。これは無理だとためらっていると、向こうの柳に縄を固く結んだ毛野が、再び綱渡りして戻ってきた。

「犬田《いぬた》、ためらうことはない。俺の肩に乗れ」

毛野《けの》が背を向けると、倍ほど嵩《かさ》のありそうな小文吾《こぶんご》をやすやすと背負う。今度はゆっくり縄を渡るが、表情もゆがめず、「しっかりつかまっていろ」と、折々声をかけた。

なんなく堀を渡りきると、毛野は刀で縄を切った。堀へ沈んでゆくのを確認し、「先に夜が白む東へ向かおう。陸地は追っ手がつきやすい。墨田川《すみだがわ》を渡るほうがいい」

ついに城外へ出た。俄然《がぜん》、城中が騒がしくなる。兵を召集する太鼓の音がとどろいた。

「しもべたちが知らせたのだ。千葉の軍勢がくるぞ。恐るるに足らんが、追っ手と戦うても益はない。川を渡ってさっさと逃げよう」

「俺も同じことを思うていた」と、小文吾《こぶんご》はうなずいた。

墨田川《すみだがわ》の河原に着くと、ふたり手分けして渡し舟を探した。武蔵《むさし》と下総《しもうさ》を分かつ堺川《さかいがわ》とも呼ばれ、はるか秩父《ちちぶ》山から流れ出し海へ通じている。坂東《ばんどう》一、二の大河は、このところ続いた五月雨《さみだれ》の影響で水嵩《みずかさ》が増し、波が高い。浅瀬に停泊していた舟は流されたようだった。岸につないだ舟がないかと、同じ河原を行きつ戻りつするうち陽が昇りきった。人馬の足音がした。毛野と小文吾《こぶんご》は汀《みぎわ》にたたずみ、顔を見合わせる。

「追っ手は近いぞ。陸地を走るなら一合戦を覚悟せねばならん。川を渡るなら――」

そのとき、千住《せんじゅ》のほうから柴積み舟が一艘《そう》下ってきた。岸から一反《たん》ほどの距離で、舟人が流れに任せて難儀そうに竿《さお》を繰っていた。ふたりはもろ手を上げ、「相乗りさせてくれ。こっちへ寄せよ！」と懸命に招いたが、舟人は小馬鹿にするように頭《かぶり》を振り、目の前を通りすぎていった。

毛野は髪を逆立てんばかりに怒った。「なんだその態度は。貸してもらわんでいい。勝手に借りるぞ」そう罵《ののし》りながら、川沿いに舟を追って走りだした。

舟人は嘲笑《あざわら》って竿《さお》を引き上げ、艪《ろ》を取って速度を上げようとした。すると、毛野《けの》は勢いよくひらりと川に向かって身を躍らせ、舟へ飛び乗った。舟人は驚いたが、すぐさま怒りにかられた。竿を持ち上げて殴りかかろうとする。毛野《けの》は拾わせず、あっさり蹴倒《けたお》してぐりぐりと踏《ふ》み据《す》えた。だが嬲《なぶ》るより、舟を岸へ戻すのが先決だ。急いで艪《ろ》を押したが、思った以上に水流が強くて舟を操れなかった。みるみる押し流され、岸から離れて川下へと進んでいった。

今度は小文吾《こぶんご》もためらわなかった。諸肌脱《もろはだ》いで単衣《ひとえ》の袖《そで》を腰に巻きつけ、両刀を差したまま川へ飛び込んだ。懸命に抜き手を切る。舟まで泳ぎつこうと気が逸《はや》った。流れが速い。波も高かった。これは危ういぞ、と察した。塩浜でこなれた水練では、急流に流される川舟に追いつけない。遠ざかってゆく毛野《けの》の叫びを聞いたとき、小文吾《こぶんご》は波に巻き込まれた。

引き波だった。

荷を積み上げた別の平駄船《ひらたぶね》に追い越されたのだ。船尾波に巻き込まれながらも、小文《こぶん》吾《ご》はその船縁《ふなべり》に手をかけた。命からがら乗り込むと、二、三人の舟子が声を荒らげた。

「この盗人《ぬすっと》が。朝働きに米を奪いにきたか。打ち殺すぞ！」

有無を言わさず、左右から殴りつけようとする。小文吾《こぶんご》は振り下ろされたふたつの櫂《かい》を両の手でつかみ、振り回して奪い取った。その櫂《かい》を振り上げ、容赦はせんぞとにらみつけたとき、肩に手が掛かった。背後から、詫びるような震え声がした。

「古那屋《こなや》の若旦那よ、怒りを鎮めてくれ」

懐かしい屋号を呼ばれて驚き、小文吾《こぶんご》は振り向いた。そこにいたのは、山林房八《やまはやしふさはち》がかつて雇っていた、犬江屋《いぬえや》の依介《よりすけ》だった。


依介《よりすけ》は舟長《ふなおさ》だった。小文吾《こぶんご》は櫂《かい》を投げ捨て、「依介《よりすけ》か。こんなところで出くわすとは思わなかった。久しぶりでなんだが、頼みを聞いてくれ。俺は去年から悪党に抑留され、命を奪われそうになっていた。ある人に助けられ、ようやく逃げてきたところだ。見よ、西岸で追っ手が騒いでいよう。その恩人が柴舟に飛び乗って南へ流された。問うべきことがあるのだ。ここで別れては二度と会えまい。舟子たちを説得して追うてくれんか。俺も艪《ろ》を漕ぐ。時間がないのだ。頼む」

依介《よりすけ》は倒れた舟子たちへ目をやり、「聞こえただろう。この旦那は、お前たちに何度も話した行徳《ぎょうとく》の犬田殿だ。追っ手をかわして我が舟に乗られたのは幸いだった。南へ下った柴舟、いまは見えんが、骨折れば追いつけるやもしれん。艪《ろ》を押せ。急げ！」

依介《よりすけ》自ら舵《かじ》を取った。舟子たちは犬田《いぬた》の名に恐れをなしたか、「我々はこの春から犬《い》江屋《えや》に居るので、知らぬこととはいえ、無礼をつかまつった。許してくだされ」と詫び、それぞれ艪《ろ》や櫂《かい》をとり、声を合わせて懸命に漕ぎだした。

追い風だった。舟はまたたくく間に二里ほども進み、品川沖が見えてきた。追ってくる敵影はなかったが、毛野《けの》を乗せた柴舟もまた見当たらなかった。

「のう、古那屋《こなや》の若旦那。精一杯漕ぎ走らせたが、お尋ねの柴舟は見当たらん。その舟は小さく、荷も軽かったのでしょう。かなり先まで流されたのなら、追いつくのは難しいでしょう。追跡はあきらめ、いっしょに市川へ参られんか。この頃の行徳《ぎょうとく》、市川のことをご存じないんじゃありませんか。あなたの話も聞かせてほしい。荷を届けてからになりますが、犬江屋《いぬえや》へ行きましょう。びしょ濡れの衣は俵《たわら》に掛けておけば、いずれ乾きます。とにかく朝飯を食うてください。顔色が悪いですぜ」

依介《よりすけ》は舟の隅で枯れ枝を焚《た》かせ、茶を煎《せん》じた。綱から飯櫃《めしびつ》を出すと、紅殻《ベンガラ》塗りの椀によそった。さらに燻《いぶ》した油揚を、葛西茄子《かさいなす》のぬか漬けとともに竹の節皿に移し、空きっ腹の小文吾《こぶんご》に勧めた。

犬阪毛野を永遠に見失った。そう思うと、小文吾《こぶんご》は気分が悪い。しかし、偶然にも市川の舟に乗ったなら、犬江屋《いぬえや》へ寄らず、行徳《ぎょうとく》にも帰らないのは薄情だろう。葛藤はあったが、依介《よりすけ》の提案に従うことにした。

依介《よりすけ》はさっそく舟子に指示を出し、舟を東へ向けた。後はひたすら漕ぎ続けた。小文《こぶん》吾《ご》は、さっき依介《よりすけ》が口走った市川、行徳《ぎょうとく》の事情とやらが気になったが、いまは強いて問わなかった。会話もせず、ひとり侘《わび》しく川を渡る風を受け続けた。

正午ごろ、市川に着いた。依介《よりすけ》は荷主宅に近い河岸で水揚げした後、犬江屋《いぬえや》の船着場に舟を繋いだ。手際よく舵《かじ》や艪《ろ》を引き上げ、荷覆いの苫《とま》や筵《むしろ》を片付けていると、母屋《おもや》から若い女が走り出てだみ声を張り上げた。

「帰られたか。思ったより早かったねえ。みな昼飯を食うて休みなされ」そう労い、舟から食器や釜を受け取った。依介《よりすけ》が声をかけた。

「水澪《みお》、珍しい客人がお見えだ。ここはいいから母屋《おもや》で茶を煮ろ。それと膳の用意だ」

彼女に案内され、小文吾《こぶんご》は母屋《おもや》へ通された。座敷に腰を下ろすと、ここは本当に犬江《いぬえ》屋《や》なのかと不思議な思いがした。屋敷は以前と変わらなかったが、依介《よりすけ》が主人のようにふるまっている。妙真《みょうしん》の声はせず、大八《だいはち》の親兵衛《しんべえ》も見かけない。やがて、依介《よりすけ》が土瓶《どびん》と茶碗を持ってやってきた。

「今日はたいそう暑いですな。舟で煮た茶は鉄気《かなけ》じみて渇きを癒せなかったでしょう。茶を一服どうぞ。ほどなく飯も届きます」

「茶も膳も要《い》らんぞ」それよりも聞きたいことが山ほどあった。「この家の母御《ははご》はどこへ行かれた？　孫もいっしょに出かけているのか？」

依介《よりすけ》は茶を出すと、少し膝《ひざ》を進めた。「お伝えすることがあって来てもらいました。あなたが武蔵《むさし》の大塚へ発《た》たれたのは、去年の六月でしたな。なかなかお帰りになられず、ここでも行徳《ぎょうとく》でも待ちわびて、やがて、大法師《ちゅだいほうし》という人が様子を見に大塚へ発《た》たれた。しかし、この人も約束の日をすぎても帰ってこなかった」

茶で咽喉《のど》を湿らせながら、依介《よりすけ》は語り続ける。

その後、舵九郎《かじくろう》という地元の悪漢が妙真《みょうしん》に難癖《なんくせ》をつけに訪れ、蜑崎照文《あまさきてるふみ》は難を避けるべく、妙真《みょうしん》と親兵衛《しんべえ》を安房《あわ》に匿《かくま》うことにした。小文吾《こぶんご》の父文五兵衛《ぶんごべえ》が親兵衛《しんべえ》を背負い、依介《よりすけ》は荷物持ちとして従ったが、途上で舵九郎《かじくろう》一味に襲われた。そのとき暗雲が立ち込め、強風吹き荒れて舵九郎《かじくろう》の身を引き裂き、幼い親兵衛《しんべえ》を巻き上げた。親兵衛《しんべえ》の行方《ゆくえ》はそれきり知れず、妙真《みょうしん》は半狂乱《はんきょうらん》となった。それでも蜑崎《あまさき》になだめられて安房《あわ》へ向かい、依介《よりすけ》も随伴した。文五兵衛《ぶんごべえ》は市川へとって返し、次の日、大塚へ発《た》った。小文吾《こぶんご》らの様子を尋ねるためだった。

文五兵衛《ぶんごべえ》は、大塚近辺で小文吾《こぶんご》たちの行状を知ったようだ。犬川荘助《いぬかわそうすけ》奪還によって追われる身となり、追っ手の大将仁田山晋五《にたやましんご》が信乃《しの》と荘助《そうすけ》を討ち取ったと喧伝《けんでん》して首級を晒《さら》したが、偽首《にせ》だという噂も多かった。ならばだれの首かと文五兵衛《ぶんごべえ》は尋ね歩いたが、定かに知る者はなかった。文五兵衛《ぶんごべえ》は小文吾《こぶんご》の首ではないかという疑いを晴らせずに、暗鬱として大塚に逗留《とうりゅう》し続けた。結局、小文吾《こぶんご》たちの生死も、丶大法師《ちゅだい》の行方《ゆくえ》も知れず、滞在五日にして行徳《ぎょうとく》へ帰った。それから、妙真《みょうしん》、蜑崎《あまさき》たちに報告すべく安房《あわ》へ向かった。依介《よりすけ》も、小文吾《こぶんご》が生きているのかどうか、今日再会するまで知らなかった。

「お会いできて本当に嬉しいのです。大塚で消息を絶たれた後、どうしていたので？」

小文吾《こぶんご》のほうも、刑場破り以降に見舞われた災難をかいつまんで話した。依介《よりすけ》は感心しながら相槌《あいづち》を打ったが、小文吾《こぶんご》はきりのいいところで切り上げた。

「市川の様子は大方分かった。せっかく近くまで帰ったからには、父へ顔を見せに行徳《ぎょうとく》へ戻りたい。依介《よりすけ》、悪いが草履《ぞうり》を貸してくれんか」

そう言って立ち上がろうとするのを、依介《よりすけ》が慌てて押しとどめる。

「待ってくだされ。まだ伝えていないことがあります。どうか、落ち着いて聞いてくだされ。言いにくいことですが、あなたの父御《ちちご》のことで……」

胸騒ぎがした。「何事だ。隠さずに言うてくれ。親父になにかあったのか？」

「いまお話ししたように、文五兵衛《ぶんごべえ》様は大塚の様子を伝えに安房《あわ》へ行かれました。すでに蜑崎《あまさき》殿が里見の殿様に市川、行徳《ぎょうとく》のことをお伝えなさっていた。殿様は妙真《みょうしん》様を安房《あわ》に留められ、蜑崎《あまさき》殿には親兵衛《しんべえ》を捜し出し、犬田《いぬた》殿たちとともに安房《あわ》へ連れてくるよう命じられていました。そんな折、文五兵衛《ぶんごべえ》様が参られたのです。殿様は報告に驚かれ、蜑崎《あまさき》殿には改めて、大法師《ちゅだい》と合流し、四犬士の生死を探り当てて吉凶いずれでも必ず報せるように命じられました。屈強な兵を扮装《ふんそう》させ、蜑崎《あまさき》殿につけられました。文五兵衛《ぶんごべえ》様もお供を願われましたが、老人には難儀な役目だと殿様が許されませんでした」

里見義実《よしざね》は、文五兵衛《ぶんごべえ》と妙真《みょうしん》に安房《あわ》で蜑崎《あまさき》の報告を待つように言い、不自由のない生活を約束した。依介《よりすけ》もまだ安房《あわ》に逗留《とうりゅう》していた。それが、昨年七月下旬のことだった。

それからまもなく、依介《よりすけ》は妙真《みょうしん》と文五兵衛《ぶんごべえ》に呼ばれた。妙真《みょうしん》は犬江屋《いぬえや》を依介《よりすけ》に譲ると言い、姪《めい》の水澪《みお》を娶《めと》ってはどうかと持ちかけた。あまりのことに返答できずにいると、文五兵衛《ぶんごべえ》も依介《よりすけ》に頼みがあると言う。古那屋《こなや》を売りたいから準備を整えてほしい、と言った。文五兵衛《ぶんごべえ》は舵九郎《かじくろう》の残党が市川に残っていないか、しきりに心配していた。

ともかく、依介《よりすけ》は市川へ帰ることになった。まず行徳《ぎょうとく》に赴き、旅宿を売りたいという文五兵衛《ぶんごべえ》の希望を村長《むらおさ》に伝えた。行徳《ぎょうとく》は穏やかだったし、市川にも舵九郎《かじくろう》の仲間はいなかった。その旨《むね》を安房《あわ》へ知らせると、十日後には、里見兵に護衛されて妙真《みょうしん》と文五兵衛《ぶんごべえ》が市川へ戻った。駕籠《かご》に乗って帰郷した彼らを見て、里人は驚いた。妙真《みょうしん》は船橋から姪《めい》を呼び寄せ、依介《よりすけ》との結婚の段取りを進めた。房八《ふさはち》と沼藺《ぬい》を亡くし、孫までが神隠しにあったいま、姪婿《めいむこ》の依介《よりすけ》を養子に迎え、自分は安房《あわ》の親戚の元に身を寄せると、村長《むらおさ》には説明した。年寄衆は反対もせず、犬江屋《いぬえや》を譲られた依介《よりすけ》夫婦を受け入れた。

行徳《ぎょうとく》では、文五兵衛《ぶんごべえ》が同じように村長《むらおさ》に告げた。老いて満足に働けないので、安房《あわ》にいる親戚宅に身を寄せる。やがて古那屋《こなや》に買い手がつき、交渉の末、百五十金ほどになった。そのうち二十金を房八《ふさはち》と沼藺《ぬい》の菩提寺《ぼだいじ》に寄進し、三十金は里の貧民への施しとして渡した。去年の秋九月半ばのことだった。

文五兵衛《ぶんごべえ》は事を済ませると妙真《みょうしん》に合流し、数多《あまた》の警固《けいご》に守られて安房《あわ》へ帰った。依介《よりすけ》が安房《あわ》から手紙を受け取ったのは、今年二月の初めだった。文五兵衛《ぶんごべえ》は病床にあった。里見家では療養に手を尽くしていたが、回復の見込みはなさそうだった。

依介《よりすけ》は急いで安房《あわ》へ赴いた。妙真《みょうしん》に案内され、文五兵衛《ぶんごべえ》の枕元に腰を下ろした。

「依介殿《よりすけ》、よう来てくれたな。どうか近くへ」文五兵衛《ぶんごべえ》は見るからにやつれていた。対面できるのはこれが最後だろうと、か細い声で言った。「小文吾《こぶんご》と親兵衛《しんべえ》の生死も知れぬまま長い別れとなるのは無念ではあるが、実を言えば、わしはそれほど心配していないのだ。彼らには伏姫《ふせひめ》様のご加護がある。八行八字の八犬士の一員なら、鬼神でも命を奪えまい。怨敵《おんてき》残賊ごときに滅ぼされはしないだろう。たとえ一時の不幸で苦しい目に遭うていようと、いずれ八人そろうた日に、里見殿に仕えて家名を上げてくれる。親を敬うようにして里見殿に仕えてほしい。里見殿には去年の秋からご恩を受けた。座っていれば飯が出る。着物も自ら編まなくてよい、名医良薬を世話してくださる。感涙に袖《そで》を濡らさぬ日はなかった。もう未練はないのだ。よい死に時と思うている。だから小文《こぶん》吾《ご》には、親の死に目に会えなかったことを無念に思うな、と伝えてくれ。行徳《ぎょうとく》の家を売った金がここにある。小文吾《こぶんご》が友達と帰ってきたとき、長旅の間に借金があるかもしれん。依介《よりすけ》殿、十金はそなたが受け取ってくだされ。余りを小文吾《こぶんご》に渡してほしい」

依介《よりすけ》は慰《なぐさ》めを口にできないほど胸が苦しかった。妙真《みょうしん》がむせび泣いていた。その後も看病のため、依介《よりすけ》は十日ほど逗留《とうりゅう》した。二月十五日、文五兵衛《ぶんごべえ》は眠るように息絶えた。葬式も四十九日の法要も、里見家が執り行った。依介《よりすけ》は二月下旬に安房《あわ》を発《た》った。そのときの妙真《みょうしん》は心細げだった。これもまた、思い出すだに痛ましい。


小文吾《こぶんご》は声を立てずに泣いた。何度も叩いた胸をきつくつかんだ。昨日まで親の死さえ知らなかった。故郷で無事に暮らしていると信じきっていた。いまさら言っても仕方がないが、去年七月に曳手《ひくて》たちを故郷へ連れ帰っていれば、こうはならなかった。

「……親不孝を許したまえ」小文吾《こぶんご》は声を絞り出し、東を向いて伏し拝んだ。

依介《よりすけ》が言う。「お気持ちは分かりますが、文五兵衛《ぶんごべえ》様もあなたの嘆きを願うておいではいませんでした。形見をお渡しいたしましょう」

奥にいる水澪《みお》に呼びかけ、預かり金を持ってこさせた。依介《よりすけ》は金を届けた妻に、「お前もしばらくここにいろ」と引き止めた。

「これが文五兵衛《ぶんごべえ》様の形見です。金額を確認なさって納めてください」

「去年、里見家から贈られた砂金すら多すぎた。路銀はまだ十分にあるが、慈愛のこもった親の遺産なら、いずれ用立てることにしよう」小文吾《こぶんご》は包みを解いて十金を分け、さらにもう十金を加えて依介《よりすけ》に差し出した。「十金は遺言の分。もう十金は墨田川《すみだがわ》で俺を助けてくれた礼だ。受け取ってくれ」

依介《よりすけ》は目を丸くし、金を押し返した。「思いがけないことを言いなさる。文五兵衛《ぶんごべえ》様から賜《たまわ》った分はともかく、こっちの十金は不要です」

小文吾《こぶんご》も押し返し、受け取るように勧めた。依介《よりすけ》は折れ、妻とともに深く感謝した。依介《よりすけ》はその妻を紹介した。「犬田《いぬた》の旦那、先に申した妙真《みょうしん》様の姪《めい》で、我が妻の水澪《みお》です」

「よい折に対面できた。今後の犬江屋《いぬえや》が頼もしく、喜びもひとしおだ。あなたを見ていると、沼藺《ぬい》を思い出す。妹に再会できたような心地さえする。よく家を守りなされ」

水澪《みお》は顔を赤らめ、小文吾《こぶんご》の体調を尋ねた。それから文五兵衛《ぶんごべえ》を悼《いた》み、また妙真《みょうしん》の薄命を言葉少なに口にすると、依介《よりすけ》がしばし考え込んでから言った。

「旦那はこれからどうなさいますか。いっそ安房《あわ》へ行かれてはどうでしょう。父御《ちちご》の墓参りもできるし、妙真《みょうしん》様の慰めになります。里見の殿様もお喜びになられるでしょう。

お供つかまつりますので、近いうちに行ってみませんか」

小文吾《こぶんご》は頭《かぶり》を振った。「どうして安房《あわ》へ行けようか。友の行方《ゆくえ》も知れず、曳手《ひくて》、単節《ひとよ》の生死さえ未だ知らずにいる。恥ばかりで手柄もないのに、親の墓参したさに安房《あわ》へ行けば、友を見捨てて利を求めたと人に言われよう。少しここに逗留《とうりゅう》させてもらい、親の喪に服したい。ただ妙真殿には手紙なりで報告しておかねば、後々まで恨まれような」

小文吾《こぶんご》は行徳《ぎょうとく》の菩提所《ぼだいじょ》へ行き、住職と面会した。文五兵衛《ぶんごべえ》を弔《とむら》うべく石塔を建て、月命日、年命日ごとの追善読経《どきょう》を懇ろ《ねんご》に頼み、多額の布施を行った。

それからは喪《も》に服し、七日七日の忌日ごとに行徳《ぎょうとく》に建てた墓を詣《もう》でた。やがて四十九日が明け、小文吾《こぶんご》は最初に決めた通り、依介《よりすけ》夫婦に別れを告げた。

「妙真《みょうしん》殿にこう告げて慰《なぐさ》めてくれ。小文吾《こぶんご》が無事だったのだから、親兵衛《しんべえ》の無事は間違いない。八犬士そろうた日に改めて安房《あわ》入りする。それまでご自愛なさられよ、と」

依介《よりすけ》夫婦は止められないと悟っていた。せめて村はずれまで小文吾《こぶんご》を見送った。

六章　不孝物語

1 東下り

文明十二年（一四八〇）七月、犬飼現八信道《いぬかいげんはちのぶみち》は京の都にいた。

その二年前――。荒芽山《あらめやま》の麓《ふもと》で太田薪六郎資友《おおたしんろくろうすけとも》率いる管領《かんれい》方と交戦し、命からがら山越えすることになった。追っ手を退《しりぞ》けて山路を進むうちに仲間を見失った。現八《げんはち》は敵を振り切った後、ひとり山中をさまよい、信濃路へ出るまでに三日かかった。

「みな何度も災厄《さいやく》に見舞われながら、神仏の加護か、今日まで無事に切り抜けてきた。今度も討たれてはいまい。行き先を決めずにいたから探す当てもないが、犬田だけは曳《ひ》手《て》、単節《ひとよ》を連れて行徳《ぎょうとく》へ帰ったはずだ。五、六日ここらを探して会えなければ、行徳《ぎょうとく》へ行って合流するか」

信濃《しなの》を目指した現八《げんはち》だったが、道中で一犬士に会うこともなく、七月半ばに捜索を切り上げて下総《しもうさ》へ進路を変えたのだ。

七月二十四日、行徳《ぎょうとく》に着いた。その足で古那屋《こなや》を訪ねたが、固く戸が閉じられて人気《ひとけ》がない。隙間《すきま》から覗くと空き家めいていた。不思議に思って近所の人に尋ねた。

「六月下旬に若旦那が家出して戻られず、親父さんはこのほど安房《あわ》の親戚に引き取られたそうな。宿屋は閉め、奉公人にも暇を取らせて、ずっとあのありさまよ」

現八《げんはち》はいぶかりつつ、「古那屋《こなや》の縁者に、市川村の犬江屋《いぬえや》があっただろう。向こうはどんな様子かご存知か」と問えば、相手は物憂《ものう》げな顔つきで頭を振った。

「あそここそ不幸続きだ。若夫婦が亡くなったと思えば、幼子まで神隠しに遭うたとか。お袋様もさぞ辛かろうさ。これも安房《あわ》の親戚を頼られたきり、戻られんようだ。店には水夫らと耳の遠い婆さんがいるだけだという。痛ましいことよ」

現八《げんはち》は驚きを通り越し、やるせなくなった。人気《ひとけ》のないほうへ足を運びながら考え込んだ。……古那屋《こなや》の小父《おじ》と妙真刀自《みょうしんとじ》は、里見殿のお召しで安房《あわ》へ行ったのだろう。老人ふたりは安心だが、親兵衛《しんべえ》はどうなったのだ。犬江屋《いぬえや》に行っても詳しい事情が聞けるとは思えん。分からないのは、だれも犬田《いぬた》を見ていないらしいことだ。まさか討たれたのではあるまい。曳手《ひくて》、単節《ひとよ》を預かっておきながら、あいつはなにをしているのか。俺も公方家《くぼう》に追われる身だ、ここに長居はできん。ひとまず、武蔵《むさし》へ戻るか。

夕暮れが近かったが、出船に乗ることができた。夜通し漕《こ》がれて江戸に着き、再び信濃路をめざした。もはや急ぐ旅ではなくなった。夜は野宿し、昼は景観を楽しむうちに上野《こうずけ》も、信濃《しなの》をも通過した。峰の紅葉《こうよう》が濃くなる頃、花の都に近づいた。ここまでくれば京を見たい。都会なら旅人も多く、人探しもはかどるだろう。そんな期待を抱いたが、応仁以来荒れ放題の京の都は、名は同じでも別物だった。それでも人は多かった。根無し草の現八《げんはち》にすれば、人の世界に戻った気がした。荒れてはいても都は都、学問や武芸を教える師匠も少なくない。新たな知り合いを増やす間に年が暮れた。

「路銀を節約せねば。剣術など教えれば、逗留《とうりゅう》中の食いぶちくらいは稼げるか」

年が明け、現八《げんはち》は現実的に考え始めた。都で知り合った友人たちに相談すると、人を紹介してくれた。最初はひとりふたりだった弟子《でし》も、評判が広まって門を叩く数が増えた。長く留まるつもりはなかったので道場は探さず、貸座敷の庭を稽古場《けいこば》にした。雨の日は弟子《でし》の家へ赴き、何人かいっしょに教えた。弟子《でし》も友人も順調に増えていった。

こうして、二年が経過した。

文明十二年七月七日、星祭の夜に現八《げんはち》は夢を見た。犬塚信乃《いぬづかしの》が親兵衛《しんべえ》を抱き、道節《どうせつ》、荘助《そうすけ》、小文吾《こぶんご》と都の旅宿を訪ねてきた。なにか恨み言を告げようとするところで、目が醒《さ》めた。外では鐘が鳴ってきた。数えると、まだ丑《うし》の刻だった。

真夜中、現八《げんはち》は上体を起こして考えた。

「あの四人なら恨みはすまいが、いまの俺をどう思うだろう。弟子《でし》を集め武芸を教えて食いぶちを稼ぐこの暮らしを、己の名声や利益に執着したものと思われはしないか。もし明日俺が身まかれば、このありさまを伝え聞いた彼らはどう思うか。誓いに背き、盟約を違《たが》え、ひとりになったのをいいことに都住まいを満喫していた。そうではないと弁明してくれる人はいない。いつどうなるか分からない身の上だ。東へ戻らねばなるまい。彼らはみな関東生まれだ。都の西に留まりはすまい」

現八《げんはち》は出発の準備に取りかかった。弟子《でし》たちには、親族に呼ばれて東国へ帰らねばならなくなったと伝えた。突然のことだけに引き止められたが、現八《げんはち》は決意を繰り返すのみだった。別れを惜しむ宴《うたげ》があちこちで開かれた。

七月もすぎ、八月半ばになった。きりがないので宴《うたげ》も断った。弟子《でし》たちは銭を集めて銀に換え、路銀の助けとして提供した。

その日、現八《げんはち》は夜明けとともに都を発《た》った。東海道を通って鎌倉へ出ようと思ったが、伊勢、尾張の東は諸侯が勢力を張り出し、関所が立って旅に不便だと聞かされた。そこで往路と同じく、近江路《おうみじ》から中山道《なかせんどう》を下ることにした。初日に十里余りも進んで、守山《もりやま》に宿をとった。その後も足を緩めず距離を稼ぎ、数日後、上野国《こうずけ》逢坂《おうさか》の里に着いた。

「二年間で三度も逢坂《おうさか》を通ることになった。地名にそぐわず、ひとりの友にも逢えないが。荒芽山《あらめやま》も遠くない。せめて旅の心やりに、姨雪《おばゆき》夫婦の討死《うちじに》跡に寄って行こう」

妙義《みょうぎ》山のほとりを半日かけて進み、荒芽山《あらめやま》の麓村《ふもとむら》に入った。隠れ家は焼け落ちたままで、完全に廃墟だった。雑草が茂り、焦げ跡の残る常緑樹は新たな枝葉をつけていた。

「祀《まつ》られなければ霊魂も彷徨《さまよ》おう。憐れむべし。惜しい人々を亡くした」

現八《げんはち》は入念に祈祷《きとう》し、日が落ちる前に引き返した。妙義《みょうぎ》山近くの村で投宿し、横になると物思いにふけった。上野《こうずけ》から武蔵《むさし》、相模《さがみ》へ向かうのがよくある順路だが、一昨年秋に下総《しもうさ》へ行ったのと同じ道筋だ。今度は下野《しもつけ》へ赴き、二荒《ふたら》山に登ってみよう。さらに陸奥《みちのく》まで足を伸ばしてはどうだろう。あの四人は鎌倉のような繁華な地を好むまい。

逢坂まで戻った現八《げんはち》は、そこから高崎川を渡って前橋、大胡《おおご》、室《むろ》、深津、花輪、梅雨《つい》入《り》の里を通過した。二日後、下野《しもつけ》国真壁《まかべ》郡足尾村に着いた。まだ日が高く、今日のうちにあと五、六里は進めるだろう。一旦、休憩をとることにした。村はずれに茶店があった。軒に吊るされた草鞋《わらじ》の間から覗き込むと、壁に、鉄炮《てっぽう》一挺《ちょう》と六、七張りの半弓《はんきゅう》が掛《か》かっていた。不思議に思いつつも笠をとり、床几《しょうぎ》に腰を下ろす。主人らしい老人が茶を点《た》て、日光盆に乗せて差し出した。二口三口飲み、現八《げんはち》は奥の壁へ再び目をやった。

「翁《おきな》、あの弓と鉄炮《てっぽう》はなんのために掛けているのだ？」

すると主人は、ずいっと膝《ひざ》を進めてきた。「旦那は聞いていなさらんのか。ここから五、六里ほど先の庚申山《こうしんやま》までは人里もない。その道で山賊に襲われたり、猛獣や妖怪変《へん》化《げ》に命を取られたりする旅人が、年に三、四人は出るのです。ここいらでは真昼でもひとり旅を避け、この足尾で案内人を雇うて警固《けいご》させるのが常でして。と言うても里人は耕作に忙しいので応じにくい。僕《やつがれ》は元狩人で、足緒の鵙平《もずへい》と言えば、近郷に知らぬ者はありません。老いさらばえて山入りをやめ、もっぱら旅の警固《けいご》を生業《なりわい》としています。鉄炮《てっぽう》は、その折に持参するものです。また、腕に覚えがあって案内要《い》らずと申される人は、弓と矢を買うていかれる。使い捨てですが、よく矯《た》めれば矢先は狂いません。弦《つる》と鏃《やじり》はホンモノですから。旦那が庚申山《こうしんやま》の麓《ふもと》を通られるなら、案内を雇いなされ。もしくは、弓矢で身を守ることですな。うちでは、案内も弓矢も同じく三百文《もん》。お好きのほうをどうぞ。されど、しばらくお待ちになったほうがよい。道連れができるかもしれません。不案内の山道では、ひとり歩きが一番危ういですからな」

現八《げんはち》は鼻で笑った。「命を落とすほどとは驚きだ。俺はここ二、三年、美濃《みの》、信濃《しなの》の深山路《みやまじ》を何度も通ったが、案内を雇うたことも弓矢を借りたこともない。山賊、猛獣に襲われるとも聞かなかった。それほど恐れられる庚申山《こうしんやま》とは魔所なのか」

鵙平《もずへい》は神妙な顔つきで、「他郷の方はお笑いなさいますが、大切な心得ですから申し上げるのです。ちと長話になりますが、お聞きくだされ。そもそも赤岩庚申山《あかいわこうしんやま》は――」

② 庚申山《こうしんやま》

そもそも赤岩庚申山《あかいわこうしんやま》は、下野《しもつけ》国安蘇《あそ》郡にある。二荒《ふたら》山から西七里（約二十八キロメートル）、足尾村からは五里（約二十キロメートル）余りの距離だった。

足尾から十町（約一・一キロメートル）余り行くと、山道に入る。登ること二十町ほどで峠に差しかかる。この辺りから銀山までの一里は水沢伝いで、道はいくらか楽だ。

さらに三里余り登ったところで、庚申山《こうしんやま》一の門に到る。俗にいう、庚申山《こうしんやま》の胎内《たいない》くぐりである。広さ十間《けん》四方のこの洞窟に入って二十町ほど進むと、今度は左右にそびえる大石に突き当たる。高さ五、六丈《じょう》で、仁王のような形をしている。天然の造作だが、まるで鑿《のみ》で削り出したような精巧さなのだ。そこから奥へは、恐れて行く者がいなかった。

さて、中居、松原両村の間の赤岩《あかいわ》村に、赤岩一角武遠《あかいわいっかくたけとお》という郷士《ごうし》がいた。名の知られた武芸の達人だった。ある日、赤岩一角《あかいわいっかく》は弟子《でし》たちに言った。

「赤岩庚申山《あかいわこうしんやま》は、稚日霊尊《わかひるめのみこと》、素戔鳴尊《すさのおのみこと》、猿田日子《さるたひこ》の三柱の太神が相談し合うて登られて、石を穿《うが》って室《むろ》を造り、橋を渡して住みたもうたと伝えられる。数万年の後、称徳《しょうとく》天皇の神護景雲《じんごけいうん》元年（七六七年）、釈勝道《しゃくのしょうどう》が志願して下野国《しもつけ》二荒山《ふたら》を開いた際に庚申山《こうしんやま》へよじ登り、三柱の太神を拝み奉ったと口碑《こうひ》に伝わるが、それより七百年経ったいまに至るまで、胎内《たいない》くぐりをすぎて奥の院を見た者はひとりもいない。郷士《ごうし》として間近に住むのに、高嶺の奥宮を見極めずにいては臆病者のそしりを免れまい。明日早くに登山し、数百年間の迷信を解こうと思う。同意見ならば、わしとともに来い」

　弟子《でし》たちは口をそろえてやめさせようとした。「先生ほどの達人のお考えを道理なしとは申せませんが、あの山道はまこと危険です。谷川の石橋は苔《こけ》で滑りやすく進めないと、古老の口碑《こうひ》も伝えています。なにより、山中には木精《すだま》がいます。数百歳になる山猫もあり、猛《たけ》きこと虎のごとき妖怪変化《へんげ》と言われます。迷い入った者を引き裂いて喰《く》らうのだとか。君子危うきに近寄らず。思いとどまってください」

「昔、平維茂《たいらのこれもち》は戸隠《とがくし》山の悪鬼を退治し、源頼光《みなもとのよりみつ》は大江山《おおえやま》の妖賊を平らげた。魑《ち》魅《み》魍《もう》魎《りょう》を恐れて山入りを拒むのなら、いますぐ刀を捨て、農民、商人、出家僧に生業《なりわい》を変えよ。わしは驕《おご》りから諫言《かんげん》を拒むのではない。赤岩《あかいわ》を苗字としながら同名の霊山を登りきらぬなら、名乗りこそが偽りとなる。もはや誘わん。明日は我が帰りを待っていろ」

　威勢に呑まれて止められず、むしろ高弟たちは臆病を恥じて供を願い出た。よくぞ言った、と師は褒《ほ》めた。

赤岩一角《あかいわいっかく》は、今日までに三度結婚している。最初の妻正香《まさか》は、賢女の誉れ高く、よく家内をまとめ、使用人たちにも優しかった。信心に厚く、夫に過ちあるときは諫《いさ》めて道理を諭した。正香《まさか》は角太郎《かくたろう》という男子を生み、その子が四、五歳の頃、世を去った。

正香《まさか》が他界した年の夏、一角《いっかく》は後妻を迎えた。窓井《まどい》という美人だが、正香《まさか》とは似ていなかった。夫が庚申山《こうしんやま》へ登ると言いだしたのは、彼女が妻となって最初の冬だった。窓《まど》井《い》は諫《いさ》めることなく、ひたすら夫の武を信じ、言われるままに旅立たせた。

夜明け前、赤岩一角《あかいわいっかく》は野装束に身を包み、四人の高弟を連れて出発した。手に弓矢を携え、従者に弁当を背負わせた。十月三日だった。空は晴れて暖かい、小春日和の朝だ。鳥の声が聞こえる頃に胎内《たいない》くぐりを抜け、仁王石や台石はじめ目にする眺望はどれも壮麗だった。一山を眼下に見下ろす奇絶は、まさに驚異だ。そこからの短い下り坂は難所だった。岩の張り出した険阻《けんそ》な道は、鬼の髭磨《ひげすり》と呼ばれる。さらに下ったところで行く手を谷に阻《はば》まれた。天然の石橋がかかるのも自然の妙だ。石橋を渡って東へ向かうと、洞窟がいくつかあった。二町余り行くと、左側の幽谷《ゆうこく》から数十丈《じょう》の大石がそびえ立っていた。さながら塔か櫓《やぐら》のようで、石の上に木々が茂っていた。さらに二町下って裏見の滝に着いた。幅五、六尺で、高さは測り知れない。二荒《ふたら》山の滝よりも奇観だった。

その滝のそばから、再び登り道となる。やがて大石が五つ、右に現れた。いずれも白く、巨大で、仰ぎ見ると「庚申《こうしん》」と読めた。文字石なのだ。登り続け、二の門を見つけた。灯籠《とうろう》や釣鐘《つりがね》に似た数丈《じょう》の大石を見ながら進み、苔《こけ》むした石橋に着いた。長さ七丈（約二十一メートル）余り、滑りやすい苔《こけ》に覆われている。谷底は見えない。めまいに襲われて足がすくめばおしまいだ。

弟子《でし》たちが言った。「先生、我らは過半まで踏破しました。これまでだれもなし得なかったことです。これ以上進んでも景色は似たものばかり。引き返しましょう」

四人の高弟が代わる代わる説得を試みたが、一角《いっかく》は聞き入れなかった。

「臆病風に吹かれたか。奥の院に至らねば、ここまで来た甲斐《かい》が失われよう。お前たちはここで待っていろ。わしは終《しま》いまで登り尽くすぞ」

袂《たもと》を振り払い、一角《いっかく》は弓杖《ゆんづえ》突いて苔《こけ》むした橋を渡った。姿はたちまち見えなくなり、弟子《でし》と従者ら五、六人は、幽谷《ゆうこく》の手前にたたずみ続けた。

二時（四時間）がすぎても、赤岩一角《あかいわいっかく》は戻らなかった。弟子《でし》たちは何度も相談したが、目の前にある橋を渡ろうとはだれも言い出さなかった。日が暮れる前に下山せねば自分たちまで危うくなる。先生の捜索は、白昼、もっと人手を募って行ったほうがいい。そう結論すると、逃げるようにして来た道を引き返した。かろうじて黄昏《たそがれ》には赤岩《あかいわ》の里に帰り着いた。師匠の妻窓井《まどい》に報告するると、彼女はその場に崩れ落ちて慟哭《どうこく》した。

他の弟子《でし》たちも集まってきた。しかし、遭難者はだれよりも腕の立つ師匠だ。遅れてはいるが、帰ってこられるだろう。彼らは自分に言い聞かせるようにそう言い、「先生はご無事です。涙をこらえてお帰りを待ちましょう」と、窓井《まどい》を慰めた。

夜が明けても赤岩一角《あかいわいっかく》は帰らなかった。弟子《でし》たちも看過できず、里人を駈《か》り出して五、六十人の捜索隊を編成し、弓矢、鉄炮《てっぽう》、竹槍などを提げて庚申山《こうしんやま》へ入った。

それでも、苔《こけ》に覆われた石橋までくると、渡ろうとする者はいなかった。谷の手前で話し合ううち、日短な冬の未《ひつじ》の刻（午後二時）をすぎた。

「もう時間が足りん。明日、さらに人数を増やして再訪し、この橋を渡ろう」

申《さる》の刻（午後四時）頃に、胎内《たいない》くぐりまで戻った。そのときだ。後方から呼び声がした。みなが振り返ると、赤岩一角《あかいわいっかく》が歩いてきていた。弟子《でし》も里人も踵《きびす》を返した。いっしょになって一角《いっかく》を取り囲み、口々に無事を祝し、帰らなかったわけを尋ねた。

一角《いっかく》は微笑を浮かべ、「昨日、石橋を渡った後、宝蔵のような岩室《いわむろ》を見つけたのだ。そこには二重の塀のようなものもあった。屏風《びょうぶ》に似たものもあった。箪笥《たんす》の引き出しに似たのもあった。舟、釜、あるいは鶴亀に似た自然石が無数に立っていた。天の造りし精妙さは言葉に尽くしがたく、描き写すのも難しい。数ヶ所にあったそれは、古《いにしえ》の穴居《けっきょ》の跡であろう。さらに登り詰めると、岩室《いわむろ》が三つ並んでいた。奥の院だ。高さ二、三丈、険しく近寄りがたい岩室《いわむろ》の形は、中宮が□、左は△、右は○だった。天地人の三元をかたどったものか。入り口は広く、八、九尺はあった。稚日霊尊《わかひるめのみこと》、素戔嗚尊《すさのおのみこと》、猿田日子《さるたひこ》の三神が鎮座おわした旧跡なのか、入口には石猿が三体並んでいた。見ざる言わざる聞かざるの三箴《しん》の形をした、これも自然石なのだ。庚申山《こうしんやま》の由来であろう。その神室《かむろ》を拝んで数百歩東へ進むと、山は切れた。険峻《けんしゅん》な山峡が眼前に広がった。この眺望が最も奇絶だった。そして下ること四町余り、平たい大石に出くわした。長さ十八丈《じょう》、高さ一丈《じょう》余りのそれは、建《た》て屏風《びょうぶ》のようだった。その平岩の切れ間から八町余り東に下ると、胎内《たいない》くぐりへ出るのだ。これが順路だ。だが、昨日、奥の院を拝んで東の山峡から下山する途中で、足元から雲が生じ、辺りが闇に包まれた。わしは平岩の切れ間から下れず、どうやら釜石の近くであやまって岨道《そばみち》へ進んだらしい。そこで足を滑らせ、数十尋《ひろ》の谷底へ転落した。幸い谷底は小石のみで、水も膝丈《ひざたけ》までだった。右腕にかすり傷を負っただけで命に別状はなかったが、谷を登る手立てがなかった。日が暮れ、谷底で夜を明かした。腹が減って仕方がなかった。辺りを見れば、巌《いわお》にキノコが生えていた。これを採って飢えをしのぎ、道があるかと探し回るうち、足がかりの良い場所があった。ちょうど藤蔓《ふじづる》が長く垂れ下がり、それを手繰《たぐ》り寄せ、岩角に足を踏みかけて少しずつよじ登ること半日以上、ようやく元の山路に出たとき、お前たちの後ろ姿が見えたのだ」

弟子《でし》だけでなく、里人たちも聞き入り、一角《いっかく》の強運に驚嘆した。胎内《たいない》くぐりで休憩したこのとき、弁当の残りを勧める者がいた。赤土塗《あかつちまみ》れの着物を自分の衣と取り替えようと勧める者もいた。傷を労る者がいた。けれど一角《いっかく》の気力は充実し、捜索隊のほうが疲れていた。一角《いっかく》は百姓たちを途中で帰し、弟子《でし》と従者だけを供に屋敷に着いた。

窓井《まどい》は死人が蘇ったかのような喜びようだった。角太郎《かくたろう》は幼いながらも親を心配し、昨夜は眠れずにいたらしい。父の袂《たもと》にまとわりついて離れなかった。大勢が赤岩《あかいわ》屋敷を詣《もう》でて帰着の喜びを述べた。庚申山《こうしんやま》の物語は何度も語り直された。家内はにぎやかで、赤岩一角《あかいわいっかく》の剛勇を讃《たた》えぬ者はいなかったが、当人は平然として持論を繰り返した。

「迷信を恐れてだれも登らずにいた。それだけなのだ」

庚申山《こうしんやま》には毒蛇も猛獣もいなかった。薬草や奇石、銀、錫《すず》、銅、鉛《なまり》の金属、蝋石《ろうせき》も多く発見した。庚申山《こうしんやま》は日本有数の霊迹《れいせき》であり、別世界の仙境だったと一角《いっかく》は語った。

「神代の山陵なのだ。あやまって谷底に落ちたにもかかわらず、こうしてつつがなく帰ってこられた。魔所ではなかった。わしと同じ志を持つ者がいれば、必ず登山しなさい」

一角《いっかく》は誇らしげだった。

これは、寛正《かんしょう》五年（一四六四）冬十月の出来事だ。いまから十六年も前のことだ。赤岩一角《あかいわいっかく》はこともなげに登山を勧めたが、山麓《さんろく》で人が亡くなるようになったのはこのときからだった。登山に挑む者は、やがてひとりもいなくなった。

同年十一月、窓井《まどい》が妊娠した。翌年八月に男児を生んだ。一角《いっかく》は喜び、牙二郎《がじろう》と名付けた。継母《ままはは》が前妻の子を憎む例は少なくないが、牙二郎《がじろう》が生まれて角太郎《かくたろう》を憎みだしたのは父一角《いっかく》だった。なんでもないことで幼い長男を殴るようになった。角太郎《かくたろう》は孝心篤《あつ》い子供で、杖で打たれようと父親を慕《した》い、殴られて呂律《ろれつ》が回らなくてもひたすら謝った。赤岩《あかいわ》村から遠からぬ犬邨《いぬむら》の里に、ある郷士《ごうし》が住んでいた。文武の達人と名高い、犬村《いぬむら》蟹守儀清《かもりのりきよ》だ。彼は赤岩一角《あかいわいっかく》の前妻正香《まさか》の兄で、角太郎《かくたろう》には母方の伯父に当たる。幼い甥《おい》が父から虐待を受けていると知り、我が家は娘ひとりだから角太郎《かくたろう》を養子にしたいと赤《あか》岩《いわ》家へ願い出た。一角《いっかく》は惜しげもなく承諾し、角太郎《かくたろう》を犬村家へ送った。

角太郎《かくたろう》は六歳にして、犬邨《いぬむら》の伯父夫婦のもとで養われるようになった。赤岩《あかいわ》では辛い目に遭わされただろうに、養父母への感謝とともに、実父と継母への畏敬も忘れなかった。手習、読書を怠らず、犬村夫婦だけでなく、角太郎《かくたろう》を褒《ほ》めない里人はいなかった。

犬村《いぬむら》蟹守《かもり》儀清《のりきよ》は若い頃に都へ上り、学問と武芸を学んだ。文武両道の達人として帰郷したが、俗世を離れ、師匠になろうともしなかった。そんな男が、角太郎《かくたろう》には熱心に学問、武芸を教え、導いた。角太郎《かくたろう》の才は養父以上だったようだ。一を聞いて三を知るから上達は速く、十五、六歳になると、養父が教えることはなくなった。

十八歳の春、犬村儀清《いぬむらのりきよ》は妻と相談し、娘雛衣《ひなきぬ》を角太郎《かくたろう》と結婚させることにした。雛衣《ひなきぬ》は、角太郎《かくたろう》より二歳年少の十六歳だった。幼い頃から好意を抱き合ってきた男女を、分かち置くこともない。儀清《のりきよ》が子供たちに告げると、ふたりは顔を赤くして返答しかねた。

翌日、儀清《のりきよ》は角太郎《かくたろう》の前髪を剃《そ》り、元服の儀を執《と》り行った。養父の諱《いみな》から一字を授け、犬村角太郎礼儀《いぬむらかくたろうまさのり》と名乗らせた。雛衣《ひなきぬ》には袖《そで》を留めさせ、歯を染めさせた。宵に仲人《なこうど》を呼び、めでたく婚儀は整った。似合いの若夫婦だった。親はもちろん、里人たちも美男美女の組み合わせだと大いに祝福した。

しかし、満ちた月はいずれ欠ける。喜びの果てに訪れる悲しみも遠くはなかった。翌年の秋、儀清《のりきよ》の妻が病臥《びょうが》した。鍼灸《しんきゅう》も薬も効果が上がらず、まだ五十歳にも満たないのに彼女は他界した。儀清《のりきよ》の哀しみは尋常でなく、その冬には彼も病気に倒れ、寝たきりとなった。儀清《のりきよ》は二年余り病に苦しみ、今年の春に死んだ。六十余歳だった。

この辛い年月、角太郎《かくたろう》は養父母の枕元を離れなかった。若夫婦は、夜も互いの帯を解かず、親の看病だけに集中した。医師を探し、修験者《しゅげんじゃ》を求め、休む暇はなかった。

一方、赤岩村《あかいわ》で一角《いっかく》の妻窓井《まどい》が急死したのはずっと前、息子の牙二郎《がじろう》がまだ三、四歳の頃だった。その後、一角《いっかく》は妾《めかけ》を家に入れたが、これらは長続きしなかった。半年から一年ほどで女たちは暇《いとま》を請《こ》うたり、逃げたりした。代わる代わる女たちが出入りした末、一昨年の秋、武蔵《むさし》からきた女が一角《いっかく》の心をつかみ、まもなく本妻に迎えられた。赤岩一角《あかいわいっかく》、三度目の結婚だった。

この後妻が、犬村儀清《いぬむらのりきよ》の多額な遺産の噂を聞きつけた。そこで、角太郎《かくたろう》夫婦を赤岩《あかいわ》屋敷に呼び寄せ、赤岩《あかいわ》、犬村両家をひとつにしようと夫に勧めた。遺産が目的とは知らない角太郎《かくたろう》は、実父からの同居の招きを心から喜び、取るものも取りあえず、屋敷、田畑を里人に預け、雛衣《ひなきぬ》とともに赤岩《あかいわ》村へ移住した。

同じ家で暮そうとも、一角《いっかく》は角太郎《かくたろう》に冷たかった。弟の牙二郎《がじろう》も、兄を兄とも思わない底意地悪い態度をとり続けた。それでも角太郎《かくたろう》は、親と弟に慈愛をもって接した。

だが、赤岩《あかいわ》での嫌がらせは、その程度では済まなかった。

今年の夏、雛衣《ひなきぬ》が妊娠したらしいと分かると、赤岩《あかいわ》家のなりあがりの後妻が、「雛衣《ひなきぬ》殿は私の夫と情を通じた」と、なんの根拠があるのか、そんな悪口を言い立てた。これが村中の噂になった。里人が信じたかどうか定かでないが、雛衣《ひなきぬ》は妙な目で見られ始めた。角太郎《かくたろう》はあり得ぬことと知りながらも、けじめをつけねばならず、雛衣《ひなきぬ》に離縁状を持たせて仲人《なこうど》の家へ預けることにした。角太郎《かくたろう》にすれば、強引に親の家に同居させた負い目もあった。

身ごもってから三、四ヶ月、雛衣《ひなきぬ》は袖《そで》が朽ちるほど泣き続けた。乾くことない濡れ衣《ぬぎぬ》を恨みながら暮らした赤岩《あかいわ》屋敷は、針のむしろだっただろう。事情を聞いた仲人《なこうど》は腹を立て、「こんなところはさっさと出よう」と雛衣《ひなきぬ》を引き立て、振り返りもせず出ていった。

まもなく角太郎《かくたろう》も、一角《いっかく》や後妻から身に覚えのないことで罵倒《ばとう》されるようになり、ついに勘当《かんどう》された。持参した金銀調度は返されず、田畑も横領された。身ひとつで追い出され、帰るべき家もない。赤岩《あかいわ》と犬邨《いぬむら》の間にある返璧《たまがえし》という辺鄙《へんぴ》な土地に留まり、姿は半俗でも出家のように暮らしている。見ていられないと、里人は心を痛めた。

赤岩《あかいわ》の村はずれにある茶店の主人鵙平《もずへい》は、かつて猟師だった頃、赤岩一角《あかいわいっかく》に肉を売っていた。獣肉を好んでたしなむ一角《いっかく》は、猟師の上得意だった。いまは狩りをやめたものの、知り合いの猟師の仲買として行き来するので、他の里人より赤岩《あかいわ》家の事情に詳しかったのだ。

3 妖怪と幽霊

「無駄話が過ぎましたな」と、鵙平《もずへい》は顔をしかめた。「庚申山《こうしんやま》の来歴を語るつもりが、言わずともよいことまで喋《しゃべ》って引き留めてしもうた。お許しくだされ」

「それほどの孝行息子に、親のなんたる無慈悲なことか。優《すぐ》れ人が世を捨てて菩提《ぼだい》の道へ入ることを惜しむべきだ」現八《げんはち》は笠を手に取った。「庚申山《こうしんやま》の奇談、赤岩《あかいわ》、犬村親子の身の上話、詳しく語ってもろうて長旅の憂《う》さを忘れられた。霊山に踏み入れば、語り草になることも多かろうが、いまは人探しの途中、山入りはまたの機会としよう。麓道《ふもとみち》は通らぬわけにいかない。意見に従うて弓矢を持参したい。見繕《みつくろ》うてくれ」

鵙平《もずへい》は外を見た。「ご覧なされ。影が逃げてあそこの榎《えのき》を外れたでしょう。七つ（午後四時）になります。いまから急いでも、神子内《みこうち》村で日が暮れましょう。あの村には旅《はた》籠《ご》がないので、今宵は我が宿に泊まるよう勧めたいが、宿賃欲しさに長々と脅《おど》したと思われても困るから、強いてとは申しません。弓矢はお好きなものを選んでくだされ」

抱えてきた弓から、現八《げんはち》はひとつを選んだ。鵙平《もずへい》はその半弓《はんきゅう》を柱に押し当てて弦《つる》を張り、二筋の矢とともに渡した。代金を払って発《た》とうとすると、鵙平《もずへい》が懇《ねんご》ろに言う。

「神子内《みこうち》村をすぎたら峠村へ急ぎなされ。ここから三里半ですが、山道ですから四里にも思えましょう。北風に変われば、雨になるやもしれません。覚えておいてください」

親切な田舎気質《かたぎ》を嬉しく思った。現八《げんはち》は笠の紐《ひも》を結び、矢を背中へ回して帯に挟んだ。弓を小脇《こわき》にたずさえ、改めて鵙平《もずへい》に別れを告げた。


鵙平《もずへい》の話はよくある商売の方便だと、現八《げんはち》は本気にしなかった。田舎の迷信を信じる理由もない。人里があるのに宿探しが難しいはずなかろうと、案内も雇わなかった。

二里（約八キロメートル）余り山道を行き、神子《みこ》内村をすぎた。現八《げんはち》は峠へ急いだが、九月初旬のことで早くも黄昏《たそがれ》となった。空が曇ってきた。深くはなくとも山中ではある。林に入ると、早くも先が見えなくなった。

「暗ければ、弓矢も持ち腐れだ。買うべきは松明《たいまつ》だったか。神子内《みこうち》から峠まで一里半なら、進むも戻るも同程度。盲人とて京まで旅するのだ。闇夜を恐れることはない」

そう己を奮い立たせ、見えない山道を辿《たど》った。夜が更《ふ》ける前に人に会えればと期待したが、人気《ひとけ》はなかった。道を問うこともできず、ひたすら沢辺沿いに登った。二、三里は歩いたはずだが、峠村は影さえ見えない。牡鹿《おじか》の鳴き声が聞こえた。

「里が遠のいたようだが、どうするか」現八《げんはち》は進退を決めかねた。心細さだけが増し、さすがに後悔に駈《か》られた。「闇夜に不案内な深山路《みやまじ》を行くより、動かず夜明けを待つべきか。いや、こんなところにじっとしていれば猛獣、大蛇に襲われかねん。運を天に任せて進めば、いつか里に着いて人とも会うだろう」

現八《げんはち》は、無計画に山道を上り下りしだした。そして何十町か行ったところで、巨大な石門に突き当たった。ちょうど夜空が少し晴れ、沈む直前の七日の月がかすかな光を落とした。現八《げんはち》は辺りを見回した。鵙平《もずへい》の語った胎内《たいない》くぐりに似ていた。

「知らずに庚申山《こうしんやま》へ迷い入っていたのか。これでは、いまさら村へ行くのは容易でないぞ。この洞窟で夜を明かし、夜明けとともに山を下ろう」

洞窟の際に腰を下ろし、弓矢を手元に置いた。月が沈んで再び真っ暗闇になる。険阻《けんそ》な幽谷《ゆうこく》だけに、鹿も近づかないようだった。山の空気が肌に染みた。夜の寒さは里の比ではない。慣れない山歩きのせいもあり、現八《げんはち》は疲れ果てていた。

「急がなければ、こんな苦労はしなかったのだ。田舎老人と侮《あなど》って警告を軽んじたせいで、命を危険にさらした。愚かなことをした」

後悔ばかり浮かび、とても眠れなかった。友や親、過去の出来事をあれこれ考えてみるが、夜は長い。星の光を仰ぎ見て、まだ丑三《うしみ》つ頃かと思ったときだ。東のほうから忽《こつ》然《ぜん》と、蛍火《ほたるび》ほどの光がちらちらと二つ三つ、こちらへ近づいてきた。

「あれは鬼火か、天狗火《てんぐび》か」

現八《げんはち》は半弓《はんきゅう》を取り、急いで胎内《たいない》くぐりを出た。近くの木陰に身をひそめて様子をうかがった。

距離が縮まり、だんだん光は大きくなった。いまや松明《たいまつ》のようだ。現八《げんはち》は瞬きもせず観察する。怪しげな光の正体は、狐や天狗《てんぐ》の所業ではなかった。なにやら得体の知れない妖怪の両目が光っているのだ。唖然《あぜん》とした。面相はさながら暴れ虎であり、耳まで裂けた口は鮮血を盛った盆よりも赤い。牙《きば》は真っ白で、剣を逆さに植えたようだった。長い髭《ひげ》は、柳の枝が吹雪《ふぶき》に乱れるように揺れていた。恐ろしいのは、その全体像が人の形に見えることだった。腰に二振りの太刀《たち》を佩《は》き、栗毛の馬に乗っていた。その馬がまた異形《いぎょう》だ。全身すべて枯れ木のようで、ところどころ苔《こけ》がむし、四足は木の枝、尾はススキに見える。左右に従う若党《わかとう》がいた。ひとりは藍《あい》よりも青い顔、ひとりは赤い顔で髪の毛も真っ赤だった。妖怪主従は語らい合い、笑い合って胎内《たいない》くぐりへ近づいた。

現八《げんはち》は異形《いぎょう》を見定めても、冷静だった。……馬に乗った奴が化物の王に違いない。彼《あ》奴《やつ》を射れば、他は逃げるだろう。反撃されようと、大物を殺しておけば恐るるに足らん。敵を間近にすれば大胆不敵。そんな気性だ。現八《げんはち》は怖《お》じる気配を見せず、木によじ登った。枝の上で足場を整えた。それから弓に矢をつがえ、引き固めて狙いを定める。

妖怪どもはそうとも知らず、のどかに談笑しながら胎内《たいない》くぐりへ入ろうとした。矢が音を立てて飛んできた。馬上の妖怪の左眼に刺さる。妖怪は悲鳴も上げず落馬した。騒いだのは従者たちだった。ひとりが主人に肩を貸し、もうひとりは馬を曳《ひ》き、来た道を逃げ帰った。光が遠ざかると、辺りは黒い夜に立ち返った。現八《げんはち》はホッと息を吐いて木から降りた。

「不意を突いて追っ払えたが、この半弓《はんきゅう》では矢の勢いが弱い。狙えるのは目だけだった。歳を経た妖怪が一矢で死ぬだろうか。眷属《けんぞく》を率いて戻ってこられれば、とても防げまい。場所を変えて、どう出るか様子を見よう」

現八《げんはち》は弓と残り一本の矢をたずさえて西へ向かった。これも霊山の奇特なのか、月が沈んで真っ暗闇だったのに、星の光がいつもより明るく見えた。山中の闇がわずかながらも払われ、だいぶ安心できた。山道を登り続けると、鵙平《もずへい》から聞いた台石があった。鬼の髭磨《ひげすり》という難所だ。それから石橋、裏見の滝、庚申《こうしん》の文字石、第二の石門、灯籠《とうろう》石、釣鐘《つりがね》石と、物語に聞いた奇観を順々に眺めながら進み、苔《こけ》むした石橋もなんなく渡った。

さらに行くと、岩室《いわむろ》が複数現れた。一角《いっかく》が古代の穴居跡と判じたものだろう。ならば奥の院はもうすぐだ。先を急ごうとしたとき、その岩室《いわむろ》になにかがいることに気づいた。

火が焚《た》かれていたのだ。

現八《げんはち》は反射的に二、三歩後じさった。また妖怪かと警戒し、深入りしたことを悔いた。騒ぐ心を鎮めながら残り一本の矢を弓につがえる。今度も不意を突くしかない。

岩室《いわむろ》からか細い声で語りかけてきた。

「勇士よ、怪しむな。わしは妖怪ではない。そなたは今宵、胎内《たいない》くぐりで我が仇敵《きゅうてき》を射抜いた。その喜びを告げようと待っていた。頼みたいことがある。火に当たらんか」

現八《げんはち》はますます警戒を強め、矢をぎりぎりと引き絞り、「これほどの深山幽谷《しんざんゆうこく》、とても人の住む場所ではない。妖怪でないのなら何者か」と、詰《なじ》るように問う。

「ここで長く暮らす者だが、一言では答えにくい。まげてこちらへ寄りたまえ」

結局、現八《げんはち》は弓矢を投げ捨てた。相手が妖怪なら、姿を見られた時点で太刀打ちできまい。岩室《いわむろ》に入り、近くへ寄ろうとしたが、相手が手を振って押し留めた。

「勇士よ、そこに座りたまえ。そなたの懐《ふところ》には瑞玉《ずいぎょく》がある。その珠が、わしには毒だ。触れるわけにいかない。そなたは我が敵に傷をつけ、我が憤りを晴らしてくれた。大事な客だ。もてなしはできんが、くつろいでくれ。ここなら夜の寒さをしのげよう」

焚《た》き火に柴を焼《く》べ、手元にある椎《しい》の実を現八《げんはち》に勧める。現八《げんはち》は火を挟んで腰を下ろした。その男は三十歳余りだろうが、痩《や》せ細って顔色も悪かった。薄藍《うすあい》の仁田山紬《にたやまつむぎ》には亀《きっ》甲形《こうがた》の家紋があるが、どう歳月を経たものか、海藻のようにでろでろに垂れ、ほとんど小袖《こそで》ひとつの風体だった。どうも、この世の人とは思えない。宝珠《ほうじゅ》を恐れるところからも狐か貉《むじな》ではないか。現八《げんはち》は思いきって身を乗り出した。

「俺が射た妖怪を仇敵《きゅうてき》と言われたが、あれはなんの妖怪だ。そして、あんたは何者だ？」

男は嘆息《たんそく》しながら額を撫《な》で、「語るも苦しい昔話だ。十六年も前になる。長々しい話だが、心静かに聴きたまえ。そなたが射た妖怪は、この霊山の胎内《たいない》くぐりに住む山猫の化物だ。数百年生き続け、大きさは子牛ほどもあり、猛々《たけだけ》しさは虎に似ている。強力な神通で山の神や土地の神を脅し、奴僕《ぬぼく》のように使役している。木精《すだま》や、歳を経た猸《まみ》や貂《てん》といった獣は、山猫に媚《こ》び従うている。今宵、彼奴《あやつ》が乗っていた馬は、千歳にもなる老樹の精が化けたものだ。従者ふたりは山の神と土地の神だった。そなたは幸運だったのだ。山猫が落馬しても彼らなら仇討《あだう》ちする気はない。現に、慌てふためいて逃げたであろう。彼らふたつの神は、山猫の神通力に敗れて使役されてはいるが、心底からは服従していない。余計な争いを望まなかった。あれが猸《まみ》と貂《てん》だったなら、必ず復讐を企てただろう」

一旦語を切り、男は居住まいを整え、しかし口調は変えずに、「わしは、生者ではない」と、唐突に言った。

「口にするのも恥ずかしいが、この山から遠からぬ赤岩《あかいわ》村の郷士《ごうし》、赤岩一角武遠《あかいわいっかくたけとお》の犬死した魂がここに留まり、かりそめの姿を顕わしたものだ。武芸の腕では人に譲らなかった。鞍馬《くらま》八流奥義を極め、好んで人の師となり、田舎ではあるが弟子《でし》も多く育てた。寛《かん》正《しょう》五年初冬、わしは浅ましくも武を誇って名を挙げんとした。昔から恐れられた庚申《こうしん》山《やま》の奥の院を見るべしと、高弟四人と従僕を連れて山深く分け入った。第二の石橋を渡ろうとしたとき、弟子《でし》たちは恐れ、諫《いさ》めてやまなかったが、わしは聞く耳を持たずに石橋を渡り、この岩室《いわむろ》のほとりまできた。そのとき、不意に強風が吹き荒れて土埃《つちぼこり》を立てた。倒されまいと岩角にすがりつくのが精一杯で、風で飛んできた小石に目を撃たれた。弓を捨て、袖《そで》を合わせ、頭《こうべ》を低くし目を覆ったときだった。山猫が岩室《いわむろ》から躍り出た。背後から襲った山猫は、我が背に鋭く爪をかけて引き倒した。わしは倒されながらも短刀を抜き、覆いかぶさろうとする猛獣の咽喉《のど》を突こうとしたが、手元が狂うて前足に浅手を負わせただけだった。妖怪は物ともせずに我が咽喉《のど》に喰《く》らいついた。牙《きば》が食い込んだまま振り回され、わしはそれきり絶命したのだ。岩室《いわむろ》に引き入れられた我が死骸は、無残にも山猫に喰《く》い尽くされた。そうとは知らぬ弟子《でし》たちは、待ちかねて里へ帰り、妻子を大いに嘆かせた。翌日、弟子《でし》たちが里人をも駈《か》り出して捜索を始めた。その折に、山猫はわしの姿に変化《へんげ》して、着物、刀や行縢《むかばき》さえも身につけて胎内《たいない》くぐりのほとりにいた。弟子《でし》たちを呼び止めてさまざま言い繕《つくろ》うた。姿形がそっくりなのだから、だれが別人と疑えようか。みな喜び、労わり、山猫の身を助けながら里へ帰った。妻子もまた死人が蘇った心地がし、喜びこの上なかった。……いったい、どうして山猫はわしに化けたのか。妻の窓井《まどい》は二十二歳、田舎にはまれな美女だった。あの山猫は、彼女を欲したのだ。かわいそうに窓井《まどい》は獣を夫と疑わず、毎夜毎夜、肌を重ねた。やがて牙二郎《がじろう》という男児を生んだ後、獣に穢《けが》された肉体は次第に精力が衰え、三十歳にならずに死んだ。山猫は味をしめたか、妾《めかけ》を屋敷に引き込んでは快楽をむさぼった。女たちは精気を吸われ、窓井《まどい》と同様に一年もたず死ぬ者あり、密かに食い殺される者あり、危うさを察して逃げた者もあって、とにかく長居できなかった。だが、近頃やってきた女は違うようだ。悪知恵が効き、欲深く、もともと行いの穢《けが》れた妖婦らしく、山猫とは同病相憐れむと言おうか、同気相悦《よろこ》ぶと言おうか、妖邪の精に触れても精力をそこなわず、妖獣の寵愛《ちょうあい》を受け止めて本妻となった。この女が我が子の継母となったことをこそ恨むべきだ。角太郎《かくたろう》は幼い頃から孝行息子だったが、いまや妖獣を親と信じて慕《した》うている。妖怪のほうは牙二郎《がじろう》が生まれると、角太郎《かくたろう》を憎むようになった。日ごとの虐待に飽き足らず、密かに殺してその柔肉を喰《く》おうと欲したが、角太郎《かくたろう》には不思議な加護があった。肌身離さず持たせた瑞玉《ずいぎょく》のおかげで、妖怪はその体に触れられなかった。そうするうち、角太郎《かくたろう》の母の兄犬村儀清《いぬむらのりきよ》が危険を察し、養子として引き取ってくれた。あまつさえ学問や武芸を丹念に教え、自身の娘との婚姻まで進めてくれた。角太郎《かくたろう》は成人して犬村家を継ぎ、諱《いみな》を礼儀《まさのり》とつけられた。彼を密かに護ってきた霊玉に礼の字が刻まれたことは因果だろう。我が子を褒《ほ》めるではないが、親に優った孝行息子だ。仁義にも篤《あつ》い子だ。そこに付け込まれた。犬村の養父母が世を去ると、後妻妖婦の悪巧みで、角太郎《かくたろう》夫婦は赤岩村《あかいわ》へ呼び戻された。今年の夏四月ごろに、角太郎《かくたろう》の妻雛衣《ひなきぬ》が不倫の子を身ごもったと濡れ衣《ぎぬ》を着せられ、夫婦仲が割かれた。雛衣《ひなきぬ》だけでなく角太郎《かくたろう》をも追い出し、養父犬村氏の遺産は奪われた。角太郎《かくたろう》が法師になりたいと告げ、犬邨《いぬむら》の里人が憐れんで返璧《たまがえし》というところに草庵を建ててやり、折々、米や銭を贈っている。以来、角太郎《かくたろう》は読経《どきょう》、座禅、無言の行を日課とし、世間との交わりを断った。しかし、邪な禍《よこしまわざわい》は雛衣《ひなきぬ》にもつきまとい、命さえ脅《おびや》かされている。いまの膠着《こうちゃく》が破れて善悪邪正ともに顕れれば、玉石真偽が別れるときが訪れるだろう。だから、そなたに願うのだ。我が子を助け、仇敵《きゅうてき》を討たせてやってくれまいか」

言葉の露さえ霜となる寒い夜だった。岩室《いわむろ》の外では、山風が木の葉を落としていた。

現八《げんはち》は胸が詰まった。我知らず拳《こぶし》を握りしめていた。それを解いて膝《ひざ》を打つと、「今日、あなたの名を足尾で聞いた。赤岩一角殿《あかいわいっかく》。茶店の主人が語ったあなたの武勇と、子息の孝心に誤りはないが、よもや一角《いっかく》を名乗るのがニセモノだったとは。今宵、胎内《たいない》くぐりで某《それがし》が射た妖怪こそニセモノの赤岩一角《あかいわいっかく》だったなどだれが知ろう。あなたひとりがご存じだった。しかし、赤岩《あかいわ》村の妻子のことも、仇《かたき》のことも、そこまで詳しくご承知ならば、なにゆえ妻や子の枕元に立ってお告げをなさらなかったのか」

「それこそ真っ先に考えた。しかし、角太郎《かくたろう》の孝心が妨げとなるだろう。妖怪が変化《へんげ》したのは姿形だけではない。話し口調や仕草から立ち居振る舞い、太刀筋《たちすじ》ひとつに至るまで、我が身と異なるところがないのだ。わしが夢枕に立とうと実在する親を疑えようか。疑うこと自体を、角太郎《かくたろう》は自らに許すまい。窓井《まどい》も同じだ。隣で眠る夫を偽りとみなし、夢に出た霊を真実と信じられようか。毎夜肌を重ねて子まで成した相手なのだ。それに、なまじ妻子が疑惑を抱けば、彼らの命を危うくするだけだ。だから、かの妖怪に手が出せなかった。仇敵《きゅうてき》が大切な妻子のそばにいるのに、大切な妻子のそばにいるからこそ、この十六年、恨みひとつも述べられず、成仏もできなかった。そなたに遇えたことは稀有《けう》な幸運だ。我が子と深い因縁があろう。角太郎《かくたろう》の庵《いおり》を訪ね、厚く交わりを結んでほしい。我が言葉は伝えなさるな。わしはこの世のものではない。軽々しく口にすれば、息子の信用をそこない、かえってそなたが疑われるだろう。然るべき時に詳しく述べれば、息子の無明《むみょう》の酔いも醒《さ》めるだろう」

「神仏の加護がご子息を護っている。不思議な瑞玉《ずいぎょく》、そして養家を継いで犬村と名乗ったところからも、彼こそ犬士の一人、某《それがし》の異姓の兄弟でしょう。あなたに頼まれずとも、死力を尽くして助けましょう。かの妖怪を滅ぼすことは我が願いでもある。しかし、なにか証拠がなければ、狂人が夢を説くようなもので一蹴《いっしゅう》されかねませんな」

「心配は要《い》らぬ。秘蔵してきた証拠が二つある。ひとつは短刀だ。山猫の咽喉《のど》を刺そうとし、誤って肘《ひじ》を斬った刀だ。妖怪が取り忘れたのが、いまも手元にある。我が子に渡し、これで仇《かたき》の息の根を止めさせよ。だが、角太郎《かくたろう》はその短刀に見覚えがない。なお疑うかもしれん。そのときはもうひとつを証拠とせよ。我が髑髏《どくろ》だ。どうしても説得できなかったとき、この髑髏《どくろ》に角太郎《かくたろう》の血を注げば、親子だとはっきりする」

赤岩一角《あかいわいっかく》は奥へ行き、かねて用意していたらしい髑髏《どくろ》を持ってきた。山蕗《やまぶき》の葉を二、三枚重ねて包んであった。渡された短刀は鍔《つば》の色も朽ち、刃《やいば》は腐蝕するまでに錆《さ》び、柄《つか》糸《いと》は千切れ、ところどころに残った鮫《さめ》は咲き遅れた梅のようだ。装飾はまだらに剝《は》がれ、棺《ひつぎ》から掘り起こした刀の残骸に見えた。現八《げんはち》は、一角《いっかく》が孤独にすごした時の長さを痛感した。

東の山峡が白み始めた。一角《いっかく》は表を仰ぎ見、「生者と幽鬼、道が異なれば久しく語らうのも難しい。万が一、禽獣《きんじゅう》に陥れられて災厄《さいやく》が迫ろうとも短慮に走りなさるな。今後は角太郎《かくたろう》と助け助けられして、そなたも名を挙げて家を起こされよ。くれぐれも、初対面から珠のことなど言い出しなさるな。異姓の兄弟という縁をあからさまに説き示せば、かの妖怪に知られて志を果たし難くなる。妖怪には神通力がある。十里の外まで知り得るのだ。すでに十六年、姿を変えて里にあるが、時に山林を懐かしく思うらしく、必ず月に二、三度は夜更《よふ》けに屋敷を出、この深山《みやま》で遊んでいる。今宵が遊山の夜だった。山《さん》麓《ろく》で人が死ぬのもかの畜生の仕業だ。元来、庚申山《こうしんやま》は霊迹《れいせき》で、猛獣、毒蛇もなく、魑魅《ちみ》妖怪も棲まなかった。かの畜生を退治できれば登山に憂いはなくなり、再び霊迹《れいせき》として世に伝わろう。話はここまでだが、後日のため、拙《つたな》い口遊びを餞《はなむけ》に贈ろう」

相遭うて武を講じ　相分かれて仇《かたき》を誘《いざな》う　ここに露玉《ろぎょく》を全《まっと》うし　菊花秋に謝《しゃ》す
再阨釈《さいやくと》けずんば　更に髑髏《どくろ》に問え　妖邪亡びる処《ところ》　中山遊ぶべし
八犬具足《ぐそく》して　八犬未だ周《あまね》からず　窮達《きゅうたつ》命あり　離合謀《はか》ること勿《なか》れ
南総遠しと雖《いえど》も　ついに一流に帰せん

吟《ぎん》ずること三度、現八《げんはち》は詩文を記憶した。一角《いっかく》に感謝し、別れを告げる。髑髏《どくろ》と短刀は旅風呂敷に包んで背負い、風呂敷の端を胸元で引き結んで岩室《いわむろ》を出た。

一角《いっかく》は岩屋口まで出て言った。「帰りは奥の院まで一旦登り、平岩の切れ間から東へ下りなさい。そのほうが早く胎内《たいない》くぐりへ出られる。返壁《たまがえし》を訪ねるまでに迷うことがあれば、児手柏《このてがしわ》を見ればよい。胎内《たいない》くぐりから三、四里の山道の間、あちこちにその木がある。児手柏《このてがしわ》の枝はすべて西を指すゆえ、方角の参照にしなさい。よい出会いであった。もう会うことはなかろうが、返す返すも我が子のことをお頼み奉る《たてまつ》」

「冥府《めいふ》と人間《じんかん》、異なった道を歩むと知るゆえ、別れの辛さもひとしおです。しかし赤岩《あかいわ》殿、あなたが子息に髑髏《どくろ》を届けるために吟《ぎん》じられた歌の優れようも、未曾有《みぞう》の霊験でございました。生前には億万人に優れた武芸者なればこそ、死してここまでの霊であり得るのだ。得がたい武士が妖獣に殺されたことを、心から口惜しく存じます」

現八《げんはち》はハッとした。目の前にいたはずの一角《いっかく》がどこにもいなかった。

④ 返《たま》壁《がえし》

夜明けの山を、現八《げんはち》は下った。赤岩一角《あかいわいっかく》の霊魂に教わったとおり沢を伝い、四、五里の山道を上り下りして返壁《たまがえし》をめざした。そして巳《み》の刻（午前十時）頃、世を捨て世に捨てられた犬村角太郎礼儀《いぬむらかくたろうまさのり》が暮らす草庵に着いた。

柴垣越しにそっと覗くと、丸木の柱、茅《かや》の軒、縁台は二間《けん》ばかりの竹製で、持仏棚《じぶつだな》が見える一間《ま》の壁に蝸牛《かたつむり》が這《は》っていた。雑草が生え放題の庭からコウロギの鳴き声が聞こえた。長く放置された樹々があちこちそびえ立つが、とても庭木とは呼べなかった。

庵《いおり》の主人は二十一、二歳で、色白く、唇は赤く、眉が立派だった。座っていても上背があると分かる。月代《さかやき》の跡は黒々とし、伸びきった髪を藁《わら》で結っただけで髷《まげ》も作っていない。後ろ姿はさながら山伏だ。薄鼠《うすねず》色の麻衣《あさぎぬ》に黒い輪袈裟《わげさ》を羽織る姿は、隠遁《いんとん》者のそれだった。折戸側を向き、藁《わら》の円座に結跏趺坐《けっかふざ》し、首に数珠《じゅず》を掛けて合掌《がっしょう》する。目を閉じ、青い松葉をついばむ。維摩《ゆいま》の行と思《おぼ》しい。机に経文五、六巻、小さな鐸《すず》、それに相《そう》馬《ま》の青磁香炉《せいじこうろ》があった。香の煙が立ち昇っては霧消する。

現八《げんはち》は折戸を叩き、「ごめんください。某《それがし》、遠来の浪人にて犬飼現八信道《いぬかいげんはちのぶみち》と申す。犬村殿に用があります。開けてもらえませんか」

何度も名乗りを上げたが、返事はなかった。犬村角太郎《かくたろう》は目を閉じたまま、関心さえ寄せない。これだけ大声で呼んで気づかないことはあるまい。勤行《ごんぎょう》中だから知らぬふりを貫くのか。三顧《さんこ》の礼の例えではないが、終わるまでは会えそうになかった。仕方なく、現八《げんはち》は待つことにした。人気《ひとけ》のない場所を、静かに時がすぎていった。

やがて太陽が南中した頃、若い女性がひとり、山道を歩いてきた。清潔な衣装に身を包んだ美人は、目に優しい野の花か、人を酔わせる地酒のようだ。古《いにしえ》の真間《まま》の手児奈《てこな》のように優しげな雰囲気があった。この草庵を訪ねるようだ。泣き顔を袖《そで》で隠している。身重なのか、足元は軽い草履《ぞうり》で、つまずくことはなさそうだった。

「美女があぁも愁《うれ》いを含むと、切ないばかりだ。雨に打たれた夕べの花か、雲に消される淡い月か。妊娠四、五ヶ月なら、あれが犬村の別れた妻雛衣《ひなきぬ》だろう。人目を忍んで夫に会いにきたのか。俺がいては邪魔だろう」

現八《げんはち》は辺りを見回し、身を低くして南へ向かった。枝の茂った鼠《ねずみ》もち《》の陰に隠れる。

雛衣《ひなきぬ》は柴垣の前で立ち止まり、何度も涙を袖《そで》でぬぐった。呼吸を整えようと忙《せわ》しく息を吐き、それから真っ白な細い手を上げて戸を叩いた。思いのほか力が入らなかった。

「角太殿、開けてくださいませ。今日はお答えくださらずとも、会わずには帰れません。仲人《なこうど》の家で嘆き暮らして死ぬくらいなら、せめてあなたの捨て台詞《ぜりふ》を受けて覚悟を決めたい、そう思うて通うていますのに、無言の行にかこつけて答えすらなく、戸も開けない。強情を張らないでください。今日はどのみち思うことを言い尽くして行きます。それでも聞いてくれないなら、これを最後の暇乞《いとまご》いとして、犬村川が涸《か》れようと生きては帰らじと思い定めてきました」

雛衣《ひなきぬ》はやせ細った手首がしびれても折戸を叩き、涙声を張り上げた。

「開けてください！」

角太郎《かくたろう》は毛筋も動かさず、目もまじろがせない。庭の雑草にたかる虫がジジと答えた。夫の態度が恨めしく、耐え難く、雛衣《ひなきぬ》は声を絞り出した。

「あなたがなにも見ず、なにも言わなくても、私の嗄《しゃが》れ声は聞こえているでしょう。愚《ぐ》痴《ち》に聞こえてもかまいません。私たちは振り分け髪の幼児の頃から兄妹でした。夫婦でした。いっしょに桜を見に行ったり月見の舟に相乗りしたり、そのような恋ではなかったけれど、いっしょにすごした時間はどんな夫婦よりも長かった。そうでしょう？　この夏から私はお腹が痛うなって、薬も加持祈祷《きとう》も効かず、我慢するしかなかったのに、あんな作り話で人生を無茶苦茶にされた。春に父様が世を去られ、忌中《きちゅう》の夫婦はいっしょに寝ないから、胎《はら》にいるのは密男《まおとこ》の子だと濡《ぬ》れ衣《ぎぬ》着せる継母《ままはは》に、医師も違うとは言うてくれなかった。神に誓って、密通などしていません。あなたはご存知でしょう。他人にどう言われてもいい。ただ、あなたがなにも尋ねず、離縁状を渡して追い払われたこと、それが私は許せません。おひとりで暮らしたかったのですか。言いたくはありませんが、あなたは犬村の苗字を継いだ婿《むこ》養子です。忘れていないでしょう。実の父御《ちちご》と継母御前《ままははごぜ》が無理を仰せになられ、伯父であり師匠であり深い恩がある父の家をつぶしても、あなたはなんとも思われませんか。せめて両親が健在だったなら、こんなことにはならなかったでしょうに、赤岩《あかいわ》の家に引き止められ、ほどなく追い払われると生家すら奪われていた。私は余所《よそ》に預けられ、今後はどうなるかも分からない。あなたは尼にもなれとさえ言われなかった。訪ねても、尋ねても聞かぬふりして固く心を閉ざされる。だれのためですか？　赤岩《あかいわ》の親の仰せに逆らえず、妻を追い出すしかなかったのでしょうが、いまはあなたご自身も追い出された。だったら、私たちが会うのを妨げる関所はないでしょう。鄙《ひな》びた山里の草庵でもいい。いっしょに暮らさせてください。夫婦が会うのをだれが咎《とが》めましょう。いつまでも言の葉絶えてクチナシの[illegible]出すら分かりません。耐えられないなら死ねと言わんばかりの籠居《ろうきょ》です。あなたらしくも[illegible]疑われたお腹のなかを見せられないのが悔しい。胸は穴が空いたようなのに。これだけ言うても聞こえませんか。ここを開けてください。開けてください！」

雛衣《ひなきぬ》は乱暴に戸を叩き、押し入ろうとさえしたが、掛け金はねじ切れなかった。切ない恨みの数々が、口にするほど胸に支《つか》えた。よろめいて生垣にすがりつくと、こらえていた涙がボロボロとこぼれる。地面に崩れ、顔を伏す。嘆きの海に沈み込んで袖《そで》が乾くことはない。芭蕉布《ばしょうふ》に露が浮かぶようで哀れだった。

辺りは静かなままだ。しばらくして、雛衣《ひなきぬ》は涙をぬぐいながら立ち上がった。裾《すそ》を引き上げ帯を直すと、再び庵《いおり》を振り返り、「前世の報いとあきらめ、もう恨みはしますまい。腹黒い人の嘘偽《うそいつわ》りで、罪をかぶせられた人は昔から多いでしょう。いずれ雨後の月のように世に顕れれば、生前以上の功徳《くどく》をもたらすことがありましょう。でも、死んでも報われないことだってある。私が死んだら、胸を裂いて暴いてください。それで疑いが晴れたなら、元の妻と思うて日に一度でいいから名を呼んでください。その祈りを聞けば、きっと成仏できますから。そして百年、あなたが来るのを待ちますから。今度はいっしょに座れるように蓮《はす》の台《うてな》は半分空けておきますから……だから……」

雛衣《ひなきぬ》は捨てられない世を振り捨てようとしている。死出の旅路と覚悟して帰途につくのに、その後ろ姿さえ草庵からは見えなかっただろう。

「……さようなら」と、雛衣《ひなきぬ》はつぶやいた。

現八《げんはち》は木陰にひそみ、一部始終を立ち聞きした。追い詰められた雛衣《ひなきぬ》の、いまにも自殺しそうな悲嘆ぶりを心配した。身投げするなら止めねばならん。彼女が立ち去るのを一旦やりすごし、尾行すべく木陰から出た。遠くで寺の鐘が鳴り始めた。

正午の鐘が鳴り終わると、角太郎《かくたろう》が目を開いた。経机を脇に押しやって姿勢を正すと、

「犬飼《いぬかい》殿、ただいま庵主は本日の行を終えました。こちらへ参られよ」

庵《いおり》からの声を受け、現八《げんはち》は立ち止まった。雛衣《ひなきぬ》の後ろ姿を間遠に確かめて迷ったが、こちらから訪ねたからには招待を拒めず、ためらいながらも草庵へ引き返した。

角太郎《かくたろう》は庭下駄を履いて折戸へ向かい、掛け金を外して出迎えた。現八《げんはち》は招かれるまま進み入り、竹の縁台に旅風呂敷を置いた。草鞋《わらじ》も足袋《たび》も脱いで縁台から上がり、勧められるまま腰を下ろした。角太郎《かくたろう》はていねいな態度で頭を下げた。

「先ほどは失礼しました。来訪には気づいていましたが、戒行《かいぎょう》の最中で応接できませんでした。失敬をお許し願いたい。当国の住人、犬村角太郎礼儀《いぬむらかくたろうまさのり》と申します。あなたの名はお聞きしましたが、どのような用件で来臨なさったのか。某《それがし》は俗世間との交友を断ち、剃髪《ていはつ》こそしていないものの、維摩《ゆいま》に帰依《きえ》を願うところ。ご見識がおありなら、お教えい

ただきたい。迷妄から覚めることを願うています。まずは気楽に語ってください」

現八《げんはち》は居住まいを整えた。「某《それがし》は平凡な男にすぎません。上総《かずさ》に生まれ下総《しもうさ》で育ち、近ごろは都にいましたが、武芸に身を入れるばかりで学問は知らない。苗字を違《たが》える兄弟が五、六人あり、彼らには学あり武勇ある士がいます。同じ因果の前世を持って、苦楽を共にせんと誓うた彼らとは、災難に遭うて別れ別れになっています。探し続けて二年、未だ行方《ゆくえ》が知れない。今度は陸奥《みちのく》へ行くつもりでしたが、昨日、足尾の茶店であなたのことを聞き、教えを受けたいと閑居《かんきょ》の戸を叩きました。勤行《ごんぎょう》中に無礼と思われたでしょうに、呼び止められたのは生涯の幸い。お会いできて望みが叶いました」

角太郎《かくたろう》は恥じ入るように頭を撫《な》で、「養父からは和漢の学を習いましたが、大成しませんでした。いま仏教を求め、道教を修めんとするのも、未熟ゆえの筋道です。武士たる者がおめおめと法師になってよいものか、未だ迷うています。結局、某《それがし》は何者にもなれますまい。初対面で不躾《ぶしつけ》ですが、出発を急がれないなら心の内を聞いてくだされ。千金よりも固い友情こそ得がたい。志が同じなら古い友人に等しいでしょう。無礼と思われましょうか。実を言うと、昨夜の夢がそうさせるのです。どことも知れぬ場所で、巨大な犬が見えました。黒白まだらの犬が七頭いるようですが、隠れて見えないのもあり、遠くて見えにくいのも少なくない。手を叩くと一頭が走ってきました。抱きしめた某《それがし》はたちまち犬となり、そこで愕然《がくぜん》として目が覚めた。胡蝶《こちょう》の夢とは似て非なるものか、いま改めて考えると、単なる夢とも思えません。あなたは犬飼《いぬかい》氏と言われた。某《それがし》は養家を継ぎ、犬村を名乗っている。先ほど苗字を違《たが》える兄弟五、六人と言われました。なにか因縁があるのでしょうか。人々の名を教えてほしい。煩《わずら》わしがらずに、どうか」

「それは一大奇夢と言える。義兄弟は、犬塚信乃戍孝《いぬづかしのもりたか》、犬川荘助義任《いぬかわそうすけよしとう》、犬山道節忠与《いぬやまどうせつただとも》、犬田小文吾悌順《いぬたこぶんごやすより》、犬江親兵衛仁《いぬえしんべえまさし》、これに某《それがし》を加えて六人、逢うていない者がなお二人いるという」

角太郎《かくたろう》は目をみはって膝《ひざ》を進め、「全員が犬を苗字に持つ。やはりただの夢ではなかったか。あなた方が義兄弟となられた所以《ゆえん》は？　どのような因縁が？」

現八《げんはち》は相手の興奮をいなすように、「そのことは、あまり大きな声で語りたくはない。おそらく、いま言うことではないでしょう。それより主人、不思議な瑞玉《ずいぎょく》を持っていなさろう。その珠には、礼の一字が記してあるはずだ」

訳知り顔で指摘すると角太郎《かくたろう》は驚き、「どうしてお知りになられた。瑞玉《ずいぎょく》は秘蔵してきたが」語るうちに興奮が治まり、不意にため息を吐いた。「その珠には、奇談があります。生みの母は正香《まさか》といい、聡明《そうめい》で、深く神仏を信仰していたそうで、某《それがし》を生んだ頃、加賀の白山権現《はくさんごんげん》の小石を乞うた。その神社の石を守り袋に入れれば疱瘡《ほうそう》も麻疹《はしか》も軽く済

む と聞いたのだとか。商人に頼んで取り寄せたところ、石ではなく珠でした」角太郎《かくたろう》は首にかけた数珠《じゅず》をひねり、「このくらいの大きさで、礼の一字が顕れていた。持ち帰った商人は文字に気づかず、母に指摘されて驚いたそうです。母はこれを瑞玉《ずいぎょく》と尊び、某《それがし》の守り袋に入れました。某《それがし》三歳のときに大病を患い、治療も効かなかったそうですが、母はその珠を浸した水を飲ませた。よほど瑞玉《ずいぎょく》を信仰していたようですが、その水を飲むと食が進むようになり、痩《や》せていた肉も増し、やがて快復したと、物心ついた折、養父母から聞かされました。そこで某《それがし》も薬には頼らず、珠の奇特にすがってきました。近ごろ養父母が病床にあったとき珠を浸した霊水を飲ませたのですが、某《それがし》の病でないせいか、すでに寿命だったからか、これは効きませんでした。今年の初夏から妻ともども赤岩《あかいわ》にある実父の屋敷に同居していましたが、ある日、妻が腹痛に苦しむも薬が効かないので、また珠を浸した水を飲ませようとしたところ、継母が茶碗を奪い取ろうとし、妻は誤って水もろとも珠を飲んでしまいました。妻は詫《かわや》びましたが、某《それがし》は狼狽《ろうばい》してなにも言えませんでした。吐き出させることもできず、厠《かわや》へ立つたび気をつけよと諭すのみです。妻の腹痛は癒《い》えましたが、珠が屎尿《しにょう》とともに出ることはなく、某《それがし》も問うことをしなくなった頃、雛衣《ひなきぬ》の月のものが止まり、腹が膨れてきました。医師は懐胎だという。これはおかしなことで、ここ数年、養父母の病中から妻と寝てはいませんでした。特に今年春の末からは養父の忌中《きちゅう》で、寝床も別にしていましたから、雛衣《ひなきぬ》の妊娠は合点がゆかない。そのうち、ならば密男《まおとこ》の子だろう、おめおめと生ませる気か、と周りが騒ぎだしました。その誣言《ふげん》を止められず、結局、離婚して妻を仲人《なこうど》の家に預けました。貞節な妻だと、某《それがし》が一番知っています。実は雛衣《ひなきぬ》を犬邨《いぬむら》へ帰したくて離縁したようなもの。そもそも、某《それがし》の弱さが原因でした。赤岩《あかいわ》での同居を決めたときに犬村屋敷を貸し出し、使用人に暇《ひま》を出しました。帰るつもりはありませんでしたから。幼い頃に父の愛を失うた某《それがし》は、親に呼び返されたことがそれほど嬉しかったのです。後先考えず赤岩《あかいわ》へ引っ越しました。再び同居を拒まれたいま、この身が路頭に迷うのは構わない。しかし犬村の田畑は、雛衣《ひなきぬ》の食いぶちにすべきなのに、それすら赤岩《あかいわ》の親に奪われたのが心配なのです。妻と養父へ弁解もできない。某《それがし》が法師になれば赤岩《あかいわ》の親も雛衣《ひなきぬ》への恨みを忘れてくれまいか。神仏にも願うて日ごとの戒行《かいぎょう》を勤めています。このような懺悔《ざんげ》話をして恥知らずと思われましょうが、先ほど雛衣《ひなきぬ》が言うたことをお聞きになったでしょう。いまさら隠すことはありません。だれにも言えなかったことを告げました。愚かしいと思われますなら、忌憚《きたん》なく言うてくだされ」

現八《げんはち》は黙って聞いていた。顔を上げると、「天の加護があるやもしれんし、夫婦の再会を期待して待つべきでしょう。焦って出家するのは千慮《せんりょ》の一失《いっしつ》。雛衣《ひなきぬ》殿の嘆きは先ほど立ち聞きしました。思いつめた様子だったのが心配です。万一を案じて後をつけようとしたとき、あなたに呼び止められた。雛衣《ひなきぬ》殿が不義を犯していないと信じているのに救おうともなさられないのは、どうしてか」

現八《げんはち》がやや厳しく言うと、角太郎《かくたろう》は悲しげに微笑んだ。

「雛衣《ひなきぬ》が死のうとしても、腹に瑞玉《ずいぎょく》があるかぎり、水に入ろうと溺れません。火に入ろうと焼かれません。腹の病も珠が原因です。妊娠ではありません。死ぬと脅されたからと慌てて対面するのは、たとえ妻が正しかろうとも、某《それがし》を勘当《かんどう》している実の親に後ろめたい。いま妻と会えば不孝の罪となります。情にまかせて引き止めることはできません」

そう聞いて、現八《げんはち》にも思うところがあったが、いま口にすることとは思えなかった。愛を与えない親に対する、ほとんど盲目的な角太郎《かくたろう》の孝心は、現八《げんはち》の想像を超える人徳だった。孝行自体が正しい行いだからこそ、現八《げんぱち》は角太郎《かくたろう》に反論できない。おそらくは角太郎《かくたろう》自身もそうなのだ。彼はそうして自縄《じじょう》自縛《じばく》に陥った。

話を聞くうち薄々気づいたが、すでに親を失った現八《げんはち》は、孝のしがらみから抜け出しているように感じた。あるいは、親の慈愛を受けて育ったからかもしれない。角太郎《かくたろう》の語る孝に、どうしても共感できないのだ。

親から捨てられた子が、それでも親を愛そうとすればどうなるか。角太郎《かくたろう》は孝の理念を書物のなかに求めた。その理念が正しくなければならないと強迫的に信奉《しんぽう》した。角太《かくた》郎《ろう》が親を裏切れないのは、その理念が捨てられた子供という境遇から彼自身を救い出したからだ。

妻に背を向けてまで草庵に留まるのは、親への畏敬からではない。それは奇妙にも、自分を愛さない親に対する罪悪感からだ。現八《げんはち》がそう悟ったのは、庚申山《こうしんやま》で赤岩一角《あかいわいっかく》の霊魂と語らったからでもあろう。一角《いっかく》は息子の孝心が仇討《あだう》ちの難関だと言った。角太郎《かくたろう》を不孝へ導くことが、現八《げんはち》に課された使命なのだろう。

「そろそろ未《ひつじ》の刻（午後二時）です。腹が減っていませんか。里人がくれた団子があった。少しは飢えをしのげましょう」

角太郎《かくたろう》は棚から下ろした籠《かご》の蓋《ふた》を取り、箸《はし》を添えて現八《げんはち》に差し出した。囲炉裏《いろり》に枯れ枝を焼《く》べ、山茶を煮た。客と主人はともに箸《はし》を伸ばして団子を食った。互いの距離が近くなる。角太郎《かくたろう》は煮えた山茶を汲《く》んで現八《げんはち》に勧め、自分も咽喉《のど》を潤《うるお》した。

「せっかく訪ねてこられたのに、憂鬱《ゆううつ》な話で嫌な思いをさせましたな。犬飼《いぬかい》殿はどなたを師として武芸を学ばれたのでしょう。それとも、生まれながらにして豪傑の類《たぐい》か」

現八《げんはち》は笑い、「師は二階松山城介《にかいまつやましろのすけ》だが、不器用な弟子《でし》で刀の抜き方を覚えたのみ。武の一芸すらその程度で。文武を極めるなど想像も及ばない。いい機会だから訊いてみたい。某《それがし》、幼い頃から軍記を好んだが、剣の巻に、源氏累代の太刀《たち》が、蛇の鳴くように吼《ほ》えたから吼丸《ほえまる》と名付けられたとあるが、実際に刀剣が吼《ほ》えることなどあるのだろうか」

「二階松《にかいまつ》先生ですか。昔、父が嘆賞していました。かような先生のお弟子《でし》へ講釈するのははばかられるが、……刀剣が吼《ほ》えるか否かなら、これは吼《ほ》えます。『酉陽雑俎《ゆうようざっそ》』器奇篇に曰《いわ》く、鄭雲逵《ていうんき》若かりしとき一振りの剣を得た。鱗紋《りんもん》の鋏《つか》と星形の鐔《つば》を持ち、ときどき吼《ほ》える。晴れた日には膝《ひざ》に敷きもてあそぶ云々《うんぬん》、とある。また、後燕《こうえん》の元年に雄剣《ゆうけん》の鳴いた記録が残っています」

現八《げんはち》は唸《うな》り、矢継ぎ早に問うた。「源平盛衰記《げんぺいせいすいき》などの軍書を見ると、大逆謀反《たいぎゃくむほん》の徒を朝敵と記しています。あれは、正しい言葉遣いだろうか」

角太郎《かくたろう》は薄く笑み、「よく気づかれた。国家の臣民に大逆の罪あるとき、国賊と呼ぶ。唐国《からくに》の史伝では、単に賊と記す。では、これを朝敵と呼べるか。字書によれば、敵とは、音は狄《てき》、俗字とある。唐国《からくに》の俗語で敵手と言えば、我が国で謂《い》う相手と同じ。つまり甲と乙が争えば、互いに相手のことを敵というのです。ならば、大逆の罪人を朝敵と言うときは、朝廷の敵手という意味になる。周知のように、清盛、頼朝から尊氏《たかうじ》将軍まで、いずれも朝廷を相手にして家を興し、兵権をほしいままにして天下を制せられた。ならば、大逆謀叛《だいぎゃくむほん》の徒どころか、彼らをこそ朝敵と呼ぶことになります。浅はかな語を用いた記者を笑うべきです」

「某《それがし》もそう思うていた」現八《げんはち》も笑ってそう受けた。「それでは、戦陣に夜討ちするとき、進退を合図する笛を『呼子《よぶこ》』といい、国の大事を告げる使いを『早打《はやうち》』というが、これらは近い時代の俗語だろう。漢文に書き換えるときには、なんと書けばよいか」

「呼子《よぶこ》の笛は『叫子《きょうし》』と書きましょう。早打《はやうち》は羽檄《うげき》と同じだから『急脚逓《きゅうきゃくてい》』と書くのがよかろう。宋の沈存中《しんぞんちゅう》が書いた『夢渓筆談《むけいひつだん》』の官政篇、権智篇を見れば分かります」

「ちと馬鹿げた質問になるが、近ごろの浄瑠璃《じょうるり》本に、互いに見知らぬ親子が疑いをなくすのに、子の腕を劈《つんざ》いて親の血と合わせれば、本当の親子なら鮮血が混ざり、親子でなければ寄り合わないとかある。また、親の白骨髑髏《どくろ》に血を注いでも同じことが起きるという。これはどこからきた説だろう。なにかに書かれていることか。根も葉もない俗説か。どう思われる?」

「典拠は、梁書《りょうしょ》の列伝、豫章王綜《よしょうおうそう》の伝でしょう。梁《りょう》の高祖の二男蕭綜《しょうそう》の母呉淑媛《ごしゅくかん》は、かつて斉《せい》の東昏《とうこん》の宮中にいた頃に見初《みそ》められ、七ヶ月にして綜《そう》を産んだ。そのため高祖の子であるのか疑う者が多くいた。後に淑媛《しゅくかん》は寵愛《ちょうあい》衰えて高祖をいたく恨み、密かに子の綜《そう》に向かって、実は御身《おんみ》は東昏《とうこん》君の遺児だと告げた。綜《そう》は半信半疑《はんしんはんぎ》ながら母とともに高祖を恨み、お忍びで斉国《せいこく》の明帝陵《めいていりょう》を拝んだりしたが、東昏《とうこん》の子かどうかは分からぬままだった。その頃、生者の血を死者の骨に注いで混ざれば父子である、という俗説を知った。綜《そう》は密かに東昏《とうこん》の墓をあばいて骨を取り出し、自分の肘《ひじ》の血を注ぐと、明らかに反応があった。また男を一人殺してその血を注いで確かめたが、今度はなにも起こらなかった。そこで四年後、綜《そう》は謀叛《むはん》を起こしたと五十五巻にある。また、唐書の孝友列伝、王少玄《おうしょうげん》の伝に曰《いわ》く、王少玄《おうしょうげん》は博州《はくしゅう》の聊城《りゅうじょう》の人、その父は隋末の乱で殺された。少《しょう》玄《げん》十歳のとき、父の居場所を母に問うた。母に言われた場所で死骸を探したが、その野は白骨ばかりだった。そこである人が教えたのです。子の血をつけて混ざればそれが父の骨だ、と。そこで少玄は白骨を見るたび肌を切って血を注いだ。十日余りして父の骨を得て葬《ほうむ》ることができた。傷が癒《い》えるまで一年余り要したといいます」

角太郎《かくたろう》の博覧強記ぶりに現八《げんはち》は感嘆《かんたん》した。「応仁以来、都でも和漢の書籍が焼亡し、四書をすべて持つ人も稀《まれ》になった。いまや学問は廃《すた》れ、五山の僧徒でもないかぎり漢籍を読む者もいないでしょう。あなたは若くして博学だ。頼もしいかぎりです」

「いや、褒《ほ》めすぎです」角太郎《かくたろう》は頭《かぶり》を振った。「喋《しゃべ》りすぎては徳を害すと、王通《おうつう》も言っています。本物の博学に聞かれては笑われますから、外では言わんでください」

ふたり笑い合っていると、表がにぎわってきた。従者連れの一行が訪ねてきたようで、駕籠《かご》が二台、折戸口に停まった。前の駕籠《かご》から女が下り、従者を顎《あご》で使っている。摺箔《すりはく》の衣の下は白小袖《しろこそで》、金襴《きんらん》の帯が日差しに当たって輝いた。女は扇をかざした。

「赤岩《あかいわ》の継母のようです」

角太郎《かくたろう》が表を眺めながら言う。現八《げんはち》も釣られて振り向いた。妾《めかけ》上がりの後妻だったな、と目を凝らすと、角太郎《かくたろう》の関心なげな声が聞こえてきた。「父の後妻です。名を船虫《ふなむし》という――」

5 復縁

「若旦那はいらっしゃるか。赤岩《あかいわ》から母君がお見えですぞ」柴垣の向こうから男の声がした。「入らせてもらいますぞ」と、勝手に折戸を押し開ける。

角太郎《かくたろう》は現八《げんはち》に言った。「なんの用かは知れませんが、ひとまず襖《ふすま》の向こうにお隠れなさってください。長居はしますまい。しばし休んでいてください」

現八《げんはち》が刀と旅包みを持って退《しりぞ》くと、角太郎《かくたろう》は仕切りの襖《ふすま》を閉めた。

そうする間に、船虫《ふなむし》が、角太郎《かくたろう》の仲人《なこうど》氷六《ひょうろく》とともに折戸をくぐってきた。さらに、雑草が伸び放題の庭に駕籠《かご》を一台舁《か》き入れた。

角太郎《かくたろう》は庭に面した障子をいっぱいに開き、「思いがけないご訪問です。母御前《ははごぜ》、ようこそ参られました。氷六小父《ひょうろくおじ》もこちらへ」と、縁台から座敷へ上がるように誘《いざな》った。

船虫《ふなむし》がにこやかに会釈し、上座《かみざ》へ向かった。氷六《ひょうろく》はへりくだって囲炉裏端《いろりばた》に座を占めるから、角太郎《かくたろう》は彼にも上座《かみざ》を勧めた。茶でもてなす。船虫《ふなむし》は半開きの扇で胸元をあおぎつつ庵《いおり》を見回していたが、その扇をたたんで置くと、角太郎《かくたろう》のほうへ膝《ひざ》を進めた。

「角太殿。秋も半ばをすぎ、朝夕は風が冷たいが、つつがないようでなによりです。小さな間違いから親子の口喧嘩《くちげんか》となり、もつれて解きがたくなった。あなた方夫婦だけでなく、父子まで別れ別れになりなさった。父御《ちちご》はあなたの安否を気にかけて胸苦しうなさっていいます。世間は、鬼のような継母《ままはは》があなた方を追い出したと言う。憎まれ役は私が背負うていますよ」

角太郎《かくたろう》は暗い顔つきで、「親子仲はもう変わりますまい。某《それがし》には、親に愛を失わせた不孝の罪が恐ろしく、悲しくもあります。親を忘れた日はありませんが、あべこべに気にして訪ねてくださってはかたじけない。天候不順で父の腰痛は起きていませんか」

「腰は平気だが、昨夜の稽古《けいこ》でね、初心者に巻藁《まきわら》を射さした折、父御《ちちご》は巻藁《まきわら》の背後にあって左へ狙え、右へ狙えと教えていたが、弟子《でし》の矢が外れ、左目に刺さってしもうた」

「え?」と、角太郎《かくたろう》は声を上げた。「それで、具合はどうなのです?」

「猛《たけ》きお方ですから、矢をつかんで自ら引き抜かれ、その場で傷を洗うて薬を塗られたそうです。私も今朝まで知らなかったのですよ。今日は椅子に座って、客の話を聞いたりなさっておいでだが、顔色は悪いから苦痛だろうと思いますよ。看病する私も息がつまって……。医師は三人も招きましたが、すぐにどうこうできる怪我《けが》ではない。神仏に祈ろうと日出神社へ詣《もう》でた帰り、犬村川の近くで、この氷六小父《ひょうろくおじ》に呼びかけられたのです。そこで思うよしあって伴うてきました。なあ、小父《おじ》から語ってくれ。語り手が変われば、聞き映えもしましょう」

氷六が進み出、「犬村の若旦那よ。赤岩《あかいわ》殿の刺し傷だが、片目は失われたが命に別状はないと聞いた。あまり気になさいますな。それより、我が家で預かっている雛衣《ひなきぬ》殿のことです。宥《なだ》めても諌《いさ》めても雛衣《ひなきぬ》殿の涙は乾きそうにない。ともすれば外へ走り出て行方《ゆくえ》が分からなくなるから、我ら老夫婦で張り番していなければならない。正直なところ、世話しきれなくなってきた。今日も家を抜け出して、あちこち探し回ったが、なんと犬村川の橋から身投げしようとするではないか。走りに走って抱き止め、連れ帰ろうとしても、放してくれと身をもがく。こんな姿を村の者に見られるのも不憫《ふびん》だが、そのとき、赤岩《あかいわ》の母御前《ははごぜ》が日出詣《もう》での帰りに近寄りなさるのが見え、加勢を頼んでなんとか騒ぎを収めた。それで母御《ははご》と相談しながら、こちらへ同行した次第で」

船虫《ふなむし》が語を継いだ。「先にも言うたが、継母《ままはは》ゆえに悪者とされ、私は世の人によく思われていない。それでも、雛衣《ひなきぬ》をかわいそうに思う気持ちは本当だ。好き合うた夫婦が言葉の行き違いから別れてしもうた。嘆くばかりの毎日に耐えかね、自殺しようとした。私も自然と涙があふれ、雛衣《ひなきぬ》とともに声を上げて泣きましたよ。どうにか元に戻さねばと、あの子を駕籠《かご》に乗せて急いできました。私からの手土産《てみやげ》です。いや、なにも言われるな。あなたが受け取るなら、父御《ちちご》の機嫌のよいときにいくらでも詫びる手立てはあるのだ。まげて承知し、雛衣《ひなきぬ》を受け入れなされ」

角太郎《かくたろう》は威儀を正し、「継母御前《ままははごぜ》の深いご慈愛は、雛衣《ひなきぬ》ばかりか某《それがし》にとっても得がたき幸せ。しかし親の勘当《かんどう》も許されないのに、離別した妻とひとつにはなれません」

「考え違いをなさっている。病平癒《やまいへいゆ》の加持祈祷《きとう》とて、慈悲善根に勝る効き目はない。今日、私は雛衣《ひなきぬ》の自殺を救うたが、あなたとひとつにせねば、また同じことが繰り返されよう。これでは仏作って魂入れず、今日の助けがなんの功徳《くどく》にもなりはせぬ。自殺を救うた上で、雛衣《ひなきぬ》の願いを遂《と》げさせることが本当の慈しみです。その善の報いはどこへ向かおうか。功徳《くどく》報いて父御《ちちご》の目の傷が癒《いや》されるなら、これこそが孝行ではありませんか。そう思えばこそ、今日、密かに訪れたのだ。復縁は父御《ちちご》のためだと言うても拒みなさるか。よく思案してみなされ」

角太郎《かくたろう》は頭《こうべ》を垂れて無言でいた。仲人《なこうど》の氷六《ひょうろく》が大げさに膝《ひざ》を打って声を張り上げた。

「日頃はきつい性格と思うていた母御《ははご》だが、やはり善意にあふれておいでだ。我らにも飲み込めるよいご意見です。若旦那、ためらうことはありますまい。承知なさいませ」

角太郎《かくたろう》は組み合わせた両手を解くと、顔を上げた。「親にも他人にも迷惑をかけ、お恥ずかしいかぎりです。勘当《かんどう》を許されぬまま雛衣《ひなきぬ》を呼び戻すのは本意ではありませんが、親の病平癒《やまいへいゆ》のためと教え諭されたからには、否《いな》むことはできません。孝子は己《おのれ》を捨ててても親に尽くすべし。もしこの復縁で父の怒りを買うて国を逐《お》われようと、それで父の怪《け》我《が》が治るなら一番の喜びです。よろしく許ろうてください」

船虫《ふなむし》は角太郎《かくたろう》の手を握った。「ようやく納得しましたな。めでたいこと。ほら仲人《なこうど》よ、早く雛衣《ひなきぬ》を呼びましょう」そう言うと、氷六《ひょうろく》が心得顔に笑みを浮かべて縁側へ出た。

縁台に横付けした駕籠《かご》の簾《すだれ》を人夫が持ち上げ、「ささ、こちらへ」と氷六《ひょうろく》が手を貸して雛衣《ひなきぬ》を降ろした。雨に打たれて萎《しお》れた花のような、やつれ顔の雛衣《ひなきぬ》は、未だ乾かぬ濡《ぬ》れ衣《ぎぬ》で色白の泣き顔を覆い隠した。瞼《まぶた》を腫《は》らしたまま縁台へ上がり、姑の背後に腰を下ろすと、額を床につけたきり頭を上げなかった。

振り向いた船虫《ふなむし》が手を差し伸べ、優しく言った。「雛衣《ひなきぬ》や。駕籠《かご》のなかで聞いていただろう。角太郎《かくたろう》も承知なさった。今日から元の夫婦です。仲睦《なかむつ》まじい昔のままです。嬉しいでしょうに、なにをはばかって後じさりするのか。もっと前へおいでなさい」

船虫《ふなむし》の隣まで進まされると、雛衣《ひなきぬ》はようやく顔を上げた。「須弥山《しゅみせん》よりも高いお慈しみに、感謝の言葉もございません。氷六《ひょうろく》殿にも苦労をおかけしました。絶えようとした夫婦の縁を再び結び留められたご恩義に、どのように報いればよいのか分かりません」

雛衣《ひなきぬ》は目元を袖《そで》で何度も拭《ふ》いた。夫にはなにも言えなかった。

氷六が慰めるように言う。「み仏にすがるのも人情。日々満足なら香も焚《た》かない浮世だが、仲人《なこうど》の役割もそれと同じだ。喧嘩《けんか》の仲裁を求めたからと恩に感じることはない。丸く収まってよかった。ようやく荷を下ろせた。若旦那、確かに雛衣《ひなきぬ》殿を受け取ってくだされよ。お預かりした三行半《みくだりはん》は、ほら、ここに」と懐《ふところ》から書面を取り出し、うやうやしく押し開くと、「若旦那、ご覧なされ。こんなもの、もう片時も持っているのが厭《いと》わしい。みな立ち会いのいま、処分してしまおう」ともみくしゃにし、囲炉裏《いろり》へ投げ捨てた。バッと燃えて舞い上がる白い灰を、船虫《ふなむし》が扇であおいで笑みを浮かべた。

「角太殿も念仏三昧《ざんまい》はやめにして、朝から夕まで睦《むつ》まじくすごしなさい。父御《ちちご》の勘当《かんどう》を許される日を数えて待ちなさい。私が糸を引くからには操《あやつ》りそこなうことはない。雛衣《ひなきぬ》も心得て、二度とおかしな真似《まね》をしでかすでないよ。一年三百六十日、口を開けて笑う日があるのは、親子夫婦の間でも麗《うるわ》しいことではないか。食事も寝起きも用心し、無事出産できるのを祈ってますよ。まだまだ行き来にはばかりがあるから、すぐの対面は難しかろうが、それもしばしのこと。体に気をつけるのですよ」

そう慰められ、角太郎《かくたろう》も雛衣《ひなきぬ》もこらえきれず涙した。角太郎《かくたろう》はその涙をぬぐいもせずに額《ぬか》ずいて、「重ね重ねのご厚恩に感謝いたします。父の怒りが和らぎ、めでたく見参《げんざん》できますようにお手引きのほど、よろしくお願い申し上げます」

「安心して待っていなされ。――仲人《なこうど》殿、思いのほか時が経った。帰りましょうかね」

船虫《ふなむし》の声を聞きつけた従者たちが、忙《せわ》しく折戸の外へ駈けてゆき、「駕籠《かご》かきはいるか。赤岩《あかいわ》殿の奥様がお帰りになられる。早く此方《こなた》へ寄せよ！」と、叫ぶ声がした。

船虫《ふなむし》が先に駕籠《かご》に乗る。「めでたしめでたし」と、氷六《ひょうろく》は夫婦に暇乞《いとまご》いをし、駕籠《かご》かきに駄賃を渡して自分の後ろにつかせると、にぎやかに折戸を出て行った。

角太郎《かくたろう》は折戸口まで出て、赤岩《あかいわ》へ帰る一行を見送った。母屋《おもや》へ戻り、奥の襖《ふすま》を開いた。

「犬飼《いぬかい》殿。無礼をつかまつった。出てこられよ」

現八《げんはち》は刀を手に棚から飛び降り、囲炉裏端《いろりばた》に腰を下ろすや思いがけない夫婦の再会を喜んだが、角太郎《かくたろう》の反応は鈍く、恥じ入るような態度で受けた。

「見苦しくも家の恥をお見せして客人を驚かせましたな。面目《めんぼく》ない」

「そのように言いなさるな。眼前の出来事ひとつで、長年の栄枯を論ずるべきではない。あなたには孝があり、奥方には貞がある。それは末頼もしいことです」

そこで角太郎《かくたろう》は憂い顔をやめ、雛衣《ひなきぬ》を現八《げんはち》と引き合わせた。「犬飼《いぬかい》殿、こちらが我が妻、雛衣《ひなきぬ》です。改めて、お目をたまわります」

「某《それがし》は下総《しもうさ》浪人、犬飼現八信道《いぬかいげんはちのぶみち》と呼ばれる者です。先に友達の行方《ゆくえ》を訪ねるため当国に来ましたが、主人の高名を聞き及び、柴垣の戸を叩いて教えを受けに参った。すでに莫《ばく》逆《ぎゃく》の友となり、兄弟にも勝る心地がします。友情の深さは歳月の長短では測れません。某《それがし》、主人のためには命を懸けましょう。我が心に曇りはありません」

堂々と告げる現八《げんはち》へ、雛衣《ひなきぬ》は顔を上げた。「頼もしいお客様がお見えになられ、夫婦の上にも幸せなことです。恥ずかしい身の上話をお耳に触れさせました。どうしてか濡《ぬ》れ衣《ぎぬ》を着せられ、私ばかりか夫までが家を失い、赤岩《あかいわ》を逐《お》われ、この草庵で寂しく日を送るばかり。心細さを忘れさせてくださるご友人の訪れを、心から喜んでいます。もてなしは十分にできませんが、いつまでもいてください。雨風でお着物が汚れていましょう。いま、着替えをお出しします。夕食の支度もすぐに始めましょう」

「いやいや、待たれよ。ご夫婦はいろいろあって、まだ心にかかることもあろう。某《それがし》への気遣いは無用です。……それと、少し言いにくいが、思いきって言わせてもらいたい。主人の継母《ままはは》、船虫《ふなむし》殿のことだが」現八《げんはち》は、角太郎《かくたろう》と雛衣《ひなきぬ》を順に見つめた。「いましがた垣間《かいま》見た様子では、賢く、口の達者な婦人のようでした。昨日、足尾で里人から聞いたところでは、あなた方夫婦につれないとの評判でしたが、威厳すら感じさせる立派な慈《じ》母《ぼ》です。なにか、裏がありませんか。笑みの裏に刃《やいば》を隠し、錦の袋に毒を包んだ言葉の

虚実を察せずに、言われるままにコロッと迷えば、思わぬ禍《わざわい》が生じます。思い当たる節はありませんか。船虫殿《ふなむし》が言われたように、義理の息子と嫁への慈愛の心が本当にあるのなら、どうして初めから一角殿《いっかく》にご夫婦のことを弁解しなかったのか。燃える薪《たきぎ》に油をそそいで追い払うたのはどこのどなたか。いまになって雛衣殿《ひなきぬ》を救うたと、言葉巧みに夫婦仲を取り持って恩義の枷《かせ》を掛けたのは、なぜか。家族のことを他人があれこれ詮《せん》索《さく》するのは大きなお世話でしょうが、それも場合によるのだ。他人の某《それがし》に任せてもらえるなら、これから赤岩《あかいわ》へ赴いて虚実を探ってきましょう。主人の賢慮《けんりょ》やいかに？」

角太郎《かくたろう》は眉根を寄せ、「ゆえあることにも聞こえますが、父も弟も客を好む性質《たち》ではありません。あなたを怒らせでもすれば、それこそ大事になるのではないか」

現八《げんはち》はにっこと笑んだ。「赤岩《あかいわ》の人々が礼儀正しければ、某《それがし》も相手を敬います。武をもって脅《おど》すなら、某《それがし》もまた勇をもってお相手する。臨機応変に対処いたします。なにより、事の虚実を探ることが目的です。揉《も》め事を望みはしません」

雛衣《ひなきぬ》が言う。「女の差出口と思われましょうが、屋敷には玉坂飛伴太《たまさかひばんた》、月蓑團吾《つきみのだんご》、八《や》つ薫東太《とうとうた》、佐足潑太郎《きったりはったろう》という一騎当千の内弟子《うちでし》がいます。侮《あなど》られては危のうございます」

角太郎《かくたろう》がうなずき、「犬飼殿《いぬかい》の腕前を疑いはしませんが、単身で臨むのは、衆寡敵《しゅうかてき》せずというもの。考え直されてはどうか」

現八《げんはち》は笑い飛ばした。「過信するのではない。焦るのでもない。虎穴に入るべきときなのだ。これはいまなさねばならないこと」風呂敷包みを取ると、やおら背中へ投げかけて両端を引き結んだ。そして刀を引っさげて縁側へ出、そそくさと草鞋《わらじ》を履いた。

「今宵くらいは休まれてはどうでしょう。せめて夕餉《ゆうげ》だけでも」

「なにも欲しうはありません。腹が減れば、途中で村人になにかもらいましょう。旅慣れている身で、多少飢えても苦ではない。明日には帰るので吉報をお待ちくだされ」

さらば、と言い捨て、現八《げんはち》は赤岩《あかいわ》のほうへ駈けていった。角太郎《かくたろう》と雛衣《ひなきぬ》は見送りながら、なにがそこまで彼をかき立てるのか分からず、ふたりで折戸口に立ち尽くした。

やがて夫に誘《いざな》われ、妻は母屋《おもや》へ戻る。今日からは勝手の分からぬ草庵暮らしだ。その初々《ういうい》しさと未知への楽しみから、雛衣《ひなきぬ》の顔はほんのり赤く染まっていた。

6 村《むら》雨《さめ》奇《き》譚《たん》

日が沈む頃、現八《げんはち》は同国真壁《まかべ》郡赤岩《あかいわ》村に着いた。里人に尋ねながら、赤岩一角武遠《あかいわいっかくたけとお》の屋敷前に到着すると、そこはかなり広い敷地だった。三方を板垣が囲う南側に冠木門《かぶきもん》を構えている。古い赤松の枝が覆い、門に傘を差すように見えた。

垣越しにうかがえる庭木は、松などの常緑樹だけでなく、秋の日を彩る紅葉《こうよう》した樹々が目立った。枝葉に隠れた鳥の声が聞こえる。そして稽古《けいこ》の掛け声が、打ち合う木刀の音に混じって轟《とどろ》いた。どよめきも絶え間ない。現八《げんはち》は板垣のそばにたたずみ、人が出てくるのを待つ。まもなく黄昏《たそがれ》時だった。

足尾村の方角から武士がやってきた。天鵞絨《びろうど》の縁をつけた緞子《どんす》の野袴《のばかま》を穿《は》き、長い朱《しゅ》鞘《ざや》の両刀を横たえ、紫縮緬《むらさきちりめん》の三尺帯《さんじゃくおび》を端長に結んでいた。羽振りのよい旅姿だ。五尺《しゃく》九寸《すん》（約一七七センチメートル）の長身で、顎鬚《あごひげ》を生やした四十歳余りのその武士に、従者が五、六人従っていた。

若党《わかとう》が長い箱を持ち、家来たちが槍や鎧櫃《よろいびつ》を持参する。後方を駕籠《かご》がついてきた。主は現八《げんはち》を見返りながら冠木門《かぶきもん》をくぐった。

――この武士は何者なのか？

現八《げんはち》に知る由はなかったが、赤岩《あかいわ》屋敷の客間へ通された旅装の武士は、籠山逸東太縁《こみやまいっとうたより》連《つら》といった。いまから十五年前の寛正《かんしょう》六年（一四六五）冬、主命《しゅめい》と偽り、杉門《すぎと》村近くの松原で粟飯原首胤度《あいはらおうとたねのり》主従を殺害した。その際、嵐山《あらしやま》の尺八《しゃくはち》と小篠《おざさ》・落葉《おちば》の両刀を盗賊に奪われ、帰城できずに行方《ゆくえ》をくらました千葉介自胤《ちばのすけよりたね》の元重臣だった。縁を辿《たど》って下《しも》野《つけ》国宇都宮へ赴いたが、武蔵国《むさしのくに》に近かったせいでそこでの仕官は叶わなかった。

当時、同国赤岩《あかいわ》の郷士《ごうし》、赤岩一角武遠《あかいわいっかくたけとお》は、すでに達人として名高かった。弟子《でし》は二、三百人あり、内弟子《うちでし》も数多《あまた》いた。縁連《よりつら》は赤岩《あかいわ》屋敷の門を叩いた。初めの一、二年は弟子《でし》のひとりにすぎなかったが、やがて弟子頭《でしがしら》に取り立てられ、そのうち名代として出稽古《でげいこ》を任せられるようになった。武芸の腕前も上達し、同門で彼を侮《あなど》る者はいなかった。

文明八年（一四七六）、関東管領《かんれい》家の重臣長尾判官景春《はんがんかげはる》が、越後《えちご》、上野《こうずけ》の地で蜂起《ほうき》し、独立を企てた。世にいう、長尾景春《かげはる》の乱である。

長尾景春《かげはる》は、関東随一の武芸者赤岩一角《あかいわいっかく》の噂を聞きつけ、しばしば赤岩《あかいわ》村へ使いを送った。贈り物を届けて招聘《しょうへい》しようとしたが、一角《いっかく》はかたくなに拒み続けた。

「某《それがし》は田舎の野人にすぎません。思うまま人生を送りたく、仕官は望んでいません。どうしてもと仰せなら、内弟子《うちでし》に籠山逸東太縁連《こみやまいっとうたよりつら》という者がいます。彼ならば太刀筋《たちすじ》も某《それがし》に劣りません。籠山《こみやま》を召されてはどうでしょうか」

縁連《よりつら》にすれば、思いも寄らない幸運だった。こうして越後《えちご》国春日山城へ赴き、長尾景《かげ》春《はる》に仕えるようになった。縁連《よりつら》は昔から、弟子《でし》たちの良いことも悪いことも一角《いっかく》に告げ口して機嫌をとってきた。一角《いっかく》があえて彼を推薦したのも寵愛《ちょうあい》からだった。

長尾景春《かげはる》は昨秋から上野《こうずけ》国白井城に滞在している。もともと長尾左衛門尉昌賢《さえもんのじょうまさたか》の居城で、その後、扇谷定正《おうぎがやつさだまさ》が所有するようになったが、昨年、長尾勢が攻め落とした。そして、城普請《ぶしん》として井戸掘りをしていたとき、一振りの短刀が出てきた。縁連《よりつら》はその刀の鑑定のため、赤岩《あかいわ》屋敷へ遣わされたのだ。

赤岩一角《あかいわいっかく》は矢傷に膏薬《こうやく》を塗り、頭に包帯を巻いていた。痛々しい姿で椅子に腰掛け、弟子《でし》たちの試合を見ていたところへ、取次の若党《わかとう》が駆けつけた。

「上野《こうずけ》白井より籠山《こみやま》殿がお見えです。対面を請《こ》われていますが、いかがいたしましょうか」

「逸東太《いっとうた》なら構うことはない。ここで会う。通せ」

一角《いっかく》は弟子《でし》たちを左右に並ばせた。若党《わかとう》が縁連《よりつら》を案内してくる。

縁連《よりつら》はやや遠くで平伏し、一角《いっかく》の姿をよく見なかった。他愛ない時候の挨拶をし、変わりなくてなによりなどと祝辞を述べたとき、包帯顔を目《ま》の当たりにした。

「久しいな、籠山《こみやま》。目に傷ができてな。病床の対面は無礼ではあるが、懐かしさから会うてみることにした。ここにいる弟子《でし》はみな知っていよう。くつろいで語らうがいい」

縁連《よりつら》は膝《ひざ》を進めた。「ご容態はいかがですか。痛むのではありませんか」

「なに、さしたる傷ではない。それより先日の手紙で、主君に従うて白井に在城していると知らせていたな。越後《えちご》と違うて遠くないのは喜ばしいが、こうすぐに訪ねてきたのは、用件があるからだろう」

「本日は私用ではなく、主君の使いで参りました。昨年、白井城が我が主君の手に落ち、用水のため新たな井戸を掘らせていました折、土中から一振りの短刀が出てきました。長さは九寸《すん》五分《ぶ》、木柄《きづか》で、鞘《さや》も木地、それも木天蓼《またたび》で造られていました。あまりに珍品なので、元鎌倉公方《くぼう》足利持氏《もちうじ》公が秘蔵なさったという村雨丸《むらさめまる》ではないか、と取り沙汰されました。持氏《もちうじ》公滅亡からは長い歳月がすぎ、実物を知る人もないので鑑定が難しい。詮議《せんぎ》の末、縁連《よりつら》の師匠、赤岩一角武遠《あかいわいっかくたけとお》殿は当代無二の武人であり、古刀の鑑定も能《よ》くするであろう。真偽を問うてもらうべく下野《しもつけ》へ赴けと主命《しゅめい》を受けまして、夜を日に継いで到着した次第でございます。ご眼疾《がんしつ》をはばからず無思慮ではございますが、鑑定してくだされば某《それがし》の面目《めんぼく》が立ちます」と、刀の箱をうやうやしく差し出した。

「木天蓼《またたび》を柄《つか》や鞘《さや》に用いるのは珍しいが、かねて聞く村雨丸《むらさめまる》とは長さが異なるようだ。それに村雨《むらさめ》は、打ち振るごとに水気が飛び散る不思議があるという。真贋《しんがん》は水気をもって証すべしと言われるほどだ。まあ、日が落ちる前に一見してみよう。片眼の鑑定で覚《おぼ》束《つか》ないが、まず蓋《ふた》を開いて見せてみろ」

縁連《よりつら》は承って萌葱《もえぎ》の紐《ひも》を解いた。そのとき、二重箱から白気が立ち上り、ゆらゆら一《いっ》角《かく》の座った辺りに靡《なび》いたようだが、ふっと消えた。縁連《よりつら》は白気そのものに気づかないまま、蓋《ふた》を開け放った。箱のなかにあるのは袋のみで、肝心の短刀はなかった。

「これは……?」縁連《よりつら》は絶句し、顔色を失った。なんとか動揺を押し殺し、「こんな不思議があり得ましょうか。箱は駕籠《かご》に乗せ、若党《わかとう》に持たせ、余人にはけして触れさせませんでした。夜は我が枕元に置きました。それが蓋《ふた》を開ければ刀がない。紛失の咎《とが》は免れぬ。無礼ですが一旦退席し、従者らを調べてまいります。お許しを」

と席を外そうとするのを、「待て」と、一角《いっかく》が制した。

「短刀を盗んだのが従者なら、途中で逐電《ちくでん》するだろう。不用意に詮索《せんさく》などして、紛失を知らせて回りたいか」

腰を据《す》えた縁連《よりつら》は、憔悴《しょうすい》しきっていた。「では、どうすべきでしょうか。先生、教えてくだされ。某《それがし》はどうすればよろしいでしょう」

「わしにできることはないが、ひとまず白井へ帰ってこう言え。師匠赤岩一角《あかいわいっかく》は、眼病を患うて床にあった。病状が回復し次第、鑑定を行うと言うから短刀は預けてきた。一角《いっかく》が保管するから心配は要《い》らない——そう伝えておけば、当面は処罰を免れよう。その間に探し出せばよい。時間があれば、見つけるのも難しくあるまい」

縁連《よりつら》はしきりに額を撫《な》でた。一角《いっかく》の左右から月蓑團吾《つきみのだんご》、玉坂飛伴太《たまさかひばんた》、八縢東太《やっとうとうた》、仡足溌太郎《きったりはったろう》が進み出て声をかけた。みなで縁連《よりつら》をなぐさめ、語り合ううちに日が暮れた。

燭台《しょくだい》に火を灯し、美酒、珍膳をところ狭しと置き並べる。一角《いっかく》の二男赤岩牙二郎《あかいわがじろう》と、後妻の船虫《ふなむし》も出てきた。船虫《ふなむし》と縁連《よりつら》は初対面で、互いに自己紹介を行った。

すぐに大酒盛りとなった。主人と客は互いに酒を勧め合い、盃《さかずき》が何度も座を回った。

やがて、牙二郎《がじろう》がずいと進み出て縁連《よりつら》の前に腰を据《す》えると、

「籠山《こみやま》殿は当家の高弟でござる。侍《はべ》うた人々みな腹心の弟子《でし》たちで、兄弟も同然、遠慮なさるな。某《それがし》は田舎の若輩者で世の偉人を知らぬが、越後《えちご》、上野《こうずけ》にも武芸の達者はおりましょうか」

「老先生の小指の先に敵《かな》いそうな者とて見聞きしたことはないな。……ああ、問われて思い出したが、先ほど若い旅人が垣に身を寄せ、試合の音を聞いていた。武者修行者だ

ろう。まだ立ち去ってなければ、呼び入れては如何《いかが》か。面白いことになりそうだ」

「腕試しか、面白い」飛伴太《ひばんた》、潑太郎《はったろう》、東太《とうた》、團吾《だんご》は、小躍りして賛同した。「日暮れて立ち去っていれば惜しいな。さっそく見てこよう」

一斉《いっせい》に立とうとするのを一角《いっかく》が呼び止め、「四人そろうて行かずともよい。團吾《だんご》ひとりで行ってこい。その人がまだ残っていれば、直接ここへ伴うてくるのだ」


犬飼現八《いぬかいげんはち》は屋敷表にたたずんでいた。出てくる人を待つうちに日が暮れた。垣向こうでは物音こそするが、出入りがない。もう少ししたら宿を取りそこねた旅人をよそおい、一晩泊めてくれと門を叩こう。そう決めて時間をつぶしていると、提灯《ちょうちん》を持った人が木戸から出てきた。キョロキョロ辺りを眺め、やおら現八《げんはち》のほうへ近づいてきた。

「おぬし、どこから来られた。連れを待っていなさるのか」

いきなりの尋問に驚くも、現八《げんはち》は慇懃《いんぎん》に応えた。「いいえ。某《それがし》は下総《しもうさ》浪人、犬飼現八《いぬかいげんはち》と申す者。独り旅にて連れはございません。実は今夜の宿を取りそこね、こちらで屋根を貸してもらえんだろうかと思いながら、無為にたたずんでいたところです」

「それは痛ましいことで。だが、ちょうどよかった。我が主人はいま眼を病んで、退屈なさっている。あなたのような旅人なら、珍しい話をご存知であろう。いっしょに来られよ」と言い、出てきた木戸へ現八《げんはち》を引き入れた。

男は、月蓑團吾《つきみのだんご》と名乗った。主人に話を通してくると言い、小座敷に現八《げんはち》ひとり残して出ていった。

籠山縁連《こみやまよりつら》は内弟子《うちでし》たちと盃《さかずき》をかわしながら、團吾《だんご》の帰りを待っていた。

まもなく月蓑團吾《つきみのだんご》が戻り、犬飼現八《いぬかいげんはち》という浪人のことを告げると、だれもが手を打ち、成功だなと笑い合った。馬鹿騒ぎをたしなめるように一角《いっかく》が言った。

「その現八《げんはち》とやら、下総《しもうさ》の浪人なら亡き二階松山城介《にかいまつやましろのすけ》の弟子《でし》ではないのか。二階松《にかいまつ》は高名だった。生きていようと我らが恐れる相手ではないが、侮《あなど》れば過ちを犯すぞ」

全員が口を結んだ。團吾《だんご》はそそくさと現八《げんはち》のもとへ引き返し、「ただいま、お頼みの一件を主人一角《いっかく》に伝えたところ、病中ではあるが対面しようと言われた。行きましょう」口早に告げて案内する。みなが待つ宴《うたげ》の席へ現八《げんはち》を連れてきた。

船虫《ふなむし》は先に座を外し、屏風《びょうぶ》の裏に隠れて立ち聞きしていた。

末席に腰を据《す》えた現八《げんはち》が宿を貸してもらえた礼を述べると、一角《いっかく》はわずかに肘《ひじ》を持ち上げ、

「お客人、もっと近くに参られよ。病にかかり、客の応対も久しぶりだ。無礼があって

もご容赦くだされ。これは、倅《せがれ》の牙二郎《がじろう》。そこにいるのは我が高弟にして、いまは長尾家家臣の籠山逸東太縁連《こみやまいっとうたよりつら》である。同席の者は、いずれも内弟子《うちでし》で」と、それぞれの名を告げると、みな膝《ひざ》を進めて対面を祝した。「せっかく新たな客人が見えられたが、この時分ではもてなしの用意がない。食い散らかしの肴で申し訳ないが、腹を満たされよ。牙二郎《がじろう》、盃《さかずき》を参らせよ」

「犬飼《いぬかい》殿、若年の無礼で申し訳ないが、我がところに巡ってきた盃《さかずき》がある。一献《いっこん》、受けてくださるか」

現八《げんはち》はうやうやしく盃《さかずき》を受け取り、謝辞を述べて呑み干した。返盃《へんぱい》すると、そこからは縁連《よりつら》たちも加わって酒宴が再開した。

「犬飼《いぬかい》殿はなにゆえ諸国を遊歴なさっておいでなのか」と、團吾《だんご》が尋ねた。

「問うまでもない。武者修行をなさっているのだ」と、牙二郎《がじろう》が答える。

縁連《よりつら》がうなずき、「若先生の見立て通りであろう。立ち振る舞いを見れば、武辺に長《た》けた姿勢と分かる」そう言って仲間に目配せすると、飛伴太《ひばんた》が笑い含みに言った。

「さような達人なら一大刀《ひとたち》教えを受けたいものだ。如何《いかが》であろうか」

現八《げんはち》は穏やかに受けた。「見込まれすぎましたな。武芸をたしなんでは参ったが、武者修行をしているのでもない。とても相手になりますまい。ご勘弁くだされ」

「謙遜《けんそん》なさるな。それは嘘であろう。四の五の言わず、俺の相手にならんか！」と牙二《がじ》郎《ろう》が声を荒らげ、挑みかからんばかりに身を乗り出そうとする。

「やめんか！」と、一角《いっかく》が叱りつけた。それから現八《げんはち》へ向き直り、「若者どもの悪ふざけに呆《あき》れられただろう。されど、わしとて病中でなければ、そなたと試合《しあ》うてみたい気持ちはある。我が顔に免じて、若者たちに一大刀《ひとたち》教えてやってはくれまいか」

神妙な態度で言われると、現八《げんはち》も拒みがたく、「いまは武芸を生業《なりわい》としていないが、腰に両刀を帯びながら言い逃れるのは滑稽《こっけい》でしょうな。こちらこそ、ご教授願いたい」

弟子《でし》たちは小姓《こしょう》を呼びつけ、次の間にろうそくを数多《あまた》灯させた。稽古場《けいこば》なのだ。用意が整うと、飛伴太《ひばんた》が柱にかかった木刀をまとめてつかみ、現八《げんはち》の前へ持ってきた。

「どれでも好きなものを選びたまえ」

現八《げんはち》は最も短いのを取り、飛伴太《ひばんた》は長いものをとった。その飛伴太《ひばんた》が杉の板戸を大きく開け放ち、稽古場《けいこば》へ入った。現八《げんはち》は後に続いた。

一角《いっかく》はじめ、全員がふたりに注目した。船虫《ふなむし》も物陰から勝負の行方《ゆくえ》を見守る。

仕掛けたのは、飛伴太《ひばんた》だった。一声気合いを入れて打ちかかるのを、現八《げんはち》は二合三合と受け支えながら後退した。飛伴太《ひばんた》が得意げに踏み込み、再び打ちかかったところで、現八《げんはち》はさっとかわし、短い木刀を我が腕のように操って相手の左肩へ打ち下ろした。あまりに鋭い大刀風《たちかぜ》だった。飛伴太《ひばんた》はほぼ無防備《むぼうび》に打たれて悲鳴を上げ、仰《の》け反《ぞ》って倒れた。

現八《げんはち》にすれば、眉間《みけん》を打とうと思えば打てたが、殺すこともなかろうと思い、左肩を打ったのだ。よろよろと身を起こす飛伴太《ひばんた》を、八黨東太《やっとうとうた》がさっさと退《ど》けと罵《ののし》った。

「参る」東太《とうた》は呼びかけ、赤樫《あかがし》の木刀を閃《ひらめ》かした。最初の勢いは猛々《たけだけ》しかったが、現八《げんはち》が涼しい顔で六、七合も打ち合わすと、右手がしびれたようだ。次の現八《げんはち》の打ち込みで、彼の木刀は三間《けん》先まで飛んでいった。ひるんだ相手の懐《ふところ》まで現八《げんはち》は間合いをつめ、左手で襟《えり》をつかんで投げ飛ばした。床に叩きつけられた東太《とうた》は、起き上がらなかった。

二度の不覚に余裕を失い、潑太郎《はったろう》、團吾《だんご》は作法もなにもあったものでなく、現八《げんはち》を挟み込み、ふたりがかりで打ちかかった。現八《げんはち》は右を支え、左を払って寄せ付けない。掛け声と打撃音が木こりの斧《おの》のように響きわたり、勝負は長引くかと思われたとき、現八《げんはち》がいきなり團吾《だんご》の肋《あばら》を蹴り飛ばした。返す刀で潑太郎《はったろう》の腰を打ち据《す》えた。ふたりはほとんど同時に宙返りして頭から落ち、気絶したようだった。

手を打ち鳴らして近づくのは、籠山縁連《こみやまよりつら》だった。「あっぱれ、あっぱれ。こう勝ちに乗った相手には敵《かな》う術《すべ》もなさそうだが、負けて恥辱《ちじょく》を残すより打ち殺されるほうが勇士の誉れ。なあ犬飼《いぬかい》殿、こうなれば真剣で勝負しようではないか。木刀を置きたまえ」

縁連《よりつら》が腰の刀に手をかけると、現八《げんはち》はにっこり微笑み、「勇ましいことですな。あなたがそうなさるのは構いませんが、某《それがし》は恨みもない人を殺す気はない。この木刀で十分です。いざ、掛かって参られよ」

真剣を前にしても動じない胆力を憎く思い、縁連《よりつら》は無言のまま身をひねり、その隙《すき》に鯉口《こいぐち》を四、五寸抜きかけて肘《ひじ》を固めた。そこから一気に身を沈め、刃《やいば》を抜いた。

現八《げんはち》は読みきっていた。抜き打ちの刃《やいば》を木刀で左へ払うや、一挙に間合いを詰めて組み打ちに入った。縁連《よりつら》は六尺近い偉丈夫《いじょうふ》で膂力《りょりょく》は強く、骨もたくましい。縁連《よりつら》もまた刀を捨てて組みついてきた。嵩《かさ》にかかって体重を乗せようとする。

だが、現八《げんはち》は捕物術を極めた坂東《ばんどう》無双の手練《てだれ》だ。一度組んでしまえば弛《ゆる》みはしない。押そうと突こうとびくともしない不争《ふそう》の受け身で粘《ねば》り腰を続け、ひたすら相手を疲れさせた。そうして隙《すき》をうかがい、「や!」と気合を込め、朽ちた柱を引き抜くように巨体をねじ伏せると、その上にのしかかった。もう縁連《よりつら》は動けなかった。

現八《げんはち》は押さえ込んだ姿勢で座敷の一角《いっかく》へ顔を向け、「勝負はついたでしょうな」そう宣言して膝《ひざ》を退《しりぞ》けた。疲労困憊《こんぱい》の縁連《よりつら》を引き起こそうとしたとき、牙二郎《がじろう》が刀を手にして立ち上がる。

駈け寄ろうとする牙二郎《がじろう》を、「待て!」と一角《いっかく》が呼び止め、己《おのれ》のそばに座らせた。

縁連《よりつら》を助け起こした現八《げんはち》に勝ちを誇る様子もなく、「籠山《こみやま》殿、痛みはありませんか。

怪我《けが》の功名《こうみょう》でござる。無礼をつかまつった。しばらく休まれよ」

縁連《よりつら》は答えず、憤りに胸ふさがれ、つぶらな目で現八《げんはち》をにらみつけた。落とした刀を鞘《さや》に納め、治らない怒りを懸命に押し殺し、ひとつ目礼して元の席に着いた。

現八《げんはち》は縁連《よりつら》の態度を気にも留めず、潑太郎《はったろう》、飛伴太《ひばんた》、東太《とうた》、團吾《だんご》らへ向き、「望み通り、大刀筋《たちすじ》を受けました。感心つかまつった。勝負は時の運なれば、勝敗は気になさるな」

四人は顔をそむけた。いずれも尻の座りが悪そうで、やはり返答しなかった。

現八《げんはち》に声をかけたのは一角《いっかく》だ。上座《かみざ》へ座るように請《こ》い、その上、扇を開いて自らあおいでやり、試合を労った。

「想像以上の腕前でしたな、犬飼殿《いぬかい》。八幡太郎《はちまんたろう》や九郎判官《はんがん》でもそなたの右には出まい。病中でなければ、わしも手合わせを願いたいところだ。己《おのれ》の力量を測れずに、負けて腹を立てる者がいるならば、器量の狭さを恥じよ。長年、戒《いまし》めてきた事柄だ。勝敗に遺恨を含む者はこの場にいまい。改めて一献《いっこんく》酌み交わそう。童《わらわ》ども、銚子を替えよ」

7 死戦

あまり酒に強くない現八《げんはち》が盃《さかずき》を拒み始めると、赤岩一角《あかいわいっかく》はその意を汲《く》んだ。小姓《こしょう》に命じて酒杯と盆を下げさせ、客間に寝床を用意させた。

「お疲れでしょう。今夜はゆっくり休みなされ。——逸東太《いっとうた》、そなたは家族同然の身だ、牙二郎《がじろう》の部屋でともに寝ればよい。わしもそろそろ退席させてもらおう」

まず現八《げんはち》がうながされ、一同に挨拶して退《しりぞ》いた。小姓《こしょう》に導かれて客間へ向かう後ろ姿を男たちが見送った。やがて、牙二郎《がじろう》が父のそばへ膝《ひざ》を進め、

「なにゆえ止めなさった。弟子《でし》が負かされたのにかえって犬飼《いぬかい》を褒《ほ》めるなど、なにを考えておいでか。関東では父上に勝る武芸者はいませんのに、今夜、武名が穢《けが》されたのです。これでは弟子《でし》たちも離れてゆきましょう。悔《くや》しいではありませんか」

息巻いて恨み言を並べたが、一角《いっかく》は意にも介さずカカと笑った。

「お前の知ったことではない。もっと己《おのれ》を顧みよ。あの現八《げんはち》には逸東太《いっとうた》でさえ勝つのは難しい。お前が挑んで遅れを取れば、そのときはわしも見ているだけでは済まぬ。それ

こそ、彼奴《あやつ》を討たねばならなくなろう。当然、我がほうに怪我人《けがにん》が出るのも覚悟せねばならんな。だから褒《ほ》め称《たた》え、もてなし、寝床まで用意してやったのだ。夜のうちに片付けてしまえば、この試合を人に知られることはない。そこまで読めなかったか」

牙二郎《がじろう》が腑《ふ》に落ちた顔でうべなったとき、船虫《ふなむし》が屏風《びょうぶ》の陰から出てきた。

「腹立たしうございましたが、かような思案がおありと知って安心しました。これなら容易な手立てでしょう。お前たち、なにをうかうかしている。用意にかからぬか」

縁連《よりつら》が言う。「寝込みを襲うとはいえ、彼奴《きやつ》の武芸には侮《あなど》れぬものがあります。討ち漏らせばいよいよお家の恥になりましょう。出口ごとに二人ずつ待ち伏せさせては如何か」

「それならば、寝室の出口に臼《うす》か樽《たる》でも置き、逃げようとしたときにつまずかせれば討つのは易《やす》かろう」と、ひとりが答えた。

船虫《ふなむし》は楽しげに、「いやいや、もっと念を入れよ。庭に縄を引き渡すのだ。二重三重に準備をしておけば、檻《おり》の獣、籠《かご》の鳥に異ならず。逃げられやしませんよ」

牙二郎《がじろう》が勇んで身を乗り出し、「決行は、丑三《うしみ》つをすぎる頃にしよう。客間へ忍び入って寝首を掻《か》くか、火事だと叫んで飛び起きたところを総がかりで討ち取るか」

一角《いっかく》が割って入る。「平時ならば簡単に寝首を掻《か》けようが、彼も敵中と思うて用心し、熟睡はすまい。また、火事ありと叫んで近所の人々が集まれば、妨げとなるやもしれん。五人、十人で寝室へ押しかけ、盗賊だと口々に叫び、起きたところを討つのだ」

「仰せの通り」真っ先に受けたのは縁連《よりつら》だ。「先生、某《それがし》の腹心に尾江内《おえない》、墓内《はかない》という家来がいます。猛々《たけだけ》しく、襲撃にはうってつけです。加えてもらいたい。これでお味方が八人にもなれば、万が一にも討ち漏らすことはないでしょう。その首級、某《それがし》にくださりませんか。白井へ持ち帰って主君に見せます。道中で襲撃を受け、御刀を奪われた。逃げる強盗らを追い、頭領らしいひとりを討ちとめたが、他は追いつけなかった。その顛《てん》末《まつ》を証《あかし》立てるべく、討ち取った賊の首級を持ち帰りました――と言上《ごんじょう》つかまつれば、我が罪科も軽くて済みます。私事でございますが、お許し願えませんか」

それなら死骸の始末もつけられてよいと、だれかれとなく感服した。「妙策でござる、籠山《こみやま》殿。是非《ぜひ》ともそうされよ」


客間に案内された現八《げんはち》は、寝床に入ってつらつらと考えた。

……弟子《でし》たちが負かされたのに、赤岩一角《あかいわいっかく》は怒りもせず、ますます俺をもてなした。なにを考えている？　それに左目の傷。あれは、昨夜の庚申山《こうしんやま》で俺がつけた矢傷に違いないが、弓の誤射と嘘を吐《つ》くのは、己《おのれ》の本性を妻子にも隠しているからか。幸いにも俺の仕業とは気づいていない。ともあれ、一角《いっかく》殿の幽霊が告げたことと合致する。なお慎重に行動すべきだ。赤岩《あかいわ》、犬村親子のために老妖怪を退治することが、幽霊との約束だ。ただ、敵に助力が多いのに、こちらは無勢だ。孝心は美徳だが、化猫妖怪を疑うことなく親と信じる角太郎《かくたろう》は、俺の味方にはならないだろう。さて、どうするか。

だんだん睡魔に襲われてきた。まだまだ眠らんぞと思いながら、いつしかまどろんでいた。守り袋のなかで珠が砕ける音がした。驚いて目を覚ますと、枕元の行灯《あんどん》が消えて真っ暗だった。守り袋を触ると、珠は砕けていない。胸騒ぎがやまない。籠山《こみやま》たちが恨み、今夜、殺害せんと計画しているかもしれん。珠が起こしてくれたのか。

現八《げんはち》は起き上がった。暗闇のなかで衣を羽織り、縁側の障子を開けた。なにかが並び、重ねてあった。走り出した際につまずくよう仕組んだ罠《わな》のようだ。現八《げんはち》は寝床へ戻ると、風呂敷包みを腰につけた。両刀を帯にぶっ差した。再び縁側へ向かい、置かれた臼《うす》や樽《たる》を、音を立てないように脇へ寄せた。そして、庭へ下りた。足を引っかけようと麻縄が引き渡してある。夜空は晴れていた。八日の月は沈んだが、星の光が漏れている。屋内が暗かったせいか、淡い光でも頼りになった。麻縄をまたぎ越し、周囲に目を配った。南の板垣に折戸がある。そちらへ寄って鎖《じょう》をねじ切り、そっと開けた。軋《きし》まなかった。

現八《げんはち》は縁側へ引き返し、開け放していた障子を閉めた。臼《うす》や樽《たる》も元通り縁台に戻した。

寝床へは戻らず、庭先の樹陰に身をひそませる。我ながら、肝《きも》の据《す》わった行動だ。

やがて、丑三《うしみ》つの鐘を合図にして、曲者《くせもの》たちが現八《げんはち》の寝所《しんじょ》へ近づいた。奥から牙二郎《がじろう》と飛伴太《ひばんた》が、西の隣室から東太《とうた》、團吾《だんご》、潑太郎《はったろう》が、庭先から縁連《よりつら》、尾江内《おえない》、墓内《はかない》が、三隊に分かれて逃げ道をふさぎ、それぞれ競い合うように声を張り上げた。

「盗賊だ、討ち取れ！」

たちまち襖《ふすま》を蹴破《けやぶ》り、客間へ駈け入った。手槍の穂先で夜着の上からぐさりと刺した。いくつもの槍が同じところを貫いた。だが、手応えがない。

「逃げられたか。遠くへ行く前に追え！」

叫び合い、罵《のの》り合って、互いに遅れじと小競《こぜ》り合いしながら縁側から出ようとしたとき、自分たちが仕掛けた小桶《こおけ》、すり鉢、臼《うす》、火鉢などにつまずいて倒れ、手にした刃《やいば》で顔を裂き、他人の手槍に身を斬られた。同士討ちするな、と叫ぶ声もむなしく、倒れた者らはすぐには起き上がれなかった。

籠山縁連《こみやまよりつら》は、後詰《ごづめ》として庭にいた。降って湧いた大騒動《おおそうどう》に驚いて縁側へ登り、狼狽《ろうばい》して騒ぎたてる連中を怒鳴りつけ、落ち着かせた。物音を聞きつけた船虫《ふなむし》が紙燭《しそく》を手に走ってきて、「現八《げんはち》が逃げた」と聞かされると、真っ先に寝床へ手を差し入れた。

「夜着も布団も暖かいではないか。逃げて間もないぞ。外にすら出ていないかもしれん。

植え込みなどに隠れていないか、狩り出せ！」

応じたのは、庭先にいた尾江内《おえない》、墓内《はかない》だった。まっしぐらに植木へ走ろうとしたふたりは、しかし、庭に張り渡してある麻縄に足を取られ、うつぶせにぶっ倒れた。

現八《げんはち》が樹陰から颯爽《さっそう》と躍り出、起きようとする墓内《はかない》の細首を一刀の下に斬り落とした。

「盗人《ぬすっと》だ。ここにいるぞ！　早く討て！」

尾江内《おえない》の叫びを目当てに、現八《げんはち》は血刀《ちがたな》をかざして駈け寄った。尾江内《おえない》も逃げきれないと覚悟し、刀を抜いて二合三合打ち合わせたが、気づけば、肩先から胸元まで幹竹割《からたけわり》にされ、樹の下に鮮血の紅葉《もみじ》を散らした。

牙二郎《がじろう》と飛伴太《ひばんた》、そして東太《とうた》、團吾《だんご》と潑太郎《はったろう》は手槍や打刀を引っさげ、「現八《げんはち》、討つべし」と叫んで襲いかかった。夜闇の庭でその姿を捉えきれず、現れたと思えば即座に隠れる現八《げんはち》相手に、風切り音だけがむなしく漂う。飛伴《ひばん》太ひとりが突出しすぎた。手槍の柄を斬られてギョッとし、慌てて腰刀を抜こうとすると、目の前に現八《げんはち》がいた。飛伴《ひばん》太《た》は肘《ひじ》を斬られた。斬られた前腕が宙を舞う。悲鳴を聞いて潑太郎《はったろう》が突進した。倒れてもがく飛伴太《ひばんた》を踏みつけて駈けた。三尺《じゃく》近い大刀を振り上げた潑太郎《はったろう》は、すでに手負いで動きが鈍い。呼吸を整えきれないうちに現八《げんはち》に袈裟《けさ》斬りにされ、倒れた。

またたく間に四人が討たれ、当初の勢いはもうなかった。牙二郎《がじろう》、東太《とうた》、團吾《だんご》は用心深く三方に立ちふさがりながら、しきりに加勢を呼んだ。

その声を聞いた逸東太縁連《いっとうたよりつら》が、玄関に掛《か》かっていた弓矢を取って縁側へ出た。闇に紛れたまま、弦音《つるおと》高く征矢《そや》を放った。

現八《げんはち》はその矢を斬り払い、斬り落とす。援護を受けた牙二郎《がじろう》たちが、雄叫《おたけ》びあげて挑みかかる。三人相手の必死の血戦にもひるまず、現八《げんはち》は前後左右の敵と応戦する。縁台では、船虫《ふなむし》が縁連《よりつら》へ矢を補充する。絶えることなくひっきりなしに矢が飛び、現八《げんはち》がたまらず木陰へ逃げ込むと、立て続けに幹に刺さった。

……ここで犬死しては、幽霊との約束を果たせない。犬士たちとの誓いも破ることになる。なんとしても切り抜けることが第一だ。さあ、武運を試せ！

敵の大刀、手槍、それに矢を受け流し、斬り落としながら、現八《げんはち》は徐々に後じさり、ようやく折戸まで来ると、そのまま後ろ向きに走り出て、急いで閉めた。外に出ると、大きな葛石《かずらいし》がある。血刀《ちがたな》を投げ捨て、両手で抱えて懸命にずらし、戸の前に寄せた。これで内側から押し開けられない。現八《げんはち》は刀の血を押しぬぐって鞘《さや》に納め、走り去った。

明け方の空が曇っていて、道は暗い。枝道の多い刈田の畔《あぜ》をやみくもに逃げていると、鬼火が目の前に立ちあらわれ、現八《げんはち》を導くようにチラチラとまたたいた。それを頼りに足を早め、返璧《たまがえし》に向かって駈けだした。

牙二郎《がじろう》、團吾《だんご》、東太《とうた》は現八《げんはち》を追おうとしたが、折戸が開かなかった。全員で戸の隙間《すきま》に指を入れ、声を合わせて押し引きした。戸を外したとき、牙二郎《がじろう》が勢い余ってうつ伏せに倒れ、側頭部を石にぶつけてしばし起き上がれなかった。背後でどっと笑い声が立ち、牙二郎《がじろう》はむかっ腹が立ったが、言い争う暇はなかった。起き上がって土を払うと、

「我に続け！」と怒鳴って現八《げんはち》を追った。

縁連《よりつら》も遅れじと、壊れた戸から走り出た。赤岩《あかいわ》の若党《わかとう》、籠山《こみやま》の従者たちも船虫《ふなむし》の指示を受けて合流した。團吾《だんご》と東太《とうた》は屋敷にとどまり、息絶え絶えな溌太郎《はったろう》と飛伴太《ひばんた》を客間に休ませた。

追跡隊は牙二郎《がじろう》と縁連《よりつら》が率いた。現八《げんはち》がどこへ逃げたか知れぬまま、何十町か走ってきた。横雲から朝日が覗き、男の後ろ姿が見えた。ぽつんとたたずむ草庵へ逃げ込んでゆく。

縁連《よりつら》が声を上げた。「いま庵に入ったのは現八《げんはち》だ。ここは、なんという里だろうか。彼奴《きやつ》め、こんな辺鄙《へんぴ》なところで暮らす庵主《あんじゅ》と知り合いなのか」

牙二郎《がじろう》は不敵な笑みを浮かべ、「この辺りは犬邨《いぬむら》の外れで、返壁《たまがえし》という。庵主《あんじゅ》は、我が兄の角太郎《かくたろう》だ。庵《いおり》は犬邨《いぬむら》の里人らが建てたと聞いている。一度も訪ねたことはないが、

あそこへ追い込んだなら袋の鼠《ねずみ》だ。行って庵主《あんじゅ》と話をしよう」と、上機嫌《じょうきげん》で足を早めた。

角太郎《かくたろう》と雛衣《ひなきぬ》は現八《げんはち》を案じて寝るに寝られず、夜明け前には起きていた。角太郎《かくたろう》は雛《ひな》衣《きぬ》に朝飯の支度を急がせ、自分は柴を焚《た》いた。わずかに朝日が昇った頃、現八《げんはち》が喘《あえ》ぎながら折戸を開けた。血まみれの姿に夫婦は驚き、慌てて母屋《おもや》へ入れた。

「犬飼《いぬかい》殿、なにがあった。起こったことを聞かせてくれ」

現八《げんはち》は息を切らしたまま語る。内弟子《うちでし》と試合して恨みを買い、およそ八人の襲撃を受けた顛末《てんまつ》を、まくし立てるように告げ知らせると、夫婦は驚きのあまり声も出なかった。

「二人を斬り伏せ、二人に傷を負わしたが、その場に主人の一角《いっかく》殿はおいでではなかった。牙二郎《がじろう》殿も無事だ。上野《こうずけ》白井からの来客で、籠山逸東太縁連《こみやまいっとうたよりつら》という人がいた。かつての内弟子《うちでし》だそうで、主人もかねて知る人らしい。その人がしきりに矢を射かけるのをなんとか防ぎ、ようやく外へ逃れ出て逃げ道を求めたが、空がかき曇って行く手が見えなくなった。すると鬼火が燃え出で、こなたへ導いたのだ。もう追っ手がついているだろう。きっと、この庵《いおり》も騒がす。我が身はいまさら惜しまぬが、主人夫婦が巻き添えになれば後悔する。ここは後難を避け、またの再会を図ろう。お暇《いとま》いたす」

現八《げんはち》が立ち上がろうとするのを、角太郎《かくたろう》も雛衣《ひなきぬ》も押しとどめた。

「なにを言われるのか。刎頸《ふんけい》の交わりは、禍福をともにしてこそであろう。赤岩《あかいわ》の追っ手が家探ししようと、おめおめとあなたを渡しはせん。いよいよ逃れがたくなれば、ともに死のう。くだらぬ気を回されるな」

角太郎《かくたろう》がきつい口調で言うと、雛衣《ひなきぬ》は現八《げんはち》をなぐさめるように言った。「私たちのために赴かれた赤岩《あかいわ》で、辛い目にお会いになられたのです。万死に一生を保ってお帰りになられたのに、どこへ行かせられるものですか。あとは夫に任せてください」

現八《げんはち》はひたすら感謝しつつも、「しかし、どうなさるつもりか」

「狭い草庵で追っ手を待つのは無謀であろう。窮屈だが、しばらく戸棚に隠れていなされ。頼朝が伏木《ふしき》に隠れ、漢の高祖が井戸で敵を避けたのと同じ。急ぎなされ」

現八《げんはち》は立ち上がり、仏間に隣接した戸棚へよじ登った。角太郎《かくたろう》が襖《ふすま》を閉めた。

その後、足音立てて訪れたのは、赤岩牙二郎《あかいわがじろう》、籠山縁連《こみやまよりつら》と若党《わかとう》、従者たちだった。狭い折戸からぞろぞろと侵入し、訪問を告げもしないで縁側へ登った。

角太郎《かくたろう》は戒刀《かいとう》を腰に差し、座ったまま出迎えた。「これは珍しいことだ。牙二郎《がじろう》、籠《こみ》山《やま》殿と連れ立って朝霧のなかをはるばる訪ねてきたのは、何事であろうか」

縁側に突っ立った牙二郎《がじろう》は嘲笑《あざわら》い、「勘当《かんどう》された兄貴をわざわざ訪ねねばならんほど、緊急の用だ。すぐに盗人《ぬすっと》を出せ」

「盗人《ぬすっと》呼ばわりは穏やかでない。出せと言われる覚えはない」

牙二郎《がじろう》は奥を覗き込むように首を伸ばし、カカと笑った。「隠すつもりか。追っ手がいたと思わずに、折戸を開けて入っただろう。この目で見たぞ。つまらぬ口を叩くな。さっさと引き渡せば、母は違えど兄弟のよしみだ、親父に勘当《かんどう》を解くよう掛け合ってやってもいい。強情を張るなら他人扱いする他ない。容赦はせんぞ。いいのか」

「しばし、よろしいか」縁連《よりつら》が割り込んで角太郎《かくたろう》に向かい、「久しぶりにお会いいたす、角太郎《かくたろう》殿。このたび、某《それがし》が当地を訪れたのは、主君長尾殿の仰せにより、村雨丸《むらさめまる》に似た短刀の鑑定を赤岩《あかいわ》殿にお願いするためでした。刀をたずさえて赤岩《あかいわ》屋敷に逗留《とうりゅう》していたのだが、昨夜、同所に宿を求めた犬飼現八《いぬかいげんはち》なる旅人が、これを盗んで逃げた。某《それがし》と内弟《うちで》子《し》たち、牙二郎《がじろう》殿とで討ちにかかったが、某《それがし》の従者二人は命を落とし、内弟子《うちでし》の飛伴太《ひばんた》、潑太郎《はったろう》は深手を負いました。盗人《ぬすっと》を討ち漏らしたは遺恨なり。牙二郎《がじろう》殿とふたりして追い求め、夜明けにこの庵《いおり》へ走り入ったのを見た次第です。罪ある者でも匿《かくま》うのが世捨て人の習いでしょうか。是と非を分けぬ仏心は慈悲なり善根なり言われましょうが、盗人《ぬすっと》への加担が仏の教えとは聞いたことがない。道理を汲《く》まれて現八《げんはち》を渡したまえ。拒むなら、家探しせねばならない。よく考えて決められよ」

すぐさま、「返答が遅いぞ！」と、牙二郎《がじろう》が怒鳴る。

角太郎《かくたろう》は心乱さず、「籠山《こみやま》殿の言われることが本当か嘘か知る術《すべ》はないが、偸盗戒《とうとうかい》は仏の教え。盗人《ぬすっと》と知って匿《かくま》うことは出家であってもしてはならぬ。仮にその現八《げんはち》が柴折戸から入ったとして、抜け道ばかりの野中の一ツ家、しかも夜明けの頃ならば、どこへ逃げたか分かるはずもない。とっくに外へ出ただろう。余所《よそ》を探されよ」

牙二郎《がじろう》も縁連《よりつら》も納得しない。「その手は食わん。論より証拠だ、家探しするぞ」と、勝手に奥へ進もうとするが、行く手に雛衣《ひなきぬ》が立ちふさがって襖《ふすま》を隠した。

雛衣《ひなきぬ》が言う。「聞き分けのないことを言いなさるな。壁は薄く、床は夜寒《よさむ》もしのげぬ草庵でも、ここは夫の一城です。乱暴な家探しをなさって尋ね人がいなかった場合、どう責任を取るおつもりですか」

角太郎《かくたろう》も立ち上がり、「雛衣《ひなきぬ》、よいことを言うた。これ以上我が家で無礼を働くなら、たとえ弟でも許さんぞ。昨夜、現八《げんはち》とやらに打ち伏せられた試合の恨みを晴らそうと、盗賊の悪名を着せたのだろう。なんとも浅はかな企みだ」

牙二郎《がじろう》、縁連《よりつら》は驚いたが、ひるみはせず、「語るに落ちたな。昨夜の試合まで知っているなら、確かに現八《げんはち》を匿《かくま》っているのだ。引きずり出すぞ。者共、裏口を固めろ」

声を荒らげ、それぞれの手下に命じた。そして猛々《たけだけ》しく進もうとするのを、今度は角《かく》太郎《たろう》が阻《はば》んだ。雛衣《ひなきぬ》は夫の後ろに立ち尽くす。縁連《よりつら》、牙二郎《がじろう》は刀を抜こうとし、もはや

一触即発となったそのとき、

「牙二郎《がじろう》、逸《はや》るな。逸東太《いっとうた》も大人気ないぞ。しばらく待て」

いつの間にか、駕籠《かご》が二丁、庭へ舁《か》き入れられていた。赤岩一角《あかいわいっかく》が、その簾《すだれ》の奥から制したのだ。

「なにゆえ、先生がお出でなされた？」

縁連《よりつら》、牙二郎《がじろう》は驚きながらも衣服の乱れを整え、その場に腰を落ち着けた。角太郎《かくたろう》と雛衣《ひなきぬ》は互いに顔を見合わせ、それから庭へ出て客を出迎えた。

赤岩一角《あかいわいっかく》は絹の狩衣《かりぎぬ》に長袴《ながばかま》、腰に朱鞘《しゅざや》の両刀を佩《は》いた姿で、駕籠《かご》から現れた。後ろに控えたもう一台の駕籠《かご》から出てきたのは、船虫《ふなむし》だ。綾《あや》の打衣《うちぎぬ》に緋《ひ》の小袖《こそで》、下に白無垢《しろむく》を着た彼女は、左手に小さな壺を抱え、夫の後について母屋《おもや》へ入った。ふたりが上座《かみざ》に腰を据《す》えると、角太郎《かくたろう》、雛衣《ひなきぬ》はいよいよ畏《かしこ》まって挨拶した。

牙二郎《がじろう》が親へ近づき、「これはどうしたことですか。父上母上打ちそろうて、勘当《かんどう》した子の住処《すみか》へ来られるとは合点がゆきませぬ」

縁連《よりつら》も納得いかない顔つきで、「病中ですのに、先生自らはるばる来られたこと、心苦しうございます。眼のお痛みは和らぎましたのでしょうか」

「我が屋敷で、夜更《よふ》けに騒動があったようだな。牙二郎《がじろう》と逸東太《いっとうた》が追う曲者《くせもの》が、返壁《たまがえし》へ逃げ込んだと報せが入り、確かめるべく病苦を押してきた。船虫《ふなむし》はわしを心配して追うてきただけだ。それで、盗人《ぬすっと》はどうした」

縁連《よりつら》、牙二郎《がじろう》は我が意を得たりと微笑んだ。牙二郎《がじろう》が堂々と述べる。「盗人《ぬすっと》が逃げ込んだため庵《いおり》へ押しかけましたが、どういうつもりか、この夫婦が引き渡そうとしません。そこで家探しせんとしたのになお聞かず、喧嘩《けんか》も辞さない態度をとるのです。父上が参られ、一旦中断しましたが、願わくば、ご威勢をもって、かの盗人《ぬすっと》を渡すようにお命じください。盗人《ぬすっと》を捕縛したならば、この夫婦もまた同罪です。よろしくお計らいください」

一角《いっかく》は深くため息をついた。「盗人《ぬすっと》が逃げ込んだという証拠はなく、また匿《かくま》っていないという証拠もない。角太郎《かくたろう》は別居の身だが、役所に絶縁を訴えてはいない。すなわち、いまも我が子だ。角太が我が子なら、雛衣《ひなきぬ》は我が嫁だ。疑い解けがたければ、親に告げ知らせるのが弟としての礼儀であろう。逸東太《いっとうた》には、旧友の義であろう。それを血気に逸《はや》って争わんとし、殺し合いに及ぶならば、どんな理《り》があろうと咎《とが》は免れんぞ。盗人《ぬすっと》のあるなしはわしが詮索《せんさく》する。他に用がないなら、逸東太《いっとうた》は赤岩《あかいわ》へ戻って待っていろ」

突き放すような言い草に牙二郎《がじろう》の表情が固まった。縁連《よりつら》は恥じ入ったように顔を伏せ、

「老先生のご教諭ではございますが、これでは角太殿を贔屓《ひいき》なさるように聞こえ、安心できませせぬ。かの短刀も紛失したままです。盗人《ぬすっと》を捕らえられねば、某《それがし》が咎《とが》めに遭います。どうか、お憐れみください」

船虫《ふなむし》が冷ややかに口を挟む。「そのことは、夫も胸に収められている。悪くはなさるまい。とにかく御身《おんみ》は赤岩《あかいわ》へ退《しりぞ》き、吉報を待ちなされ」

「しからば、仰せに従いましてここは退席いたしますが、よろしくお頼み奉《たてまつ》る」

縁連《よりつら》は念を押すと、一角《いっかく》夫婦と牙二郎《がじろう》に別れを告げて草庵から出ていった。

しかし、彼はわずか一町ほど遠ざかったところで立ち止まる。従者たちは赤岩《あかいわ》へ向かわせ、密かにひとり庵《いおり》へ戻って、垣の陰から母屋《おもや》をうかがうのだった。

8 孝という呪縛

赤岩一角《あかいわいっかく》は、角太郎《かくたろう》と雛衣《ひなきぬ》を近くに座らせた。口を開かず、疲弊したように嘆息《たんそく》を続けていたが、「角太郎《かくたろう》、それに雛衣《ひなきぬ》もよく聞け」と、改まって語りだした。

「賢い若者たちの目には、わしは老いぼれ、呆《ほう》けたように映るのだろう。親のために雛《ひな》衣《きぬ》と離縁し、角太郎《かくたろう》は親を恨んだまま屋敷を去って、ついに赤岩《あかいわ》へ帰らなかった。勘当《かんどう》を申しわたした以上、己《おのれ》の言葉を軽々しく翻《ひるがえ》すわけにいかず、わしも呼び戻せなかった。口の過《とが》と言うべきだ。月日ばかりが無為にすぎた。折々船虫《ふなむし》が角太郎《かくたろう》ほど義理固い子はいないと嘆いて和解を勧めるたび、侘《わび》しい思いがした。なんとかせねばならぬと思うてきた。昨夜、籠山逸東太《こみやまいっとうた》たちが犬飼現八《いぬかいげんはち》に恨みを抱き、血気に逸《はや》る牙二郎《がじろう》をそそのかして彼を討たんとし、返り討ちに遭うた。死傷者四人に及んだが、それでも懲《こ》りずに現八《げんはち》を追い、ここらへ逃げたと赤岩《あかいわ》へ報告があった。わしが病苦を押して駕籠《かご》に乗り、船虫《ふなむし》とともに訪れたのは、言うべきことがあるからだ。まず、現八《げんはち》は盗賊ではない。己《おのれ》の過失をなすりつけようとする逸東太《いっとうた》の企みだ。それを牙二郎《がじろう》が悟らず、悪しざまに兄を罵《ののし》るなど痴《し》れ者の所業であった。だから、たとえお前たちが現八《げんはち》を匿《かくま》っていたとしても構いはせんのだ。——なにより、わしは逸東太《いっとうた》をなだめるために訪れたのではない。それもまた、親子対面の名目にすぎぬ。昨日、船虫《ふなむし》がお前たちを諭して復縁させたと聞き、喜ばしうて夜も眠れなかった。親の心子知らずというが、親を親と思うてくれれば、わしはそれ以上を望みはしない。明日の命も知れぬ老いた身には、我が子との不和がどれほど心苦しいか。雛衣《ひなきぬ》も分かってくれよう。夫婦睦《むつ》まじくあれ。孫をたくさん生んでくれることが孝行だ。そう自らの口で告げとうて訪れたのだ。老いぼれた父を、哀れと思うてはくれんだろうか」

そこにはもう、猛々《たけだけ》しい父の姿はなかった。親の慈愛に、角太郎《かくたろう》は感涙した。父との和解をどれほど望んできたか。勘当《かんどう》されて以来のことではない。六歳からずっとだった。

角太郎《かくたろう》は顔を上げ、掠《かす》れた声を絞り出した。

「思うに余るお慈しみです。かようなこととは存じあげず、己《おのれ》の不孝を省みもしませんでした。赤岩《あかいわ》の屋敷を出てからは、父上へ詫びる手段も持てず、草庵での侘《わ》び暮らしを親に与えられた罰だと思うことで、許されようと思うてきました。そのこと自体が、我が罪をつくろおうとする浅ましさです。勘当《かんどう》をお許しくださるなら、某《それがし》、粉骨砕身して親に仕えます。この命をも懸けましょう。雛衣《ひなきぬ》も感謝を述べてくれ」

そう促すと、雛衣《ひなきぬ》も口を開いた。「赤岩《あかいわ》で同居した折には、親孝行らしいことはなにもできませんでした。それをお咎《とが》めにもなられず、優しいお慈しみの言葉をかけていただき、我が身を恥じるばかりです。叱ってくださいませ。今後は夫と同じく孝行に励み、お言いつけにそむくこともございません」

「これで」船虫《ふなむし》が嬉しそうに微笑んで言った。「ようやく我が願いも叶うた。日頃は憎むそぶりであっても、心の底には本当の絆《きずな》があるのだ。牙二郎《がじろう》、お前も非を知ったならば心を改めて兄上を敬いなさい。もう童《わらわ》ではないのですから」

牙二郎《がじろう》は頭をかきつつ、角太郎《かくたろう》へ向き直った。「先ほどは縁連《よりつら》に乗せられ、ひどく不敬を働きました。お許しください」

「兄弟の志をひとつにして、今後は親に仕えようではないか」

角太郎《かくたろう》が広い心で弟を許したことが、一角《いっかく》は嬉しいようだった。「一家が打ち解けためでたい日だ。喜びの盃《さかずき》を交わそう。駕籠《かご》に提子《ひさげ》を積んでいる。だれか取ってこい」

雛衣《ひなきぬ》が縁側へ出ると、従者が容器を持ってきた。座敷へ運んで蓋《ふた》を開けると、盃《さかずき》、吸筒《すいづつ》、それに肴《さかな》として鰊《にしん》の塩漬けと数の子が添えられていた。

一角《いっかく》は盃《さかずき》を取った。「出がけは未明で、十分な用意も整わなんだ。しかし鰊《にしん》は二親《にしん》、それに数の子と、この場にふさわしい肴《さかな》を持参した。角太郎《かくたろう》、わしが酌《く》んでやろう」

角太郎《かくたろう》は膝《ひざ》を進めて頭《こうべ》を垂れ、礼儀正しく受けいただいて飲み干した。返盃《へんぱい》する。親子の間で酒盃《しゅはい》のやりとりが三度続き、それから船虫《ふなむし》、牙二郎《がじろう》へ、そして角太郎《かくたろう》、雛衣《ひなきぬ》へとまた盃《さかずき》を取り交わし、みなで大いに寿《ことほ》いだ。

一角《いっかく》は笑みを絶やさなかった。「老いると堪《こら》え性がなくなる。わしも、つい無情なことを言うかもしれん。それでも孝行を尽くすと、角太郎《かくたろう》は言うてくれた。雛衣《ひなきぬ》も言いつけにそむかぬと言うてくれた。……それは、本心であろうか」

角太郎《かくたろう》はやや高ぶった口ぶりで、「言うまでもありません。たとえ理にそぐわぬ仰せであっても、親にとっての大事でしたら、我ら夫婦は力を尽くし、骨を折って成し遂《と》げんと思うでしょう。どうしてそむきましょうか」

一角《いっかく》は満足げにうなずいた。「折よく、船虫《ふなむし》と牙二郎《がじろう》がいる。証人となるだろう。では、お前たちの孝行の証《あかし》として秘蔵のものをもらいたい」

「どういう仰せでございましょうか。遁世《とんせい》の覚悟でいましたので、金銀珠玉《しゅぎょく》からは遠ざかっていました。この草庵に秘蔵のものはございませんが」

「いやいや」一角《いっかく》は頭《かぶり》を振り、「わしの所望は金銀珠玉《しゅぎょく》などではない。古歌にも言うであろう。白かねも黄金も玉も何せんに、子に増す宝世にあらめやは――これが、父の所望だ。雛衣《ひなきぬ》の胎内に五ヶ月宿った胎児こそ、秘蔵の宝ではないか。この場で取り出して、わしに寄越せ」

角太郎《かくたろう》は絶句した。雛衣《ひなきぬ》は呆《あき》れたように一角《いっかく》を見た。船虫《ふなむし》がたずさえてきた壺を一角《いっかく》に渡している。

「いや、説明が足りなかったな。順を追って話せば、そう驚いたり疑ったりはするまい」一角《いっかく》はその壺を犬村夫婦との間に置いた。「やむを得ぬことなのだ。一昨日《おととい》の夜、わしは左目に深手を負うた。診断した名医が、その怪我《けが》に効く妙薬について話した。百年間土中に埋まった木天蓼《またたび》の粉末と、四ヶ月以上胎内で育った子の生き肝《ぎも》、その母の心臓の血、これらを練り合わせて服用すれば、破られた目の玉は再生し、鮮明に物が見えるようになるだろう。胎児が得られねば木天蓼《またたび》だけでも痛みは去り、七日もすれば傷は癒《い》える。だが、見えるようにはならない。医師はそう言うたが、どれも得がたい薬材ゆえ聞き捨てておいた。しかし昨日、思いがけない経緯で百年土に埋もれていたらしい木天蓼《またたび》が手に入った。試しに粉末にして何度か服用すると、明け方には痛みが消え、傷も大方渇いた。効果が認められたからには、他の二つを加えれば、我が左目は元どおりになるのは間違いない。そこで、親のためなら命も惜しまぬと言うたお前たちに甘え、薬の調達を頼むのだ。今昔物語に似た話があると聞いたときには残酷だと思うたが、我が身のことになるとは思わなんだ。孝行な息子夫婦には、父を助ける方法があったと後から知るほうが酷《こく》だろう。妙薬のことを隠せば、後々お前たちが苦しもうと思えばこそ、いま話したのだ」

一角《いっかく》は涙をぬぐうふりをする。船虫《ふなむし》が鼻を噛んで言う。「角太郎《かくたろう》よ、雛衣《ひなきぬ》よ。人の命には限りがある。では、その命はなんのためにあるのだ？　嫁と胎児が、苦しむ父御《ちちご》を癒《いや》す良薬となれる機会を得た。命は決して無駄にはならぬ。これほどの孝行物語は唐国《からくに》にもあるまい。痛ましくはある。しかし、だからこそ宿命なのではないか」

牙二郎《がじろう》が目をしばたたいた。「母上、お泣きなさいますな。兄貴も嫂御《あねご》も孝行の幸せを噛みしめておいでなのだ。母上に泣かれては心細くなりましょう」

船虫《ふなむし》は瞼《まぶた》をぬぐった。そして親子三人、なおも仰々《ぎょうぎょう》しく嘆きながら角太郎《かくたろう》を説得にかかる。角太郎《かくたろう》は頭《こうべ》を低く垂れて無言でいたが、やがて天を仰ぐと数回、呻《うめ》き声を上げた。

「ご所望なさるのが某《それがし》ならば、この身を八つ裂きにされても惜《お》しみません。しかし、雛《ひな》衣《きぬ》は我が養家の長女です。亡き養父の大事な忘れ形見です。それに、妻の妊娠も定かではありません。これが血塊の病でしたら犬死でしょう。このご所望ばかりは、ご勘弁いただきたい」

一角《いっかく》は怒りに顔をゆがめ、怒鳴り声を上げた。「そうは言わさんぞ、角太郎《かくたろう》！　親のためなら何事であろうとそむかぬと、口にしたばかりではないか。もう忘れたのか！」

角太郎《かくたろう》は膝《ひざ》を進めて懇願する。「忘れてはいません。しかし、事によります。父上のお怪我《けが》を癒《いや》すために嫁と孫が殺されたなら、世間の人はなんと言いましょうか。不仁の誹《そし》りは免れますまい。お止めするのは親のためです。考え直してください」

「一言言えば二言返し、博士面《づら》して親に教えを説くのか。かような不孝の心があるから、親を欺《あざむ》く誓いをのたまい、舌の根も乾かぬうちに自ら破って妻を惜しむと言えるのだ。良薬が目の前にありながら、我が目の傷は永久に癒《い》えんのか。左から襲う敵はもう見えんぞ。我が武術は大きく劣った。もはや生き恥をさらすだけではないか。ならば、この場で自殺して、せいぜいお前たち夫婦を安心させてやろう」

そう言うや、一角《いっかく》は襟《えり》を開いて脇差に手をかけた。角太郎《かくたろう》が止めようとしたが、その前に船虫《ふなむし》と牙二郎《がじろう》が左右から取りすがって刀を奪い取った。

船虫《ふなむし》が恨めしげに角太郎《かくたろう》をにらみつけ、「似非《えせ》孝行は剝《は》がれやすいぞ。つまらぬ言い訳をこしらえるな。医師が懐胎と言うたから、御身《おんみ》は雛衣《ひなきぬ》と離別したのであろう。いまさら妊娠は疑わしいと欺《あざむ》こうとするでない。御身《おんみ》は口先だけの男か。目の前で親が死んでも構わんのか！」

「兄貴が孝子か、嫂御《あねご》が貞女かはこの答え次第だ。もう理屈は要《い》らん。どうするつもりだ」

牙二郎《がじろう》にもわめきたてられ、ついに角太郎《かくたろう》は黙り込んだ。夫の心苦しさを思い、雛衣《ひなきぬ》は涙があふれた。胸がふさがる思いだったが、いまは自分が言わねばならないのだと顔を上げた。

「角太殿、もうよろしいです。私もまた、親のためにとあれほどのたもうたのです。身ごもったか否かにかかわらず、これは逃れ得ぬ結果と覚悟を決めました。身に覚えのないお腹の病ですが、月日とともに膨らめば、妊娠と思われても仕方ありません。父御《ちちご》のためにお腹を裂いて見せられれば、内になにもないことが知られ、やっと濡れ衣《ぬれぎぬ》を晴らせます。不貞を疑われ始めてから、それだけが私の望みでした。いま潔白が証《あか》せるのなら、もはや命は惜しみません。悲しいのは、ようやくあなたと暮らせるようになったのに……」雛衣《ひなきぬ》はそこで言葉に詰まった。続く言葉を飲み込み、角太郎《かくたろう》へ向き直り、「百年先でお待ちしています。あなたが家を起こされて、孝と義を貫いて人の鑑《かがみ》となられるのなら、私はけっして犬死ではありません。蓮《はす》の台《うてな》は半分開けておきますから。どうぞ、殺してください」

烈女であろうと覚悟はしても、涙は止まらない。

角太郎《かくたろう》は小刻みに首を振り、瞼《まぶた》をしきりにしばたたかせ、「雛衣《ひなきぬ》、お前の覚悟は分かった。しかし逃れ得ぬ運命であろうと、お前の親は我が養父だ。簡単に切れる縁ではない。伯父でもあった養父には、幼い時から育まれ、学問武芸なにくれとなく教え導かれて、俺を人にしてくれた恩人だ。そして、愛娘《まなむすめ》を妻にしてくれた大恩がある。如何《いか》に実父のためとは言え、その恩を仇《あだ》で返せば人でなしになる。俺は、――俺はお前を死なせる気はない」

雛衣《ひなきぬ》は拒む夫へ近づき、「そうおっしゃられれば、親でなく私だけを惜しむように聞こえましょう。母御前《ははごぜ》、牙二郎《がじろう》殿、過ちを犯しかねない夫にかまって時を無駄にしないでください。あなた方が私を殺して、父御《ちちご》の薬にお使いください」

船虫《ふなむし》は空々しく目元をぬぐい、「素晴らしい！　見上げた孝心です。しかし痛ましくて哀しいあなたに、どうして我々が刃《やいば》を当てられよう。のう我が夫、主《しゅう》さま、如何《いか》がいたしましょう」

一角《いっかく》は鼻で笑って船虫《ふなむし》へ言った。「然《しか》り然《しか》り、雛衣《ひなきぬ》はまさに孝女だ。わしは木天蓼《またたび》丸の鞘《さや》を砕いて粉末としたが、柄はそのままにしてある。雛衣《ひなきぬ》にこの短刀を渡して自殺を勧めよ。このようなときは己《おのれ》で片を付けるものだ。そうすれば、親が嫁を害したと誹《そし》られることもない。本懐を遂《と》げさせよ」

一角《いっかく》は懐《ふところ》から取り出した短刀を船虫《ふなむし》に渡した。代わりの鞘《さや》に納まったそれを、船虫《ふなむし》は雛衣《ひなきぬ》の前に置いた。

「嫁御前《よめごぜ》よ、その健気《けなげ》さを見れば、だれも御身《おんみ》に刃《やいば》を押し当てられん。自殺せよ、と父《ちち》御《ご》の仰せだ。ありがたくも短刀をお貸しくださった。心静かに臨終の念仏を唱えられよ」

そう勧められると、雛衣《ひなきぬ》はためらわずに短刀を押しいただいた。

「弱々しい女の腕で、潔く遂《と》げられますか心許《こころもと》なくはございますが、私も武士の妻、そして武士の娘に生まれたからには、怖気《おじけ》づきません。父御《ちちご》、母御前《ははごぜ》、長生きしてください。夫には、もう思い余って言葉を選べない。我が心を汲《く》んでください」

抜き放った刃《やいば》は光り輝いていた。角太郎《かくたろう》は袴《はかま》を固く握りしめた。その膝《ひざ》に涙が珠となって落ちている。雛衣《ひなきぬ》と目があった。ふたりは無言で見つめ合い、別れを告げる。

「さっさとせんか！」一角《いっかく》が苛立《いらだ》って声を荒らげた。船虫《ふなむし》も牙二郎《がじろう》も同じように、「急げ、急げ！　時が惜しかろう」と、雛衣《ひなきぬ》に死をうながした。

止める者はいない。雛衣《ひなきぬ》自身もそうだった。生きた心地はもうしない。刀を握り直すと、切っ先鋭く乳の下へぐさりと突き立て、押し込んだ。さらに横へ引き巡らすと、鮮血がほとばしった。雛衣《ひなきぬ》の顔がひどくゆがんだ。

激しく吹き出した血とともに、一個の霊玉《れいぎょく》が、火蓋《ひぶた》を切って放たれた鉄炮玉《てっぽうだま》のように、勢いよく弾け飛んだ。と思うや、雛衣《ひなきぬ》の向かいに座っていた一角《いっかく》の胸を打ち砕いた。骨の折れる鈍い音がこだました。一角《いっかく》は叫びも上げずその場に倒れ、それきり動かなくなった。

船虫《ふなむし》、牙二郎《がじろう》はなにが起きたか分からず、呆然《ぼうぜん》と一角《いっかく》を振り返った。

「なんだ、何事だ？　夫が撃たれたのか」

「父上が事切れなさった！　親不孝の角太郎《かくたろう》め、雛衣《ひなきぬ》と示し合わせて親を殺したのだ。この人面獣心め、そこを動くな！」

牙二郎《がじろう》が叫び、刀を抜いて駈けだした。船虫《ふなむし》もまた懐剣《かいけん》を抜き、脇目も振らず角太郎《かくたろう》へ斬りかかる。

角太郎《かくたろう》は刃《やいば》の短い戒刀《かいとう》を握りしめていたが、抜きはしなかった。牙二郎《がじろう》、船虫《ふなむし》の凶刃《きょうじん》を鞘《さや》で受け流しながら、「逸《はや》りなさるな。某《それがし》夫婦にどうして親を害す悪心がありましょうか」

相手は頭に血が上り、道理もなにもわきまえようがない。雛衣《ひなきぬ》が身を伏せて、唐紅《からくれない》の海に沈んでゆくのを、角太郎《かくたろう》は視界の端に捉えた。角太郎《かくたろう》はほとんど無意識《むいしき》に防戦していた。

そのうち、右の肘《ひじ》を一寸ほど斬られた。それを庇《かば》って戒刀《かいとう》で受けると、左側から凶刃《きょうじん》が降りかかってくる。……ああ、これは防げぬな。他人事のようにそう思ったとき、斬らんとする牙二郎《がじろう》の胸に、凄《すさ》まじい速さで手裏剣《しゅりけん》が突き刺さった。背まで突き抜けんばかりの衝撃を受けた牙二郎《がじろう》は、刀を放り捨てて仰向《あおむ》けに倒れた。

手裏剣《しゅりけん》が飛んだほうを見れば、現八《げんはち》が襖《ふすま》を蹴飛《けと》ばし、棚から飛び降りるところだった。

船虫《ふなむし》が慌てて逃げようとしたが、現八《げんはち》は逃さなかった。楽々追いついて女の利き手をつかみ、頭上まで担ぎ上げて乱暴に投げ下ろした。船虫《ふなむし》は火鉢の角にあばらをぶつけ、灰まみれになって倒れた。

「なんのつもりだ、犬飼現八《いぬかいげんはち》！」

角太郎《かくたろう》が、怒気荒々しく声を上げた。冷静沈着な道士のような佇《たたず》まいはなりをひそめ、戒刀《かいとう》をきつく握りしめ、鬼のような形相《ぎょうそう》で現八《げんはち》をにらみつけた。

「頼みもしない助太刀《すけだち》で、俺を不孝に堕《お》とすのか。弟と継母を殺したなら、俺はもう逃《のが》れられぬ。なにゆえ雛衣《ひなきぬ》が犠牲になった。妻の死を無駄にするのか。我らの生涯を愚弄《ぐろう》するのか！」

「それが、あんたがすがった孝の呪縛《じゅばく》だ。かようなものはまやかしだ。魔境にすぎん」

「莫逆《ばくぎゃく》の友として語らおうと、親族の恨みには代えられぬぞ。犬飼《いぬかい》、我が仇《かたき》になりたいか」

「幼い頃、親に見捨てられた悲しみから、あんたは孝行に託して己《おのれ》を保とうとした。本当にそれを望んだのか。あんたの孝心は、あんたに罪の意識を植え付けただけだった。その結果がこれではないか。おい、――おい、犬村！　お前はなにゆえ雛衣《ひなきぬ》殿を見捨てたのだ！」

「勝負を決せよ、犬飼《いぬかい》！」

角太郎《かくたろう》は戒刀《かいとう》の鞘《さや》を払った。血の気を失った青白い顔をし、ほとんど気を失いかけていた。振り上げた刃《やいば》の下を現八《げんはち》はするりと潜《くぐ》り抜け、背後から角太郎《かくたろう》の腕を取った。その肘《ひじ》から血がしたたり落ちている。現八《げんはち》は腰にくくった風呂敷包みを器用にほどき、髑《どく》髏《ろ》を取り出して血に浸した。角太郎《かくたろう》の血は髑髏《どくろ》に吸い寄せられるように張り付き、一滴も床にこぼれなかった。

現八《げんはち》は明証に勢いづき、「逸《はや》るな、犬村。これを見ろ。打ち倒された一角《いっかく》は、あんたの本当の親ではなかった。この髑髏《どくろ》こそ、あんたの亡き父、赤岩一角武遠《あかいわいっかくたけとお》殿の白骨なのだ。いま目の前で骨と血がひとつになった。これが親子の証拠となろう。覚えていよう、昨日あんたが言うたことだ。告げるべきことは多い。怒りを刃《やいば》とともに納めて耳を傾けよ」

そう叫んで突き放すと、角太郎《かくたろう》はよろけて膝《ひざ》を突いた。力なく振り向いた彼の目に、現八《げんはち》が手にする髑髏《どくろ》が映る。朱に染まって血が垂れない不思議な髑髏《どくろ》に目を奪われた。

角太郎《かくたろう》は膝《ひざ》に刀の柄を押し立てて、「分からぬ。何事が起きている。分からぬぞ、犬飼殿《いぬかい》。あそこに倒れる父が父でないとはどういうことか。なにを知っているのだ」

「類《たぐい》まれなる孝子、孝女が、高い人徳ゆえ妖怪に欺《あざむ》かれた。重ね重ねの厄難《やくなん》に終止符を打ったのは、雛衣《ひなきぬ》殿の自殺によって腹から顕《あらわ》れた霊玉《れいぎょく》であった。偽一角《にせいっかく》が打ち倒れたのは、天の冥罰《みょうばつ》だ。かの者があなたの父でないなら、牙二郎《がじろう》は弟ではない。船虫《ふなむし》も妖怪に連れ添うた妻だ。言い尽くすには時間がかかるが、つまんで話そう。そもそも庚申山《こうしんやま》とは——」

現八《げんはち》は、一昨日足尾村の茶店で聞いた噂から語り起こした。それから庚申山《こうしんやま》へ迷い込んで、異形《いぎょう》の化猫と出くわしたこと。その妖怪の左目を弓矢で射抜いて撃退したこと。山中に身をひそめようとして、不思議な邂逅《かいこう》を果たしたこと。妖怪の正体を聞かされたこと。それらの顛末《てんまつ》をかいつまんで話した。

「庚申山《こうしんやま》の岩室《いわむろ》で、我が子を助けてくれと頼んだ亡霊こそが、本物の赤岩一角武遠《あかいわいっかくたけとお》だった。孝心篤《あつ》い角太郎《かくたろう》は化猫を父と慕《した》うていて、亡霊がなにを語ろうとも信用すまいと一角《いっかく》殿は懸念なさり、白骨化した己の髑髏《どくろ》をお渡しくださった。骨と血によって親子の証《あかし》とする奇特は、あなた自身が語られたことだ」

現八《げんはち》は床に落としていた風呂敷包みから一振りの短刀を取った。

「赤岩一角《あかいわいっかく》殿の形見の短刀だ。庚申山《こうしんやま》で化物と戦うたときのもので、息子に渡すように言われた。その別れぎわ、一角《いっかく》殿は餞《はなむけ》に詩を吟《ぎん》じられた。某《それがし》は記憶こそしたが、その折には意味がよくつかめなかった。いまは分かった気がする。

　相遭うて武を講じ　相別れて仇《かたき》を誘《いざな》う

起句は、昨日、某《それがし》がここへ訪れ、あなたと軍事について討論を行い、その後、赤岩《あかいわ》へ赴き、牙二郎《がじろう》、船虫《ふなむし》、偽一角《にせいっかく》らに追われて戻ったことを言うのだろう。

　ここに露玉《ろぎょく》を全《まっと》うし　菊花秋に謝《しゃ》す

この両句は、雛衣《ひなきぬ》殿のことだ。露玉《ろぎょく》はすなわち礼の霊玉《れいぎょく》、烈女が仇討《あだうち》を全《まっと》うなさった。

　再阨釈《さいやくと》けずんば　更に髑髏《どくろ》に問え

いま、目にした出来事だ。我らを見舞った禍《わざわい》もまた髑髏《どくろ》によって解けた。

　妖邪亡びる処《ところ》　申山遊ぶべし

偽一角《にせいっかく》の山猫が亡んだことで、庚申山《こうしんやま》から妖邪が絶えるだろう。これで、だれもが登山できるようになる。そして、

　八犬具足《ぐそく》して　八犬未だ周《あまね》からず　窮達命あり　離合謀《はか》ること勿《なか》れ　南総遠しと雖《いえど》も　ついに一流に帰せん

昨日告げた義兄弟、犬塚《いぬづか》、犬川《いぬかわ》、犬山《いぬやま》、犬田《いぬた》、犬江《いぬえ》の五犬士に、我らを加えた七人み

な、安房《あわ》の里見殿と因縁があると言っている。これは始まりを話さねばなるまい。昔、里見殿の息女に伏姫《ふせひめ》なる姫君があり、八房《やつふさ》という犬を連れて富山《とやま》の奥に籠《こ》もられた」

現八《げんはち》の語りを、角太郎《かくたろう》は身じろぎもせず聞いている。現八《げんはち》はふと考えた。人ならざる者は霊玉《れいぎょく》を恐れる。昨夜、山猫の偽一角《にせいっかく》は弟子《でし》たちに試合をさせ、自分は病にかこつけて対戦を避けた。また、夜中に討ちにきた凶賊のなかにも、偽一角《にせいっかく》はいなかった。霊《れい》玉《ぎょく》を恐れたからだ。偽一角《にせいっかく》には現八《げんはち》を殺害できなかったのだ。それと同じ霊玉《れいぎょく》が雛衣《ひなきぬ》の腹中にあるとは知らず、胎児を求めて打ち倒されたのは、天罰以外のなにものでもない。

「籠山縁連《こみやまよりつら》が持ってきた木天蓼《またたび》の柄《つか》と鞘《さや》を持つ短刀を盗んだのも、偽一角《にせいっかく》だ。それでいながら、俺を盗人《ぬすっと》に仕立て上げた。木天蓼《またたび》は猫がよく好み、薄荷《はっか》などとともに妙薬にもなる。名医の診断とやらは嘘だろう。山猫と呼ばれる妖獣は、そこらの猫と同じではない。大きな犬ほどもあり、猛々《たけだけ》しさはまるで虎だ。まれに深山《みやま》に生息し、好んで子供を喰《く》らうという。数百歳を経た妖怪変化《へんげ》の禍々《まがまが》しさは、推して知るべしだ。その恐るべき妖怪が雛衣《ひなきぬ》殿に殺されたのは、あなた方夫婦の優れた人格を神仏が助けられたからだ。それでも痛ましいのは雛衣殿《ひなきぬ》だ。過ちなど、ひとつもなかった。俺があからさまに告げずにいたせいでもある。妖怪に企みが漏れることを恐れたのだ。許してほしい」

「いや」角太郎《かくたろう》はもはや涙も枯れ果て、やつれた顔つきで言った。「あなたがあからさまに告げなかったのは、某《それがし》を信じきれなかったからだ」血の海に沈んだ雛衣《ひなきぬ》と、胸を貫かれた偽一角《にせいっかく》とへ目をやり、「その判断は正しかった。昨日聞いたとしても某《それがし》は信じなかっただろう。長い間、己の孝心に疑いを挟むまいとそればかりを考えた。思えば、親が偽物であったことより、我が孝心こそ偽物だったのだ。自らを守ろうとして世の理《ことわり》をゆがめてきた。そのせいで――」

角太郎《かくたろう》は雛衣《ひなきぬ》から目を離せずにいたが、突如、身を崩して慟哭《どうこく》した。

「――雛衣《ひなきぬ》を殺した」

9 復讐と救済

「犬村殿、霊玉《れいぎょく》の威徳《いとく》で化け猫の胸骨を砕いたが、とどめを刺さねば蘇ることもあろう。もはやためらわれるな」

角太郎《かくたろう》は雛衣《ひなきぬ》のそばに腰を下ろしていた。現八《げんはち》は口をつぐむ。彼らのそばで周囲を警戒した。昨日、草庵の折戸口で見たときの雛衣《ひなきぬ》を思い出した。この世の終わりというような顔つきで、いまにも折れそうなほど脆弱《ぜいじゃく》に見えた。死にゆく雛衣《ひなきぬ》の顔は血の気が引いて真っ白だが、それでも自信に満ちているように見えた。

角太郎《かくたろう》とふたりで雛衣《ひなきぬ》を抱え、上体を起こした。大腸、小腸があふれ出、見るに耐えない惨状だった。角太郎《かくたろう》が声を絞り出し、「雛衣《ひなきぬ》、御身《おんみ》の自殺の功徳《くどく》により、誤って飲んだ霊玉《れいぎょく》が親の仇《かたき》を撃ち倒した。大手柄だ。腹の膨らみも珠のためで妊娠ではなかった」

雛衣《ひなきぬ》の呼吸は細く、いまにも消え入りそうだ。うつろな眼をなんとか開き、支える男衆を弱々しく見た。「我が夫よ、それに犬飼《いぬかい》殿。あなた方の物語、夢うつつに聞いていました。知らなかったとは言え、舅《しゅうと》殿の仇《かたき》と暮らしていたのは恐ろしいこと。先ほど、だれかになんのための命かと詰《なじ》られました。私は、私たちを虐《しいた》げてきた偽《にせ》親のためでなく、大切な夫のために死ねてよかったと思うています。短い間しか添えなかったけれど、あなたに手柄と思うてもらえてよかった。妻の役目を、少しは果たせましたか」

最期まで美しい雛衣《ひなきぬ》は、貞節という呪縛《じゅばく》のなかで死ぬのだ。現八《げんはち》は悲しくそう考えたが、迷いのない死に顔を見ると、なにも言えなかった。雛衣《ひなきぬ》が息絶えても、角太郎《かくたろう》は彼女から離れようとしなかった。現八《げんはち》が促し、ようやく雛衣《ひなきぬ》の亡骸《なきがら》を安置しようとした。

そのとき、牙二郎《がじろう》が息を吹き返した。がばっと身を起こすや、胸に刺さった手裏剣《しゅりけん》を引き抜き投げ放った。現八《げんはち》が素早く脇差を抜いて打ち払った。

牙二郎《がじろう》は怒号を上げる。立ち上がり、よろめきながらも刀を振り上げる。もはや相手を問わない態度で、殺してやる、殺してやる、と狂ったように叫び続けた。

角太郎《かくたろう》が立ちふさがり、「人面獣心と俺を罵《ののし》ったが、それは、お前であったな。お前の父こそ妖獣で、その胤《たね》が人を穢《けが》してきた。天罰を免れられると思うな。刃《やいば》を受けよ」

そう罵《ののし》り、角太郎《かくたろう》は刀を抜いた。手裏剣《しゅりけん》の痛手が響いたのだろう、たった一合切り結んだだけで牙二郎《がじろう》の刀は弾け飛ぶ。脇差を抜こうとする弟の細首を、角太郎《かくたろう》は容赦なく斬り落とした。牙二郎《がじろう》の胴体が後ろへ揺らぎ、偽一角《にせいっかく》に重なって倒れた。

それで気脈が通じたか、死んだかに見えていた偽一角《にせいっかく》が、大きな呻《うめ》き声を張り上げ、障子を両手で裂きながら起き上がった。相貌《そうぼう》が奇怪だった。歳を経た山猫が本性を顕《あら》わしたのだ。顔はまだらに毛が生え、眼光ばかりが鋭く、髭《ひげ》は枯野のススキのように渇いている。耳まで裂けた口は血を盛る盆に似ていた。牙《きば》打ち鳴らし、爪を立てた。吐く息が狭霧《さぎり》となり、朦朧《もうろう》たる雲に包まれた月下の宿にいるかと惑うほどだった。

妖怪の本性を見ても、角太郎《かくたろう》は動揺しなかった。血刀《ちがたな》をぬぐう暇もなく敵の左へ回り込み、初太刀《しょだち》の呼吸を図った。現八《げんはち》は援護に回り、角太郎《かくたろう》の手に余るようならすぐに助けに入れるように身構えた。

死んだふりをしてやりすごそうとしていた船虫《ふなむし》は、辺りが殺気みなぎる戦場と化すと、じっとしていられず、膝《ひざ》を立てるや一目散に逃げだした。走り去る船虫《ふなむし》を、角太郎《かくたろう》も現《げん》八《はち》も見返る余裕がなかった。妖怪との勝負を決すべきときだ。一挙一動を見逃すまいと構えを解かない。妖怪はしきりに咆哮《ほうこう》していたが、やがて声高らかに人語を発した。

「口惜しいぞ！　人間《じんかん》に交わり、妻と馴染《なじ》んで子を産ませ、数多《あまた》の人に敬われてきた。快楽のままに月日を送ってきたものを、角太郎《かくたろう》秘蔵の珠が、雛衣《ひなきぬ》の腹中にあるとは思わず、胎児を求めて自殺を勧めた一事のために深手を負うたばかりか、牙二郎《がじろう》までが命を落とした。重なる恨みは犬村礼儀《まさのり》、犬飼信道《いぬかいのぶみち》、犬士と称した輩《やから》ども、ああ、我が仇《かたき》の犬

であったか。一昨日《おととい》夜更《よふ》けに庚申山《こうしんやま》で遠矢を射かけたのも、犬飼《いぬかい》、お前の仕業であろう。引き裂き、血を吸い、肉を喰《く》らわずば、我が神通力も戻るまい。覚悟せえ！」

獰猛《どうもう》な罵声《ばせい》を浴びようとも、角太郎《かくたろう》は怒りを隠さず、「言葉可笑《おか》しや、畜生め。ちとばかり魔術に長《た》けようと、天の網は悪事を漏らさぬ。父の讐《あだ》だ、妻の仇《かたき》だ、ふたつながらお前に穢《けが》された。復讐の天運、循環しきったのは今日このときぞ」

現八《げんはち》はカカと笑って挑発する。「庚申山《こうしんやま》の樹の上に俺がいたとは知らぬでも、あの夜の弓の手並みはその身に覚えがあるだろう。怖じけて退《ひ》くな。かかってこい！」

山猫は、飛鳥のように飛び巡った。現八《げんはち》は戸口に立ちふさがる。初撃を譲られた角太《かくた》郎《ろう》は、狭い家内で相手を追い詰め、攻め立てた。妖怪は斬られてもひるまず哮《たけ》り狂ったが、やがて窓格子に爪をかけて逃げようとした。角太郎《かくたろう》の白刃《はくじん》に腰骨を斬られ、山猫は尻からどうと転んだ。角太郎《かくたろう》は刀を握り直して巨体を駈け登り、その咽喉《のど》に向かって、鍔《つば》まで通れと何度も、何度も刺し貫いて――ようやく山猫は息絶えた。

角太郎《かくたろう》が形見の短刀を手に取り、改めてとどめを刺したとき、山猫の傷口から礼字の霊玉《れいぎょく》が顕《あらわ》れた。角太郎《かくたろう》は血の中から拾い上げ、押しぬぐって現八《げんはち》に見せた。

現八《げんはち》は相好《そうごう》を崩し、「犬士たちは、それぞれ秘蔵の霊玉《れいぎょく》を持っている。それぞれが自分の珠に不思議な奇特を感じている。さて、妖怪父子は討ち取ったが、船虫《ふなむし》に逃げられたな。まだ遠くまでは逃げていまい。俺が追いかけて引きずってこよう」

現八《げんはち》が裾《すそ》を端折《はしょ》って表へ出ようとしたとき、縁側に人影が現れた。「犬飼《いぬかい》殿、待ちなされ。しばししばし」と呼び止めて座敷へ踏み入ったのは、籠山逸東太縁連《こみやまいっとうたよりつら》だった。

縁連《よりつら》は、船虫《ふなむし》を連れていた。大刀《たち》の緒で腕を縛った女を突き出し、さらに腰の両刀をとってそこに置き、自分は障子の際まで退《しりぞ》いて平伏した。

「犬飼《いぬかい》、犬村の両豪傑よ。いまさら詫びるのも面目《めんぼく》ないが、我が目利きが不確かなせいで、妖怪に惑わされ、犬飼《いぬかい》殿を討とうとした。某《それがし》のみの思惑ではなかったにしろ、弁解の余地もない。また牙二郎《がじろう》にそそのかされて角太殿を罵《ののし》ったことも、すでに口から出た以上、弁明もできません。先ほど偽一角《にせいっかく》夫婦から赤岩《あかいわ》へ退《しりぞ》けと言われたことがどうしても心得がたく、某《それがし》、庭垣の陰に隠れて立ち聞きしていました。雛衣《ひなきぬ》殿の自殺、妖怪親子の顚末《てんまつ》、いまの仇討《あだう》ちと驚くばかり、また己を恥じるばかりで、出るに出られぬ心地でしたが、逃げだした船虫《ふなむし》を引っ捕らえ、縛り上げましたので、恥ずかしながら見参《げんざん》つかまつった。ついては、お願いの儀がございます。某《それがし》が主君から預かり、携えてきた短刀は、偽一角《にせいっかく》が幻術をもって盗み取り、鞘《さや》を砕いて粉末としたこと、いましがた初めて知りました。その短刀はこの家にあるが、鞘《さや》を失うた不覚は大きい。短刀を持ち帰っても主君に申し開きができません。そこで、この船虫《ふなむし》は偽一角《にせいっかく》に加担した悪賊ですが、両君は好んで人殺しはしますまい。短刀とともに某《それがし》に賜《たまわ》りたい。白井城へ連行し、短刀紛失の責任を取らせます。処罰は必ず白井で行います。それによって某《それがし》の犯した罪が許されるならば、あなた方は我が転生の大恩人でござる。どうか賢慮をお願い奉《たてまつ》る」

そう仰々《ぎょうぎょう》しくかき口説き、額を床に擦《す》り付けた。角太郎《かくたろう》も現八《げんはち》も憎々しいとは思うが、縁連《よりつら》を責めなかった。

現八《げんはち》は角太郎《かくたろう》に言った。「逸東太《いっとうた》は自陣営の敗北を知るや船虫《ふなむし》を搦《から》め捕り、いまは言葉巧みに己《おのれ》の利のみを図ろうとしているのだ。どう思われるか」

「逸東太《いっとうた》はあなたの仇《かたき》で、船虫《ふなむし》は我が妻の怨敵《おんてき》だ。両刀を置いた逸東太《いっとうた》を斬り殺すのはたやすい。しかし、斬れば刃《やいば》が穢《けが》れよう。また船虫《ふなむし》は妖怪と慣れ親しんで後妻に迎えられたが、我が父の讐《あだ》ではない。雛衣《ひなきぬ》に残酷だった恨みは尽きないが、白井へ送って刑罰を任せれば、曲がりなりにも継母《ままはは》をこの手にかけずに済む」

現八《げんはち》は罪人らをにらみつけ、「船虫《ふなむし》に問う。お前は偽一角《にせいっかく》が妖怪と知っていたのか。昨日、雛衣《ひなきぬ》殿が入水《じゅすい》自殺を試みられたとき、氷六《ひょうろく》とともに救うたと言うたが、下心あってのことだろう。この庵《いおり》を訪れて夫婦を復縁させたのも、雛衣《ひなきぬ》殿の腹の子を奪うためだったのか。だが、そのときはまだ木天蓼《またたび》を得ていなかっただろう。そもそも、お前はどのようにして矢傷の薬方を知ったのだ。疑いを残しとうはない。隠さずに言え」

船虫《ふなむし》はすっかり怯《おび》えきり、縮こまるようにしてひざまずいた。「お疑いは当然でございましょうが、私は夫が妖怪などとは夢にも思うていませんでした。昨日の朝、一角《いっかく》から告げられたのです。――我が眼の矢傷の薬には、百年土中に埋もれた木天蓼《またたび》の木と、胎児と、母の血と三種が必要だ。これで目の玉は元どおりに癒《い》え、見えるようにもなる。木天蓼《またたび》を得て胎児を得ず、また胎児のみを得て木天蓼《またたび》を得ないなら、物は見がたい。雛《ひな》衣《きぬ》は身ごもって四、五ヶ月になろう。究竟の薬材だ。惜しむらくは離別せられて、子を求めることができん。我が手に落ちるようにお前が謀《はか》るのだ、と。日出詣《もう》での帰りに図らずも雛衣《ひなきぬ》が身投げするのに遭遇し、これを助けて繋《つな》がりを得たことで、すぐに夫婦を復縁させ、勘当《かんどう》さえも許させて、トントン拍子に企てが整ううち、一角《いっかく》のほうでは木天蓼《またたび》の良材を手に入れていました。後悔しても遅いでしょうが、世に女子《おなご》として生まれれば、良いも悪いも夫次第。夫の指図に逆らうことはできません。お察しくだされ」

現八《げんはち》が冷たく吐き捨てる。「夫のためなら悪事を諫《いさ》めるのが本当だ。媚《こ》びへつらって残忍、薄情なことを仕出かしておいて貞節と呼ぶな。愚かな曲者《くせもの》め！」

船虫《ふなむし》は頭《こうべ》を垂れ、なにも言わなかった。現八《げんはち》は縁連《よりつら》へ向き直り、「逸東太《いっとうた》、お前がどれほど言葉を飾って哀しみを乞おうと、俺には許す理由がない。だが、恥も知らずに命を惜しむ姿は、志ある百姓にも劣る。そのような痴《し》れ者、相手にするだけ面倒だ。犬村殿がよいと言うなら、俺も恨みとはせぬ。木天蓼丸《またたびまる》も船虫《ふなむし》も持っていけ。だが、赤岩《あかいわ》、犬邨《いぬむら》の村長《むらおさ》、里人に知らせず行かせては証人もない。連れてきた従者は表にいるのか」

縁連《よりつら》は勢い込んで答える。「赤岩《あかいわ》の従者たちは妖怪の咆哮《ほうこう》におびえ、みな逃げました」

「ならば、お前が赤岩《あかいわ》へ行き、村長《むらおさ》たちを連れてこい。さっさと行け！」

縁連《よりつら》は船虫《ふなむし》を縛った縄の端を柱に繋《つな》ぐと、急いで走り出ようとした。そのとき、また表に人があった。「待ちなされ」と呼び止め、母屋《おもや》へ上がってきたのは、偽一角《にせいっかく》の内弟《うちで》子《し》、月蓑團吾《つきみのだんご》と八䕺東太《やっとうとうた》だった。警戒を募らせると、彼らはたずさえてきた異形《いぎょう》の首を座敷に並べた。

角太郎《かくたろう》も現八《げんはち》もギョッとした。

「人の名を借り、形を似せた妖怪の本性が発覚したのは、偽一角《にせいっかく》の従者が赤岩《あかいわ》へ逃げ帰り、この草庵で起こった化物退治を知らせたからでした。あなた方に感謝を告げるべく、我らはふたつの首級を持参しました。これは、かの山猫の眷属《けんぞく》で、歳を重ねた猫《まみ》と貂《てん》です。山猫に従うて内弟子《うちでし》に変化《へんげ》し、猫《まみ》は玉坂飛伴太《ひばんた》と、貂《てん》は佐足潑太郎《きったりはったろう》と呼ばれ、長く人間《じんかん》に在りました。昨夜、犬飼《いぬかい》殿に斬られて深手を負いましたが、それでも死なずに深《み》山《やま》へ逃げようとしたので我らが殺しておきました。――ええ、もはや隠しはしますまい。我々もまた人ではない。庚申山《こうしんやま》の麓《ふもと》の、土地の神と山の神です。我らの神通力は山猫に及ばず、心ならずも使役され、内弟子《うちでし》に変化《へんげ》させられ、團吾《だんご》、東太《とうた》と呼ばれていました。本心から仕えたわけではありません。だから一昨日《おととい》の夜も、山猫が胎内《たいない》くぐりで勇士の矢に射落とされたのを幸いに、担いで赤岩《あかいわ》まで逃げ帰りました。我らだけでなく、庚申《こうしん》山《やま》の木精《すだま》すら馬に変じて使役され、長らく赤岩《あかいわ》屋敷の厩《うまや》に繋《つな》がれていました。今日、山猫が討たれたと聞くと、絆《きずな》を外して元の山路へ帰りました。犬飼《いぬかい》、犬村両豪傑の助けによって怨敵《おんてき》は亡びました。我々も古巣へ戻れます。喜びは例えようもありません。今度の一件、我らから赤岩《あかいわ》、犬邨《いぬむら》の村長《むらおさ》、里人らに触れ知らせ、弟子《でし》たちにも告げてあります。弟子《でし》たちは妖怪を師と仰いだのを恥じ、ここへは来ませんが、村長《むらおさ》、里人たちはまもなく駈けつけるでしょう。このことを告げるべく立ち寄りました。それでは」

別れを告げたふたりは、立ち上がって出てゆくのかと思えば、たちまち二つの雲となって庚申山《こうしんやま》のほうへ飛び去った。

縁連《よりつら》と船虫《ふなむし》は突然の怪事に唖然《あぜん》とし、山の方角をうち仰いだ。角太郎《かくたろう》と現八《げんはち》は、悪獣ふたつの首級に目を凝らした。この猫《まみ》と貂《てん》も尋常の獣ではなく、まれな妖怪だった。このとき、牙二郎《がじろう》の生首までが悪相を顕《あらわ》した。歯を食いしばってにらむ眼は猫に似て金銀のように光った。いつのまにか身にもまだらに毛が生えていた。

角太郎《かくたろう》は里人たちを待つ間に、霊玉《れいぎょく》の血を洗い流して袋に収めた。讐《あだ》にとどめを刺した短刀も血をぬぐって鞘《さや》に戻した。それから現八《げんはち》とともに雛衣《ひなきぬ》の亡骸《なきがら》を納戸へ安置していたとき、氷六《ひょうろく》はじめ犬邨《いぬむら》、赤岩《あかいわ》の村長《むらおさ》や主だった里人が、鎌や唐棹《からさお》を得物がわりにたずさえてやってきた。人数が多くて母屋《おもや》に入りきれず、ほとんどが庭に待機した。

角太郎《かくたろう》は氷六《ひょうろく》や村長《むらおさ》らに現八《げんはち》を引き合わせると、雛衣《ひなきぬ》の自殺、偽一角《にせいっかく》親子のこと、仇討《あだうち》の顛末《てんまつ》を短く説明した。庭の里人たちまでが雛衣《ひなきぬ》の死を憐れみ、また、妖怪の恐ろしさに怖気《おじけ》をふるった。そして二犬士の武勇を褒《ほ》め称《たた》えだすと、がやがやとにぎやかになった。角太郎《かくたろう》は、さらに縁連《よりつら》や船虫《ふなむし》の罪、その処遇を村長《むらおさ》らに報告した。

村長《むらおさ》は答えた。「籠山《こみやま》も船虫《ふなむし》も憎むべき者どもだが、このことを役所へ訴えれば、偽《にせ》一角《いっかく》の弟子《でし》や里人たちも多く連行されるだろう。籠山《こみやま》を白井へ帰し、船虫《ふなむし》の処罰を向こうの領主にゆだねれば、波風が立たずよろしかろう。後日、異論が起きたときには、我々が証人となります」

角太郎《かくたろう》と現八《げんはち》は、木天蓼《またたび》の短刀と先に預かっていた両刀を縁連《よりつら》に返した。縁連《よりつら》は何度も頭《こうべ》を垂れて二犬士に別れを告げ、船虫《ふなむし》を引っ立てて庵《いおり》を出た。いつのまにか従者たちが戻り、折戸口に駕籠《かご》が用意してある。その駕籠《かご》に船虫《ふなむし》を乗せ、縁連《よりつら》自身が近くに付き添って足尾のほうへ去った。

その後、角太郎《かくたろう》は妖怪親子の亡骸《なきがら》を焼き捨てるべく里人らと相談した。三つの首級、二つの死骸を外へ持ち出し、木の枝枯れ枝を積み重ねて焼くと、すべてが灰燼《かいじん》に帰した。後に、ここで怪異を見た者は病気になり、そのほとんどが死んだ。そこで里人らはこのときの灰を集めて土中に埋め、猫塚と名付けて供養《くよう》した。それで祟《たた》りはなくなり、十里四方の田畑には鼠《ねずみ》が出なくなったという。毒が変じて薬となったのだ。

角太郎《かくたろう》は雛衣《ひなきぬ》の亡骸《なきがら》を赤岩《あかいわ》屋敷へ運ぶため、氷六《ひょうろく》、村長《むらおさ》らと相談した。船虫《ふなむし》が乗り捨てていった駕籠《かご》に遺骸を乗せ、里人たち数人が担いだ。角太郎《かくたろう》は父の髑髏《どくろ》を布に包んで胸に抱き、庵《いおり》を里の老人たちに預けると、現八《げんはち》とともに赤岩《あかいわ》へ赴いた。犬邨《いぬむら》の里人も見送りのために後についた。瑞玉《ずいぎょく》は犬士でなければ奇特を見せず、雛衣《ひなきぬ》の呑んだ珠は仇《かたき》を倒して夫に返った。返璧《たまがえし》という地名は、まるでこの日の奇事を予見していたかのようだった。この世には分からないことが多すぎると、道々、角太郎《かくたろう》は思った。

⑩ 新生

それから五、六日かけ、棺《ひつぎ》をふたつ作らせた。吉日を選び、父一角武遠《いっかくたけとお》の白骨を菩提《ぼだい》院《いん》で葬《ほうむ》った。一角《いっかく》の古参弟子《でし》、犬邨《いぬむら》、赤岩《あかいわ》の里人、近村の百姓まで、棺《ひつぎ》を送る人々は一千余人に及んだ。その次の日、雛衣《ひなきぬ》の棺《ひつぎ》を出した。前日と同じく大勢が参列した。赤岩《あかいわ》犬村両家の墓は同じ寺にあった。寺門は二日間にぎわい続けた。

角太郎《かくたろう》は父と妻のために石塔を造立《ぞうりゅう》し、七日七日の忌日ごとに経を読み、墓参して追善法要を怠りなく行った。ひとり世に残された角太郎《かくたろう》を憐れまぬ人はいなかった。

その間、犬飼現八《いぬかいげんはち》は赤岩《あかいわ》屋敷に逗留《とうりゅう》していた。喪中《もちゅう》の角太郎《かくたろう》が退屈しないように話し相手になった。時間に余裕ができたので、以前保留した犬士たちの物語を聞かせた。日ごと新たな物語を聞き、角太郎《かくたろう》はそのたびに感動した。喪《も》が明ければ現八《げんはち》と諸国を遊歴し、いずれ五犬士と対面することを望んだ。ある日、湯浴《ゆあ》みしようとした際、角太郎《かくたろう》が現八《げんはち》に囁《ささや》くように言った。

「あなたの痣《あざ》は顔にあるが、某《それがし》の痣《あざ》はここだ」と襟《えり》を開き、左の乳の下から左脇近くまで広がる牡丹《ぼたん》の痣を見せた。

　四十九日がすぎると、角太郎《かくたろう》は赤岩《あかいわ》、犬邨《いぬむら》の村長《むらおさ》と氷六《ひょうろく》を招き、赤岩《あかいわ》犬村両家相伝の田畑や家屋敷を売却する算段を始めた。氷六《ひょうろく》たちは考え直すように言い、承諾するようではなかった。しかし角太郎《かくたろう》は現八《げんはち》と長旅に赴く旨《むね》を辛抱強く説明し、安房《あわ》里見家への仕官の約束があることも伝えた。村長《むらおさ》も氷六《ひょうろく》も最後にはうべなった。すぐに買い手はつかなかったので、しばらく待たねばならなかった。

　購入者が見つかったのは、年の瀬だった。安値で売却したが、それでも六百五十余金を得た。角太郎《かくたろう》はそれを四つに分けた。二百金を菩提院《ぼだいいん》に布施し、赤岩《あかいわ》犬村両家の三世の父母、亡き妻雛衣《ひなきぬ》の祠堂料《しどうりょう》とした。五十余金で返璧《たまがえし》の草庵を仏堂に造り替え、篤実《とくじつ》な老僧を住ませた。また二百金は赤岩《あかいわ》、犬邨《いぬむら》の貧民への施しとした。そのうちの十金を、雛衣《ひなきぬ》を住まわせてくれた礼として氷六《ひょうろく》に贈った。角太郎《かくたろう》の人徳を讃《たた》える声は両村に満ち満ちた。

　残りの二百金を二つに分け、百金を現八《げんはち》の腰につけさせ、百金は自分の路銀とした。

　年が明け、文明十三年もはや二月半ば、里はすっかり春景色で暖かかった。門出の前に赤岩《あかいわ》と犬邨《いぬむら》の村長《むらおさ》、里人を招いて宴《うたげ》を開いた。その場で、角太郎《かくたろう》は言った。

「出立《しゅったつ》すれば、いつ再会できるか分からない。だから今日、告げておきたい。そもそも一角《いっかく》は赤岩《あかいわ》家代々の通り名でした。某《それがし》も角太郎《かくたろう》を改め一角《いっかく》と名乗るべきだが、その名は妖怪に穢《けが》され、受け継ぐのも快くない。某《それがし》は犬村の養子であり、両家をひとつに合わせて家督を継いだ。そこで、一角《いっかく》の一文字は妖怪のために取らず、一に霊長たる人の字を加えて大となし、犬村大角礼儀《いぬむらだいかくまさのり》と名乗る。心に留めておいてくだされ」

だれもが深く名残を惜しんだ。

このときまで五、六人の使用人が、偽一角《にせいっかく》に仕えていた頃のまま赤岩《あかいわ》屋敷にいた。主人が妖怪とは知らなかった彼らを大角は憐れみ、衣装や家具を形見に与えて暇《ひま》を出した。

旅人たちは庚申山《こうしんやま》へ赴いた。亡父の遺跡を見るため、現八《げんはち》が先に立って深山《みやま》を登った。聞きしに勝る霊山は、大角《だいかく》の目を驚かせた。幽玄な奇峰は言葉にできない。以前、現八《げんはち》が幽霊に遇ったという岩室《いわむろ》に着くと、冷たい風が大角《だいかく》の顔を打った。山の気配が肌に凄《せい》烈《れつ》で、懐かしさが涙となってあふれた。その辺りを徘徊《はいかい》し、供え物をして亡父の霊魂を祀《まつ》ること半時ばかり、だが、終わっても帰る気になれなかった。

奥の院へ赴き、三猿窟《さんえんくつ》を遠くから拝んだ。そして、東の山峡から下山していたとき、弁当を忘れたことに気づく。山中でずいぶん時をすごして腹が減っていた。そんな折、老人ふたりが道端で休憩していた。木こりのようだった。「弁当をお忘れなら、我らの昼食の余りを食べて行きなされ」と餅《もち》を十枚ほど贈られた。ふたりは喜んで口に入れた。美味だった。食べ尽くして清水で口を潤《うるお》そうとしたとき、木こりたちはいなかった。

二犬士は驚き、怪しんだ。それから事情を考え合わせ、「以前、山猫が亡んだことを喜び、古巣へ帰ると別れを告げにきた山の神と土地の神が、いまかりそめに木こりの姿で現れて我らの飢えを満たしてくれたのではないか」

大いに感じ入り、ふたり等しく伏し拝んで感謝を述べた。胎内《たいない》くぐりを無事に出て、夕暮れには足尾村に着いた。

現八《げんはち》は大角《だいかく》を誘い、鵙平《もずへい》の茶店で休憩した。主人の翁《おきな》は見当たらず、若い女がひとりいるだけだった。現八《げんはち》が鵙平《もずへい》のことを尋ねると、

「正月頃からだんだん弱って、今月初旬、ついに身まかりました。病気ではないようでしたが、老衰だったのでしょう。去年の冬までは元気に店にいましたが、庚申山《こうしんやま》の化け物の風聞が絶えたことで、案内を雇う人もなくなり、弓矢も売れなくて、店に男手が要《い》らなくなりました。申し遅れましたが、私は、鵙平《もずへい》の息子の妻です」

「去年の秋、翁《おきな》がしてくれた長物語に助けられました。今日はお礼を言おうと立ち寄ったのだが、黄泉《よみ》に帰られたと聞くと名残惜しい。霊前に手向《たむ》けてくだされ」

現八《げんはち》は懐《ふところ》から小粒銀を出し、紙に包んで女に渡した。女はよく理由が分からなかった

ようだが、拒みはしなかった。

現八《げんはち》と大角《だいかく》は足尾の旅籠《はたご》屋に投宿した。その晩、今後の行き先について語り合った。大角《だいかく》が考え考え口にした。

「都のほうは、すでにあなたが二年にわたって逗留《とうりゅう》なさった。今度はまず鎌倉へ赴くのがよかろう。だが、こういかめしい出で立ちで旅をしていれば、武者修行だと思われる。勝負を挑まれ恨みを買うて仇《あだ》なす者が増えては面倒だ。少し姿をやつしておけば、厄難《やくなん》を避けられましょう」

信濃路から上野《こうずけ》、武蔵《むさし》の名所や古跡を巡りながら相模《さがみ》国に入った。鎌倉にはしばらく逗留《とうりゅう》した。犬塚《いぬづか》、犬川《いぬかわ》たち五犬士に巡り合わないかと、毎日、町を歩いたが、似た人にさえ会わなかった。この鎌倉滞在の間、大角《だいかく》は、飼い猫は言うまでもなく、土でできた猫の置物を見ても仇怨《きゅうえん》がこみ上げた。未だ喪《も》が明けないかのようだった。大角《だいかく》に染み込んだ孝の呪縛《じゅばく》が解ける日は訪れそうになかった。

七章　転生姫

1 悪女

二犬士の恨みを逃れた籠山逸東太《こみやまいっとうた》縁連《よりつら》は、縛り上げた船虫《ふなむし》を駕籠《かご》に乗せ、主従わずか三、四人で白井城へ急いだ。信濃《しなの》国沓掛《くつかけ》の宿駅で泊まった夜、事件は起きた。尾江内《おえない》、墓内《はかない》を現八《げんはち》に討たれ、徹夜で監視するには人員不足だった。縁連《よりつら》は自室の柱に船虫《ふなむし》を縛りつけて眠るようにしていた。沓掛《くつかけ》は山の中腹で、牝《めす》を恋う牡鹿《おじか》の声や軒端《のきば》に吹きつける晩秋の風が、旅寝の情けなさをかき立てた。縁連《よりつら》のはらわたにも響いた。

次の間に枕を並べた従者たちのいびきと歯ぎしりのせいで眠れず、縁連《よりつら》は何度も寝返りを打った。やがて、枕元の柱に繋《つな》いだ船虫《ふなむし》が、哀しげな声で語りかけてくる。

「なあ、籠山《こみやま》殿。木天蓼《またたび》の短刀が失せたのも、鞘《さや》を砕いて薬にしたのも、偽一角《にせいっかく》の仕業で、私が勧めたことではありませんのに、あなたはあなたの罪を逃れるためだけに、私をこんなふうに縛りつけ、はるばる白井へ曳《ひ》いてゆかれる。あまりに無情ではございませんか。ですが、鬼々《おにおに》しいあなたのことを、私は憎いと思うだけではないのです。私の罪は幸せになれなかったことでしょうね。妖怪変化《へんげ》とは知らずに一角《いっかく》の妻になりましたが、本当の意味で枕を交わした夜はございませんでした。老人の慰みものにされるだけだと、ずっと辛抱していたのです。そんな男と同じ生首にされたなら、私は恨めしうて祟《たた》るでしょう。前世でどんな悪さをして、あなたと仇《かたき》どうしになったのか分かりませんけど、あなたの面影は、私が武蔵《むさし》にいた頃の幼馴染《おさななじみ》で、仲睦《むつ》まじかった夫とよく似ています。元の夫が世を去った後、あちらこちらを流浪しましたが、あの人を思い出さない日はありませんでした。ああ、見れば見るほどよう似ていなさる。あなたにお願いしたいことがあります。引き受けてくださいませんか」

逸東太《いっとうた》は苛立《いらだ》って顔を上げ、「黙らんか、古狐《ふるぎつね》。さっきから、なにを言うているのか。俺の顔が元の夫に似ていようと知ったことではないわ」

「竹木《ちくぼく》のようなお人ですね。私の願いは他愛ないことです。この道中、いつかよい日を選んで、あなたを密かに夫と呼ばせてもらえれば、私は亡き夫に会えたように思うでしょう。刃《やいば》の錆《さび》になろうとも、夫のために捨てる命と思えば恨みもない。もしもあなたと打ち解けて、一夜《ひとよ》だけでも本当の夫として私を慰めてくれたなら、喜びのまま成仏できましょう。願いを聞いてはくださいませんか」

牡鹿《おじか》の鳴き声、晩秋の風が、壁ひとつ隔てて漂う真夜中の宿だった。船虫《ふなむし》は声をひそめてかき口説《くど》いたと思えば、いまは泣き沈んでいる。縁連《よりつら》は動揺した。

船虫《ふなむし》は四十歳に近い。花も衰えを見せ、ことさら見栄えがよいのではない。さりとて捨てたものではなかった。女だ。長尾家に仕えてから縁連《よりつら》は妻を三人娶《めと》ったが、いずれも一年、半年と添わぬうちに死に別れた。子供もなかった。去年から男やもめで、人恋しい夜が続いた。この女を一夜《ひとよ》の慰めにしてなにが悪かろう。飯盛り女と違うて病気も持たないようだし、道中だけの妾《めかけ》にしようと処刑されれば露見しない。

縁連《よりつら》はしきりにうなずき、うなずくごとに心が落ち着いた。「船虫《ふなむし》よ、お前の願いなど聞く義理はないが、少しは同情せんこともない。よってしばし縄を解き、今夜一晩の夫になってやろう。従者には隠さねばならんから、夜明け前にはまた縛って曳《ひ》いてゆくぞ。主君に報告した後、命がどうなるかは運任せだ。まずはこのことをよく心得よ。後で異論を言い出せば、どうなっても知らんぞ。分かったか」

船虫《ふなむし》は涙を浮かべ、「これほど嬉しいことはありません。一夜《ひとよ》の情けに与《あずか》れたなら、また縛られてどこまで曳《ひ》かれようとも恨みはしません」

縁連《よりつら》は立ち上がり、船虫《ふなむし》の縄を解いた。痕《あと》が残った箇所を撫《な》で、そのまままさぐるように女体を撫《な》で回す。手を取って寝床へ誘《いざな》う。船虫《ふなむし》も笑みを浮かべてもたれかかってくる。縁連《よりつら》は魂が飛んだ心地がした。胸が激しく波打つのに、なんでもない顔を装って息を吐く。

「おい船虫《ふなむし》、腹は減ってないか。昼餉《ひるげ》の余りがあるぞ。吸筒《すいづつ》には酒もある。まず一口呑んでからにしようか」

縁連《よりつら》は弁当箱と吸筒《すいづつ》を引き寄せ、仮の夫婦の三三九度だと戯《たわむ》れて盃《さかずき》を回した。煮〆《にしめ》を肴《さかな》に冷酒をあるだけ呑み尽くした。それから酔いに身を任せ、船虫《ふなむし》を布団に引きずりこんだ。数時がすぎた頃、快く疲れ果てた縁連《よりつら》は、前後不覚のまま眠りに落ちた。

――夜が明ける。

烏《からす》の声で目を覚ました縁連《よりつら》は、夢うつつに左右を見た。枕を並べて寝ていた船虫《ふなむし》がいない。飛び起きて厠《かわや》や浴室まで探したが、どこにも船虫《ふなむし》はいなかった。

「者共、起きろ！」と怒声を張り上げ、隣室で寝ていた従者を叩き起こした。「船虫《ふなむし》が夜のうちに縄を抜けて逃げ失せたぞ」

従者たちは驚き、騒ぎだした。「あの縄を抜けられたとなれば、化猫にも優る妖術使いではございませんか」

縁連《よりつら》は恥じつつも従者の疑念を捨て置いた。急に、失せたものはないかと不安になった。衣を振るい、荷をすべて開いた。まさかとは思ったが、木天蓼《またたび》の短刀と主君から賜《たまわ》った路銀三十金がなかった。船虫《ふなむし》に盗まれたのだ。

「追いかけよ！」

主従は手分けして一日中探し回ったが、罪人の行方《ゆくえ》は知れなかった。宿へ戻った縁連《よりつら》は、飯も食わず頭を抱えた。たとえ船虫《ふなむし》に逃げられても、短刀さえ残っていれば言い訳のしようもあった。それさえ奪われては、白井へ帰れない。思えば、千葉介《ちばのすけ》家の名笛、名刀を盗まれたときと同じ失態だった。

……長尾勢に白井城を落とされた管領《かんれい》家扇谷《おうぎがやつ》定正《さだまさ》が、近ごろ、武蔵五十子《むさしいさらこ》の城にいると聞いた。数度の敗戦を経て、長尾景春《かげはる》への恨みは骨髄《こつずい》に徹するともいう。定正《さだまさ》殿に投降し、白井攻めの手管《てくだ》を明かして道案内を申し出れば、長尾家に長く仕えた経歴を評価され、重用されるのではないか。扇谷《おうぎがやつ》家への仕官は、昔仕えた千葉自胤《よりたね》と長く同盟していた大名だからと遠慮してきたが、いま千葉家は古河公方成氏《くぼうしげうじ》に近づき、管領家と仲悪しくなったとも聞く。もはや後ろめたさはない。なにより、扇谷《おうぎがやつ》家以上に高禄を得るよすがはないだろう。

縁連《よりつら》は決断し、従者たちに長尾家から出奔《しゅっぽん》すると告げた。わずかな従者を引き連れて武蔵五十子《むさしいさらこ》城へ赴き、「籠山逸東太《こみやまいっとうた》、主長尾景春《かげはる》への恨みから降参いたす」と伝え、入城を許された。むろん定正《さだまさ》も初めは疑い、執拗《しつよう》な尋問が行われた。縁連《よりつら》は言葉巧みに受け答え、やがて定正《さだまさ》直々《じきじき》に留まるように命じられた。まもなく重用され始めた。

2 浜路《はまじ》

甲斐《かい》国は山に囲まれている。すなわち、峡《かい》の国だ。遥か昔、人々は山峡に村を作って住み着いた。たとえば巨摩《こま》郡富野《とみの》、穴山《あなやま》両村は、西の白峰《しらみね》、鳳凰《ほうおう》山、地蔵嶽《じぞうがたけ》、薬師嶽《やくしがたけ》、西北の駒ヶ岳《こまがたけ》、八ヶ岳《やつがたけ》、北の金峰山《きんぷせん》に囲まれていた。山の麓《ふもと》には富士川が流れている。中流を河鹿《かじか》川といい、上流を釜無《かまなし》川という。近隣に人里もまれで、その麓道《ふもとみち》は樵《きこり》や猟師でなければ行き来しなかった。

文明十三年（一四八一）十月下旬、黄昏《たそがれ》――。

犬塚信乃戍孝《いぬづかしのもりたか》は富野《とみの》、穴山《あなやま》の間を、冬枯れのススキをかき分けながら歩いていた。山《さん》麓《ろく》に銃声が響いた瞬間、信乃《しの》はススキ野にばたりと倒れた。

左脇を撃たれた――が、幸い体には当たらず、弾は袖《そで》のぬい目を抜けたようだった。信乃《しの》は仰向《あおむ》けになり動かない。撃った相手を確認すべく、敵が近づくまで死んだふりを続ける。

まもなく、武士がススキをかき分けながら近寄ってきた。年齢は四十歳ほど。眼はつぶらで浅黒い肌をし、青髭《あおひげ》が顎《あご》を覆っていた。背は高い。狩装束に行縢《むかばき》、赤銅《しゃくどう》造りの両刀を横たえ、鉄炮《てっぽう》を握っていた。もうひとりは、獲った兎を引っさげている従者だ。間近まできて、武士は肝《きも》を冷やしたようだった。追いついた従者も唖然《あぜん》としたが、こちらは付近を警戒し始めた。爪先立ちしてスキの向こうを遠見している。

武士がうろたえ気味に囁《ささや》いた。「牡鹿《おじか》を狙うたのだ。撃ち留めたと思うたのに、鹿でなく旅人を殺した。年若そうだが、どうしようもない。両刀を帯びているぞ。まさか親類を訪ねてきた武士ではなかろうな。おい、どうすればよい」

問われた従者が目を凝らして信乃《しの》を見つめた。声をひそめ、「どなたかの親族だとしたら、旦那様は仇《かたき》です。難しいことになりますな。しかし、折よく辺りに人もいない。いまのうちに帰りましょう」

ふたりは知らぬ顔をして立ち去ることにした。が、急に主人が立ち止まり振り向く。

「おい、媼内《おばない》。見たであろう。あの旅人の両刀、刃《やいば》の鋭《と》き鈍《にぶ》きは分からぬが、金銀をちりばめた拵《こしら》えで、鮫《さめ》も値打ち物だった。着物も粗末ではなさそうだし、路銀を多く持っているんじゃないか。毒を食らわば皿を舐《ねぶ》れ、人を殺さば血を見るべし、だ。宝の山に分け入って手ぶらで帰るのは馬鹿らしい。死人に用なしの名刀を盗《と》らずに去れば、必ず後悔しよう。行って獲ってこい」

媼内《おばない》は嬉しそうに、「路銀は山分けにして僕《やつがれ》にもくださいますか」

「要《い》らぬ心配だ。早くしろ」

主従は急いで引き返した。人が来ないか確かめつつ、媼内《おばない》の手はもう信乃《しの》の刀に掛かっていた。抜き取ろうと力を入れたその腕を信乃《しの》がつかみ、ぐいと引き寄せ、投げ飛ばした。虚を突かれた媼内《おばない》は、もんどりうって三間《けん》先の切り株に肋《あばら》を打ち付けた。

武士はひとかたならず驚愕《きょうがく》し、手にした鉄炮《てっぽう》を上段に構えて打ち倒さんと襲ってきたが、信乃《しの》はその足を蹴飛《けと》ばし、さらに脇腹に蹴りをくれた。相手は苦しげに呻《うめ》いて鉄炮《てっぽう》を取り落とす。二、三歩後じさりながら刀を抜こうとした。信乃《しの》は素早く鉄炮《てっぽう》を拾った。真っ向から斬りかかってくるのを、その鉄炮《てっぽう》で払いのけ、六、七合も打ち合ううち、媼《おば》内《ない》がようやく身を起こした。半ば錆《さ》びた脇差を抜き、信乃《しの》の背後から近づいてくる。突然、信乃《しの》は動きを速めて武士の刀を打ち落とし、振り返るや、媼内《おばない》の刃《やいば》が振り下ろされるより先に肩先を拳《こぶし》で殴りつけた。媼内《おばない》が尻餅《しりもち》をついて平伏したとき、主人の武士が組みついてきたが間合いに入らせず、その肩先にも拳《こぶし》を叩きつけた。主人を支えて立ち上がろうとする媼内《おばない》を、信乃《しの》は鉄炮《てっぽう》で打ち据《す》えた。そこから先は一方的だった。武士の背を、肩先を、畳の埃《ほこり》でも払うようにして鉄炮《てっぽう》で何度も打ち据《す》えた。主従はもはや息絶え絶えに、「お許しくだされ」と、情けなく口々に叫んだ。

「相手も知らず悪心を起こすのは、眠った虎の髭《ひげ》を引く痴《し》れ者だ。汝《なんじ》ら、武士の主従であろう。見たところ、山賊ではなさそうだ。鹿と間違えて撃たれただけなら、命を落とそうと恨むまい。我が命運が拙《つたな》かったと嘆くのみだ。しかし、汝《なんじ》らの所業はそれだけではなかった。誤って殺したのを幸いに、俺の路銀を値踏みし、刀まで盗もうとした。これは立派な追い剥《は》ぎだ。汝《なんじ》らが国守の家来なら、この国の武士は恥知らずの盗人《ぬすっと》ばかりか。武士たる者の懲《こ》らしめのために、この場で打ち殺す。覚悟しろ」

信乃《しの》が鉄炮《てっぽう》を振り上げたとき、

「しばし、御旅人《ごりょじん》。しばしお待ちくだされ！」

そう叫んで、老人が駆け寄ってきた。五十歳ほどの男で、裾短《すそみじか》な袴《はかま》を穿《は》き、腰に短刀を差していた。木陰から様子をうかがっていたのか、慌てて飛び出すと信乃《しの》の袂《たもと》にすがりつき、「わしは当国、猿石《さるいし》の村長《むらおさ》で、四六城木工作《よろぎむくさく》という者です。ここらは先祖伝来の山林でして、毎日、杣人《そまびと》を遣わして伐採させるのを生業《なりわい》としています。山から帰るところで不意に行き合わせ、事情はわずかながら聞こえました。あなたのお腹立ちはもっともですが、この方々はわしもよく知る主従です。どうか許してやってくださいませんか。お願いいたします」

武士主従は傷めた手足をさすりながら、面目《めんぼく》なげにひざまずいた。「木工作《むくさく》、よう来てくれた。悪心などあろうはずはない。従者の媼内《おばない》めが出来心から刀に手をかけた罰として、このように打たれれた。これで勘弁願い、穏便に済ましてもらいたい」

「主人の言う通りです。これだけ酷《ひど》く打ち据《す》えられたのは、すべて僕《やつがれ》が悪かったからです。もう手向《たむ》かいはいたしません。切に切に謝らせてくださいませ」媼内《おばない》は両手を合わせ、拝むようにして頼んだ。

木工作《むくさく》が信乃《しの》へ向き直り、「いかがでござろう。お聞きの通り罪を悔い、降伏しています。ここは某《それがし》に預けてはくださいませんか。ご容赦を願います」

信乃《しの》も怒りが冷め、鉄炮《てっぽう》を投げ捨てた。「許すべきではなかろうが、これほど命乞いする者を打ち据《す》えては武士の恥だ。村長《むらおさ》殿の顔に免じて、某《それがし》はこのまま立ち去ろう」

「物の数にも入らぬ某《それがし》の言を聞いていただき、まことかたじけのうござる。もうすぐ日も暮れます。この鉄炮《てっぽう》は某《それがし》が預かるとしまして、主従のほうを先に退《しりぞ》かせれば仕返しを疑わずとも済みましょう。なあ泡雪《あわゆき》殿、名も知らぬ人との行きずりの諍《いさか》いに、遺恨などはござるまい。鉄炮《てっぽう》を置いて早々にお帰りなさいませ」

武士主従は刃《やいば》を納めて立ち上がった。武士は仏頂面で、「和睦《わぼく》が整うたのに、どうして遺恨があろうか。それで疑いが晴れるのなら鉄炮《てっぽう》は置いていく。くれぐれも今日のことは内密に願いたい。謝罪になにか贈りたいが、持ち合わせがない。媼内《おばない》、兎を贈れ」

従者は四足をくくった兎を両手に捧げて差し出したが、木工作《むくさく》が即座に頭《かぶり》を振った。

「それはゆえなき賜物《たまもの》です。謝罪とは言え、国守にお仕えなさる武士からは、紙一枚も受け取りなさるまい。まして少ない獲物ではありませんか。そのまま持ち帰りなされ」

武士は譲らず、「考えすぎだ。今日は休日の狩りであり、お役目ではない。受け取ってもらわねば、後日、面《おもて》を上げられまい。今宵の肴《さかな》にされよ」と、しつこく勧める。木《む》工作《くさく》は信乃《しの》の顔をうかがい、兎を受け取ると鉄炮《てっぽう》に引っかけて担いだ。武士はうやうやしく別れを告げると、躑躅《つつじ》ヶ崎《さき》のほうへ帰っていった。

彼らを見送った後、信乃《しの》も寒風すさぶ裾野《すその》から去ろうとしたが、木《む》工作《くさく》が引き止めた。

「不躾《ぶしつけ》ではございますが、かの主従を打ち伏せた武芸、お見事でした。諸国を巡り歩いて武者修行をなさっているのでしょう。この国の武士も鍛錬《たんれん》には怠りないが、あなたほどの腕前はありますまい。もう日が暮れました。宿をお取りでないなら、我が家へおいでなされ。お名前をうかがってもよろしいかな」

熱心な語りように、信乃《しの》は思わず笑みを浮かべた。「ご親切、ありがとうございます。この国には知り合いもなく、頼もしいことです。某《それがし》は武蔵《むさし》浪人、犬塚信乃戍孝《いぬづかしのもりたか》と申す。生死をともにと誓った義兄弟五人とゆえあって別れて、すでに三年。どこかで会えるだろうと旅から旅に旅寝して、この地へ来たのも捜索のためです。定宿《じょうやど》もありませんから、今宵の宿を願えるならありがたい。――さっきの武士も武田殿の御家来でしょうか。なんという人だろう」

「ご賢察の通り、かの人は泡雪《あわゆき》奈《な》四郎《しろう》秋実《あきざね》といい、山林管理がお役目です。殺生を好み、暇さえあれば山で狩りをしていますな。我が家に泊めることもあります。それで喧嘩《けんか》を見過ごせず、はばかりながら間に入ってしまいました。彼のためだけでなく、村のためにも殺伐とせぬのは幸いです。夜が更《ふ》ける前にご案内したい。こちらへ参られよ」

まもなく初更《しょこう》（午後八時）という頃、猿石《さるいし》村の村長《むらおさ》屋敷に着いた。木工作《むくさく》は妻に事情を話し、使用人に居室を用意させた。その小座敷へ夜食を出した。湯浴《ゆあ》みもさせた。信《し》乃《の》はもてなしに感謝した。寝床は疲れを癒《いや》せる心地よさだった。明日は早くに発《た》とうと心構えをして眠りに就いた。この夜、初雪が降った。

　明け方になっても雪はやまず、山も里も真っ白になった。一面の銀世界を眺め、信乃《しの》は進退を決めかねた。朝飯を済ませた頃に木工作《むくさく》が小座敷を訪れ、

「今年は閏月《うるうづき》が夏でしたから、暦は十月末でも季節は十一月半ばすぎなんですな。雪が降るのも早うてこのありさま。急ぐ旅でなければ、しばらく当家に滞在なさいませ。悪天候では山仕事もできず、某《それがし》もやることがない。話し相手には不足かもしれませんが、退屈はさせません。ゆっくりしていきなされ」

信乃《しの》は好意に甘えることにした。木工作《むくさく》も喜んで、昨日泡雪奈四郎《あわゆきなしろう》から贈られた兎を調理して酒とともに勧め、終日ふたりで語らい暮らした。その後も日和はよくならず、曇ったり強風だったりし、雪も降った。信乃《しの》はそのたびに引き止められ、気づけば長逗留《ながとうりゅう》となった。

ほとんど屋敷に籠《こも》っていたので、家の内情が少しずつ分かってきた。木工作《むくさく》の女房は後妻で、名を夏引《なびき》といった。三十四、五歳で器量がよい。また、十六歳ほどの娘がひとりいる。信乃《しの》はまだ目《ま》の当たりにしていないが、間遠に眺めた彼女は、三月の桜のように雨を厭《いと》うて風を恨む、そんな風情があった。秋の夜の新月にも増して雲に覆われ、靄《もや》に消されるような嘆きが見え隠れするのだ。母に比べて目立たないが、いつも奥座敷でかき鳴らす筑紫琴《つくしごと》の調べはとても美しかった。名は、浜路《はまじ》といった。

「浜路《はまじ》、浜路《はまじ》」

と、彼女を呼ぶ声を障子越しに聞くたび、信乃《しの》は亡き妻を思い出した。田舎にはまれな娘を持っても、継母《ままはは》のつれなさだろうか、夏引《なびき》はしばしば彼女を叱り、懲《こ》らしめた。娘は一言も逆らわず、母の機嫌を取ろうと笑みを浮かべるのだ。

他人には知りようのない親子関係を、信乃《しの》は木工作《むくさく》に尋ねてみた。彼の前妻は麻苗《あさなえ》という人で、三年前に流行病《はやりやまい》で世を去った。もともと夏引《なびき》は乳母《うば》だったという。夫と死別した夏引《なびき》を、娘の乳母《うば》なら気心も知れ、外から娶《めと》るよりよいだろうと後妻に迎えた。村《むら》長《おさ》の妻となった夏引《なびき》は浜路《はまじ》を慈しみ、家のことも取り仕切ったから、木工作《むくさく》はなんでも任せるようになった。だが、一年余りも経つとだんだん傲慢《ごうまん》になり、衣装から髪飾りまで自分が身に着けるものばかり派手になり、浜路《はまじ》の面倒も見なくなった。

そして、木工作《むくさく》は知らないようだが、夏引《なびき》は山奉行《やまぶぎょう》の泡雪奈四郎《あわゆきなしろう》と密通していた。木《む》工作《くさく》が山小屋に泊まる夜、夏引《なびき》は母屋《おもや》に奈四郎《なしろう》を引き入れ、不倫しているのだ。奈四郎《なしろう》が役目や狩猟にかこつけて、たびたび四六城《よろぎ》の屋敷に宿泊したのも、密会が目的だった。浜路《はまじ》はそれを知っていた。浅ましい行いと思うが、母を諫《いさ》めることはできず、父にも告げられず、心苦しい思いをしてきた。やがて夏引《なびき》がそれに気づき、浜路《はまじ》を乱暴に扱いだした。そして娘を屋敷から追い出そうと、たびたび夫に提案した。

「浜路《はまじ》も年頃です。春から婿《むこ》を選んでいますが、相応《ふさわ》しい人がないようですね。だからと言って、家で遊ばせておくのはよくありません。躑躅《つつじ》ヶ崎《さき》の御館《おやかた》へ宮仕えに出してはどうですか。同年輩の娘たちの間で揉《も》まれるのは、あの娘《こ》のためになりましょう」

木工作《むくさく》は請け合わなかった。「宮仕えに出せば、いざ縁談がまとまりそうでも、年季明けまで暇《いとま》を乞《こ》えんだろう。失敗して暇《ひま》を出されることはあるかもしれんが、そんな不手際があれば、親が難儀する。余計なことはせず、いまのままにしておけ」

歯牙《しが》にもかけられず夏引《なびき》は苛立《いらだ》ったが、強いて勧めもできなかった。その頃、木工作《むくさく》が犬塚信乃《いぬづかしの》を連れてきたのだ。いつまでも滞在する余所者《よそもの》にいよいよ気が鬱《ふさ》いだ。夏引《なびき》はすぐカッとなり、なんでもないことで浜路《はまじ》を罵《ののし》った。それでも木工作が屋敷にいる間は、そんなそぶりを見せない。浜路《はまじ》に優しく、信乃《しの》にもまめやかに接する。木工作《むくさく》は妻の裏の顔を知らなかった。

太平記の欠本があると聞き、信乃《しの》は退屈を慰めるために借りた。冬は野良仕事もほとんどなく、使用人らも宵には寝床に入った。夜は静かだった。か細い明かりと向き合い、信乃は本を読んだ。太平記第四の巻、中納言藤房遁世《ちゅうなごんふじふさとんせい》の段で、藤房《ふじふさ》が髪を少し切り、かつて契《ちぎ》った左衛門局《さえもんのつぼね》という女房のもとへ、

黒髪の乱れん世までながらへば　是《これ》を今般《いまわ》の形見ともみよ

そう歌を添えて贈ると、女房はいたく泣き沈み、

書き置きし君が玉章《たまずさ》身にそえて　後の世までの像見《かたみ》とやせん

と詠んで川に身を沈めた。また第十一の巻、佐介左京亮貞俊《さかいさきょうのすけさだとし》の辞世の歌、

皆人の世にあるときは数ならで　憂きには漏れぬわが身なりけり

それを聞かされ、貞俊《さだとし》が着ていた小袖《こそで》と刀を贈られた妻は、

だれ見よと信を人の留めけん　堪《こた》えて有るべき命ならぬに
と詠んでその形見《かたみ》を抱き、後を追って亡くなった。また第二十一の巻、塩谷高貞《えんやたかさだ》が讒《ざん》言《げん》されて死ぬ段や、新田《にった》・楠木《くすのき》父子の忠義、また新田《にった》の四天王《してんのう》と呼ばれる勇臣たちの定かではない終わりなどを味読した。時に恵まれない忠臣、傲慢《ごうまん》にふるまう佞人《ねいじん》、夫婦の情態や朋友の信不信を、信乃《しの》は今日まで見てきた世の中と重ね合わせた。生き別れた五犬士の身の上も案じた。それから、名ばかりとは言え、妹にして妻だった浜路《はまじ》が死んだことが思い返され、急に涙がこみ上げて嗚咽《おえつ》が止《や》まなくなった。本に覆いかぶさる淋しげなその背中で、近づく足音を聞いた。信乃《しの》は慌てて振り向き、誰何《すいか》した。

「――浜路《はまじ》です」と、答えがあった。

夜陰に紛れていた少女が、障子の陰からするすると小座敷へ膝《ひざ》を進めてきた。

信乃《しの》は狼狽《ろうばい》した。こんな夜更《よふ》けに、よく知らない娘が訪ねてきたのだ。涙の跡を丹念にぬぐって向き直ると、「日頃からその名を聞きはしていた。あなたは主人の娘《むすめ》御《ご》だろう。なんの用があって、こんな夜更《よふ》けにひとりで参られたのか」

「いいえ」娘は小さく首を横に振り、「この身は主人の娘ですが、今宵は主人の娘ではありません。二世の契《ちぎ》りを交わした浜路《はまじ》のことを、あなたはお忘れになったのですか」

信乃《しの》は唖然《あぜん》とした。「それは……、あなたは、なにを言われているのだ。故郷の妻も

浜路《はまじ》といったが、身まかって三年になる。なぜ、そのようなことを言われるのか」

浜路《はまじ》は信乃《しの》の顔をじっと見つめ、「ことの起こりを知らなければ、そう思われても無理はありません。三年前の夏、私は左母二郎《さもじろう》の非道の刃《やいば》ではかなく息絶え、円塚《まるつか》の火定《かじょう》の穴に葬《ほうむ》られて骨さえ残りませんでした。でも、魂魄《こんぱく》だけはあなたの近くにまとわりつき、言いたいことは幾らもあったけれど、人とは道を違《たが》えた幽霊だから物も言えず、むなしい月日をすごしてきました。そこへきて、この家の娘が私と同じ名だといい、……名詮自性《みょうせんじしょう》……、あなたとは月下に再び結ばれる宿因がありましたので、いまは身を借りてお話ししています。あなたは私のために生涯妻を娶《めと》らぬとお誓いになられました。お心延《こころば》えはありがたくて嬉しいことですが、本当に私を忘れずにおいでなら、この乙女を今後は浜路《はまじ》と思われ、深い縁を結んでやってください。もしもこの婚姻で禍《わざわい》が降りかかろうとも、いずれは福《さいわい》の花が咲きます。今度は故郷でそうしたようにご出立《しゅったつ》を急がれず、しばらくこのお屋敷に逗留《とうりゅう》なさってください」

その言葉使いが、いや、顔つきまでが、どことなく亡き妻に似てきたように感じた。さっきまで微塵《みじん》もそうは思わなかったのに、信乃《しの》はこの不思議を自然に受け入れている自分に少し驚いた。

「幽世《かくりよ》のこと、鬼神のことは凡俗には測りがたいが、ともかく男女が夜中に密会していては、あらぬ疑いを招くだろう。かねてからの想いを告げるためでも、だ。まして人の娘に濡《ぬ》れ衣《ぎぬ》を着せる真似《まね》は仁義にもとるのではないか。このために主人夫婦に恨まれれば、言い訳のしようもないぞ。早く立ち去れ」

浜路《はまじ》は短く息を吐き、笑うような調子で、「あなた、お変わりありませんね」そう言ったが、顔を上げたときにはボロボロ涙をこぼしていた。「どうしてそんなに厭《いと》われますか。いっしょにすごせる夜は、きっとこれきりです。せっかく物言う機会を得られたのに、あなたの態度は残酷です。霊玉《れいぎょく》に守られたあなたに近づくのを恐れながら、私は言いたいことを言いにきました。つれない捨て言葉はやめてください。夜明けを告げる鐘の音のほうが、まだ情け深いでしょう」

そのとき、次の間との襖《ふすま》が音を立てて開いた。「ここでなにをしているのだ、淫奔者《いんぽん》め。だれか、起きてこい！」と金切り声を上げるのは、継母の夏引《なびき》だった。

あ、と驚く浜路《はまじ》を背後に庇《かば》い、信乃《しの》は動揺を押し殺して答えた。「ご内儀《ないぎ》、不用意なことを言うてくださいますな。娘御《むすめご》が訪れたのは不義のためではありません。某《それがし》に用があったのです」

「なにを宣《のたま》う。論より証拠ではないか。親の寝息をうかがうて夜這《よば》いにきた娘を引き入れておいて、そんな言い訳が立つと思うか。だれぞ、早く起きてこんか！」

どこかで、応、と声がし、ふんどし一丁の出来介《できすけ》が麺棒《めんぼう》を掲げて駈け込んできた。出《で》来介《きすけ》は使用人で、ずっと浜路《はまじ》に恋い焦がれてきた。叶わぬ恋の仕返しに、胸の炎をたぎらせて前に出たとき、冷えきれぬ火鉢に足をぶつけてつまずいた。床に落ちた炭団《たどん》の切り口は、丸く収まってはいない。出来介《できすけ》が棒を振り上げた。

「客人よ、余所《よそ》の家でずいぶんよいことをされたようだな。箱入り娘を傷物にして、だれがあんたの話を聞くものか。唐棹《からざお》代わりに、こいつを食らわしてやる！」

「やめろ、出来介《できすけ》！　無礼であろうが」

今度は、制止の怒声が飛んだ。小座敷へ駈けつけた木工作《むくさく》の一喝《いっかつ》だった。

出来介《できすけ》は踏みとどまり、すごすごと夏引《なびき》の後ろへ退《しりぞ》いた。木工作《むくさく》は辺りを見回してから、夏引《なびき》を叱りつけた。「たとえ浜路《はまじ》のことであれ、夜更《よふ》けに騒ぎ立てて出来介《できすけ》を起こすようなことか。わきまえよ！」

「なにを言われますか」夏引《なびき》は夫をにらみ返し、「こうなると、ずっと申してきたでしょう。早く国守に願い出て浜路《はまじ》を宮仕えに出してくだされ。もう子供ではないのです。屋敷で遊ばせて、なにか起きてからでは遅すぎると何度もお諫《いさ》めしましたのに、あなたがお聞きにならないから、今夜のことが起きたのです。悔《くや》しうは思われませんか」

夏引《なびき》は息巻き、畳を叩いた。木《む》工《く》作《さく》は呆《あき》れたように頭《かぶり》を振り、「はしたない真似《まね》はよせ。そもそも犬塚《いぬづか》殿は人の娘をどうにかなさろうとする人ではない。話はわしが聞くから黙っていろ」念入りに制し、今度は娘へ向き直った。「浜路《はまじ》よ、お前はなんの用があってここへきたのだ。隠さずに言うてみろ。どうしたのだ？」

浜路《はまじ》は顔を上げ、ぼんやりと周りをうかがった。それから怯《おび》えたように身をすくめ、

「分かりません。どうしてここへ来たのか、思いつきません。宵から寝床に入って熟睡していたのです。それで、たぶん夢のなかで、美しい乙女が枕元に立って私を呼んで、――今宵、御身《おんみ》には面倒をかけるが、犬塚《いぬづか》殿に伝えてほしいことがある。さあ、こなたへ来なさい、と先に立って案内されたように思うたのですが、その後は覚えていません。いま目が覚めたような気分で、我が身になにが起きたのか分かりません」

信乃《しの》が膝《ひざ》を打った。「なるほど、それで合点がいった。主人ご夫婦、聞いてくだされ。某《それがし》、故郷にいた頃に許嫁《いいなずけ》がいました。名を、浜路《はまじ》といいます。ある日、彼女に焦がれた悪人に誘拐されましたが、その男には従わず、貞節を尽くして死にました。その浜路《はまじ》が、同名にして年齢が近い息女の身を借りて、今宵、某《それがし》に話をすべく密かに訪れたのです。亡き魂の仕業だったと知ってもなお、奇なることとです」

出来介《できすけ》が腹を抱え、伏したり仰いだりして笑った。「なんだ、それは。でっち上げもはなはだしいぞ。死霊に罪をなすりつけて言い逃れる気か。だれが納得するか。奥様、

いまの話に感心なさいましたか」

「だれも知らない故郷を持ち出し、許嫁《いいなずけ》の幽霊がやったのだと言われ、信じられるはずがない。それとも、ここに幽霊がいた証拠でもあるのか」

夏引《なびき》が口汚く罵《ののし》りだす前に、木工作《むくさく》が制した。「出来介《できすけ》、なんのつもりだ。詮索《せんさく》など頼んでないぞ。余計な口を叩くなら、さっさと部屋へ戻って寝ろ。夏引《なびき》も大人気ない。使用人の差出口に相槌《あいづち》など打つな。まったく女子《おなご》と小人《しょうじん》は育てにくい」大げさに嘆息《たんそく》すると、改めて信乃《しの》と向かい合った。「犬塚《いぬづか》殿には当家が愚かに見えるだろう。あれらはとやかく言うが、わしはあなたを疑うてはいない。いまの話は喜ばしくさえある。我が娘とあなたの亡き妻が同名の縁で結ばれ、しばらく娘の身を借りて物を言われた。その一奇談、これこそ我々父娘にとっての幸いであろう。少し、わしらの身の上話を聞いてくだされ」

木工作は心を落ち着けるように軽く咳払いをし、語り始めた。

「わしは、元は信濃《しなの》の住人で、蓼科太郎市《たでしなたろいち》と呼ばれた者の独り子だった。親の太郎市《たろいち》は、井丹三直秀《いのたんぞうなおひで》様に仕えていた。直秀《なおひで》様は春王《はるおう》、安王《やすおう》両御曹司《おんぞうし》にお味方されて結城《ゆうき》の城に籠《こ》もられ、嘉吉《かきつ》元年四月、落城の日に討ち死になされた。このとき蓼科太郎市《たでしなたろいち》も深手を負ったが、からくも信濃《しなの》まで帰り着き、直秀《なおひで》様のご家族に討死《うちじに》の報告を行った後、腹掻《か》き切って黄泉路《よみじ》のお供をつかまつったという。わしはまだ子供で、病気がちだった母が翌春に世を去ると、結城《ゆうき》残党が里人から目の敵《かたき》にされたこともあって、故郷では暮らせなくなった。そこで甲斐《かい》にいた母方の伯父のもとに身を寄せたのだ。伯父夫婦には男子がなく、娘がひとりあり、名を麻苗《あさなえ》といった。わしは年を経てその娘と結婚し、婿《むこ》養子となった。やがて養父母は世を去り、村長《むらおさ》の職も受け継いだ。相伝の山林があり、金持ちとは言わぬが貧しくもなかった。若い頃から殺生を好み、暇があれば狩りを行うて鳥や獣の命を獲った。四十歳近くまで子供ができず、麻苗《あさなえ》はそれを嘆いて、殺生の報いだ、子孫の繁栄を望むなら狩りをやめなされと諫《いさ》めるのを、わしは真剣に聞かずにいた。そんなある日のことだった。黒駒《くろこま》のほとり、中山の山間で巨大な鷲を撃ったのだ。そこから一町あまり下った辺りで、赤子の泣き声がする。慌てて近づいてみると、二、三歳ほどの赤子が老いた榎《えのき》の又に挟まれ、嗄《しゃが》れんばかりに泣き叫んでいた。深山《みやま》の樹上に赤子がいるはずはない。きっと鳥にさらわれて、一旦そこに置かれたのだろう。さっき撃ち落とした大鷲が、あの子をさらってきたのだ。放ってはおけず樹に登り、抱き下ろしてよく見ると、あどけない女の子だった。身分ある人の息女なのか、七宝《しっぽう》を摺箔《すりはく》にし、笹《ささ》竜胆《りんどう》の紋《もん》が付いた袖《そで》の長い袿《うちき》を着、下には緋《ひ》の襲《かさね》。しかし、どこの子か訊いても赤子は泣くばかりで分からない。その子を懐《ふところ》に抱き、撃ちとめた鷲は羽だけを抜き取って屋敷へ帰った。麻苗《あさなえ》に事情を告げると驚くとともに大いに喜び、天が我々夫婦に授けたもうたお子です、もう殺生はやめてくだされ、と涙ながらに訴えた。わしもようやく悟り、その後、狩りに出たことはない。女の子には乳母《うば》をつけ、愛し慈しんで養うた。名前を知る由もないので餌漏《えもり》と名付けた。しかし、その名で呼んでも顔をそむけて返事しない。気に入らないのかと思うて、しばしば名を変えて呼んでみるが、どれにも返事しない。そんな折、村から一里ほど東に浜路《はまじ》という六斎《ろくさい》の市場があるのだが、使用人たちが、明日は浜路《はまじ》へ行く、浜路《はまじ》で買うのは、などと話していると、その度に娘が振り返って笑って返事をするのだ。さては、それが元の名かと思い当たり、このときから浜路《はまじ》と呼ぶようになった。六、七歳の頃から手習いや針仕事はもとより、書を読ませたし、管弦も師を招いて学ばせた。麻苗《あさなえ》は三年前に身まかり、浜路《はまじ》の乳母《うば》を後妻に迎えた。それが、ここにいる夏引《なびき》だ。そろそろ浜路《はまじ》にもよい婿《むこ》をと、この春頃から探していたところ、思いがけない縁であなたを屋敷にお泊めすることになった。その器量、人柄、立ち振る舞い、なにより武芸に優れておいでなのを見、わしはあなたに浜路《はまじ》の婿《むこ》になってもらいたいと願うている。婿《むこ》養子として迎えたなら、国守へ推薦して仕官の便宜《べんぎ》も計らいたい。きっと出世なさりましょう。これは、娘にも妻にもまだ告げ知らせてはいないこと、いま初めて明らかにした。あなたがお発《た》ちにならないように引き止め、一日一日とすぎるうちに、今夜の不思議な一事が起きた。あなたの亡き妻と我が娘が同じ名で、亡き魂が娘の身を借りて物言われたというのなら、亡き人と娘の間にも縁があったのでしょう。この婚姻を引き受けてくださらんか。この世での我が望みは、もうそれひとつです」

3 婚姻の禍《わざわい》

冬の空が白み始めた。

話を聞き終えると、信乃《しの》は木工作《むくさく》に言った。「一樹の陰も一河の流れも縁がなければ寓《よ》りがたい、といいます。宿のご主人とのみ思うていたが、井丹三直秀《いのたんぞうなおひで》に仕えた蓼科太郎市《たでしなたろいち》という人の子だとは驚きました。包まずお話ししますが、我が母は手束《たつか》といい、直秀《なおひで》の娘なのです。大塚匠作三戌《しょうさくみつもり》と井直秀《いのなおひで》殿はともに結城《ゆうき》で籠城《ろうじょう》し、その折、子供どうしを結婚させる約束をなさった。匠作《しょうさく》、直秀《なおひで》ともに討死《うちじに》したが、匠作《しょうさく》の子犬塚番作《いぬづかばんさく》が直秀《なおひで》の娘と巡り合うて夫婦となり、某《それがし》ができました。直秀討死《なおひでうちじに》の報を故郷の手束《たつか》たちに伝えた忠臣のこと、直後の自殺のことも、幼い頃両親の夜話で聞きましたのに、名前を覚えていなかった。あなたのお話で詳しく知ることができました。不思議な因縁です」

木工作《むくさく》こそ驚き、それ以上に喜んだ。「思わぬ因縁です。父の主君直秀《なおひで》様のお孫様でしたら、わしの主筋《しゅうすじ》ではございませんか」

夏引《なびき》は面白くなさそうな顔でなにも言わず、出来介《できすけ》と目を合わせてため息を吐いた。

そんな養母とは打って変わり、浜路《はまじ》は唐突に明かされた出生《しゅっしょう》の秘密に動揺していた。本当の親が分からない心細さと、恩ある養父を傷つけたくない遠慮とで、自分がなにを欲すかも分からないまま静かに涙をこぼした。

浜路《はまじ》が目元口元を袖《そで》で押さえ、それでも気丈にふるまおうとするのを信乃《しの》は横目で見た。彼女の寄る辺なさを察し、しばし考え込んだ。やがて威儀を整えて木工作《むくさく》へ向き、

「四六城《よろぎ》の小父《おじ》、親には劣る信乃《しの》ですが、あなたが願われた娘御《むすめご》との婚姻の件、拒みはしません。ただ先にも言うた通り、いまは義兄弟の行方《ゆくえ》が知れない。生死をともにと誓った人らに会わぬまま、妻を娶《めと》ったり仕官したりしては、義理を欠くことになります。彼らを見つけるまで猶予《ゆうよ》をいただきたいのです」

「仰せの向きは分かるが……」木工作《むくさく》は渋い顔つきで、「その友達を探すのに、どれほどの日数がかかりましょうか。いつお戻りになられますか。わしは今年、五十です。余命はそう長くもなく、いつまでも待つことはできません。先に婚姻を済ませ、それから探しに出られても遅くないのではありませんか」

「いや、これだけは譲れません。婚姻を嫌っているのではありません。いましがた、亡き妻の言葉を聞いたばかりでもありますし、さらに深い縁があると知れば、娘御《むすめご》を娶《めと》ることに否《いな》やはありません。しかし、いますぐはできないのです。これは兄弟たちとの約

束です。一度口にしたことは、一言隻句《いちげんせきく》の心変わりも許されない。聞いてもらえなければ、袖《そで》を振り払うて立ち去らねばなりません。どうか、無理強《じ》いをなさいますな」

木工作《むくさく》は沈思した。しばらくして顔を上げ、「そこまで仰せなら時機を待つ他ありませんな。ひとつお願いがあります。今年は雪が多く、旅するには難儀でしょう。春までは当家に逗留《とうりゅう》なさり、気候が穏やかになってから出発してください。寒い冬はだれしも家に籠《こも》りますから、人探しにも向きますまい。こればかりはお聞きください」

信乃《しの》は微笑を浮かべる。「尋ね人とは二年この方会えずにいますから、五十日ほど遅れるのはなんでもありません。ご好意に甘え、いましばらくお世話になります」

「めでたい夜になった。おい、夏引《なびき》も出来介《できすけ》も詫びを入れろ。犬塚《いぬづか》殿は我らの主筋《しゅうすじ》なのだ。行きずりの客ではない。無礼をすれば、次はわしが許さんぞ。早く詫びんか！」

木工作《むくさく》に急かされ、夏引《なびき》が形ばかり膝《ひざ》を進めた。「そのようなお方と思いもせず、つい我を忘れてしまいました。水に流してお忘れください。もてなしの行き届かぬこともありましょうが、いつまでも逗留《とうりゅう》なさってくだされ」

出来介《できすけ》も仰々《ぎょうぎょう》しく、「申し訳ございませんでしたな、お客様。出る幕でもないのに呼び起こされ、結局、今夜は寝れずじまいでした。明日は眠うてたまらんでしょうな。忠義立てなどするものではない。げに使用人はきつうござる。ごめんごめん」と身を縮こめ、半裸を隠すようにして額《ぬか》ずいた。だれかれとなくどっと笑った。

信乃《しの》も笑いを咳払いでごまかし、お気になさるな、とふたりに言う。木工作《むくさく》が改めて浜路《はまじ》を引き合わせて談笑するうち、明け六つの鐘が鳴りだした。それを合図に、それぞれ寝床へ退《しりぞ》いた。


期せずして結婚の約束を取り付けられたが、木工作《むくさく》はまだ心配だった。

……犬塚《いぬづか》殿を屋敷に引き留めておくには、国守に願い出て御家臣にしてしまうのが最もよい。しかし、わしは御家中《かちゅう》に伝手《つて》もなく、そもそも村長風情《むらおさふぜい》が申し出る事柄でもない。やはり頼るべきは泡雪奈四郎《あわゆきなしろう》だろう。若い頃の狩り友達で、いまも親しくしている。だが奈四郎《なしろう》は、以前、犬塚《いぬづか》殿にこっぴどく打ち負かされたことを根に持っていないともかぎらない。犬塚《いぬづか》殿も交えた宴席を設け、仲直りさせておくのが先決か。犬塚《いぬづか》殿と親しくなれば、奈四郎《なしろう》も快く聞いてくれるだろう。よしよし、これに勝る近道はないぞ。

木工作《むくさく》は夏引《なびき》にも意見を求めた。信乃《しの》と奈四郎《なしろう》に諍《いさか》いがあったことも説明すると、

「よい試みでございます」と、夏引《なびき》は喜色満面で答える。しかし、腹の中は正反対だった。浜路《はまじ》が犬塚《いぬづか》を婿《むこ》にし、その犬塚《いぬづか》が国守に召し抱えられれば、夏引《なびき》はどうなる？　まず確実なのは、奈四郎《なしろう》とは会い難くなろう。と言って、いま木工作《むくさく》に反対すれば、あら

ぬ疑いを抱かせるだけだ。しばらく様子を見るほかない。奈四郎《なしろう》を招くなら、密かに相談する機会があるだろう。そして奈四郎《なしろう》なら、なにか手立てを思いつくだろう。

「一日も早く、泡雪殿《あわゆき》を招きなされ」夏引《なびき》が急かすと、木工作《むくさく》はその気になった。

木工作は躑躅《つつじ》ヶ崎《さき》へ赴き、奈四郎《なしろう》を訪ねた。預かっていた鉄炮《てっぽう》を返しに行ったのだが、むろん本題は別にある。

「先日、穴山《あなやま》で一悶着《ひともんちゃく》あった旅人ですが、実は某《それがし》の主筋《しゅうすじ》でしてな。犬塚信乃戍孝《いぬづかしのもりたか》といわれる武蔵《むさし》の人です。いまも我が家に逗留《とうりゅう》なさっています。遺恨があるかもしれんが、かの人も長逗留《ながとうりゅう》なさっている。あなたとも親しく付き合うてほしいと願い、酒を用意しました。明日、未《ひつじ》の頃においでくださいませ」

奈四郎《なしろう》は内心では喜ばなかった。この頃は狩りにも出られず、四六城《よろぎ》屋敷を訪ねていない。夏引《なびき》とも会えずにいた。それもこれも、いま名を知った犬塚信乃《いぬづかしの》のせいだ。武士の面目《めんぼく》をつぶされたと知りつつ同席を求めるとは、木工作《むくさく》め、俺を破滅させたいのか。だが、拒めば犬塚《いぬづか》を恐れたと言われるだろう。呑み交わすくらいなんでもない。いよいよ耐え難くなれば、信乃《しの》と木工作《むくさく》一家を皆殺しにして、この国から消えてやろう。

奈四郎《なしろう》は苛立《いらだ》ちをおくびにも出さず、「相変わらず親切なことだ。あの犬塚《いぬづか》殿とやらを長逗留《ながとうりゅう》させているとは知らなかった。それなら、もっと早くに訪《おとな》うて話を聞きたかったな。疎遠にしていた怠慢が悔やまれる。明日は少し公務があるが、同僚に任せればよかろう。時刻に違《たが》わず必ず行く。我らを引き合わせるのが目的だろうから贅沢《ぜいたく》な酒食は要《い》らんぞ。犬塚《いぬづか》殿と語り合えるのが楽しみだ」

奈四郎《なしろう》は愛想よく承諾し、茶や菓子を勧めた。木工作《むくさく》は上機嫌《じょうきげん》だった。明日の約束を改めて交わし、猿石村《さるいし》へ帰った。

次の日、奈四郎《なしろう》は気心の知れた嫗内《おばない》、幯内《かやない》を従えて猿石《さるいし》へ向かった。鎖帷子《くさりかたびら》を着込み、小倉織の馬乗り袴《はかま》をはき、小袖《こそで》は二枚重ね着した。未《ひつじ》を半ばすぎる頃、四六城《よろぎ》屋敷に着いた。木工作《むくさく》が出迎えて客間へ案内した。今日は夏引《なびき》も夫に付き添い、酌《しゃく》をした。

木工作《むくさく》は小座敷へ行き、信乃《しの》を呼んだ。「先日、一悶着《ひともんちゃく》ありました奈四郎《なしろう》殿が訪ねて参られました。あなたとの対面を願うておいでです。酒食を用意しましたので、客間へおいでくださいませ。無聊《ぶりょう》の慰めにもなりましょう」

いきなりのことだが、信乃《しの》は否《いな》みかね、「着替えてから出向きます。泡雪《あわゆき》殿にそうお伝えしておいてください」

「すぐにおいでくだされ」木工作《むくさく》はせかせかと戻ってゆく。

ひとり残されると、信乃《しの》は思案した。「奈四郎《なしろう》は小物だ。武士のくせに手癖《てぐせ》が悪いのも知っている。同席すれば、盗人《ぬすっと》を友と認めるようなものだが、仕方ない」木工作《むくさく》から懇《ねんご》ろに誘われれば、顔を立てないわけにいかなかった。着替えを済まして村雨《むらさめ》を腰につけ、扇もとった。客間で奈四郎《なしろう》と対面し、怪我《けが》の様子など尋ねる。下座《しもざ》に腰を据《す》えると奈四郎《なしろう》が上座《かみざ》を譲ろうとしたが、信乃《しの》はますますへりくだって動かない。

穏やかに、他愛ない話をした。互いに愛想笑いを浮かべる。以前のことを忘れたように、武芸を誇りはしない。次第に奈四郎《なしろう》も打ち解け、準備してきた用心も忘れたようだった。木工作《むくさく》は肴《さかな》を勧め、しばしば奈四郎《なしろう》に酌《しゃく》をした。従者の媼内《おばない》、皦内《かやない》も次の間へ呼び、出来介《できすけ》たちが酒をふるまった。冬の日は短い。早くも日が暮れる。

木工作《むくさく》が燭《しょく》を点《とも》させた。奈四郎《なしろう》主従と信乃《しの》に夜食を勧め、また酒を出した。みな酔いが回った。奈四郎《なしろう》が厠《かわや》へ立つと、夏引《なびき》が紙燭《しそく》をとって先回りした。客間から離れたところで、信乃《しの》と浜路《はまじ》が結婚することを耳打ちする。

「浜路《はまじ》が屋敷にいるだけであなたと会う邪魔になるのに、信乃《しの》が婿《むこ》に入ったなら逢瀬《おうせ》はいよいよ絶えましょう。浜路《はまじ》を遠ざけ、信乃《しの》を立ち去らせる謀《はかりごと》はありませんか」

奈四郎《なしろう》はため息をつき、「犬塚《いぬづか》めは俺の仇《かたき》だが、あの後、他郷へ去ったならそれでかまわなかった。長々と留めておく木工作《むくさく》も木工作《むくさく》だ。……いや、待てよ」酔った頭を傾け、しばし考え込んだ。やがて笑みを浮かべ、「いま妙策が浮かんだ。要は、浜路《はまじ》を遠ざければよいのだ。浜路《はまじ》がいなくなれば、信乃《しの》も退屈して余所《よそ》へ行くだろう。そのとき待ち伏せして闇討ちすれば、先の遺恨を晴らせよう」

「浜路《はまじ》をどのようにして遠ざけるのです？」

それはな――と奈四郎《なしろう》が耳打ちすると、夏引《なびき》はほくそ笑んだ。「妙案です。くれぐれも抜かりなさるな」それから実際に厠《かわや》まで案内し、元の座敷へ戻った。

奈四郎《なしろう》が呑みすぎたと酒を拒み、木工作《むくさく》も無理強《じ》いはせず膳を下げさせた。改めて茶や菓子でもてなした。二更《こう》（午後十時）の鐘が鳴った頃、奈四郎《なしろう》は饗応《きょうおう》の礼を言い、別れの挨拶を交わした。従者たちを急がせて帰路に着き、木工作《むくさく》夫婦、それに信乃《しの》も彼らを見送った。

その後、木工作《むくさく》は泡雪《あわゆき》屋敷へ赴いて宴《うたげ》にきてくれた礼を述べねばと思いつつも、急な村役仕事が入ったりして三日ほど暇がとれなかった。四日目、奈四郎《なしろう》から手紙と一壺《つぼ》の葡萄羹《ぶどうこう》が届いた。使いは幗内《かやない》だった。手紙には、饗応《きょうおう》への喜びが尽くされた後、――公私にわたる用件があるので、今日明日にも面会したい。ついては珍しくもないものだが、この菓子を先日のお礼として贈ります。他のことはお会いしてから、と書いてあった。

木工作《むくさく》は何度も読み返して、丁寧な返事をしたため、自ら幗内《かやない》に手渡した。「良い品を賜《たまわ》り、かたじけない。追って参りますと伝えてくれ」と、礼を言った。

しばらくして木工作《むくさく》は夏引《なびき》を呼び、「泡雪《あわゆき》殿から招かれた。ただちに発《た》つから、袴《はかま》を出してくれ。二、三日前から来訪の喜びを述べねばと思うていたのだ。思いつめていたせいか、昨夜おかしな夢まで見た。枕元に見知らぬ鳥や獣が集うて牙《きば》を見せたり嘴《くちばし》で泣いたりして、わしを責めるのだ。頭を突かれ、咽喉《のど》に喰《く》い付かれ、叫ぼうにも声が出ない。全身を食い尽くされ、骨も残さずなくなったと思うたとき、驚いて目が覚めた」

傍らにいた浜路《はまじ》が神妙な口ぶりで言った。「怪しい夢です。今日は物忌《ものい》みして、表に出られないほうがよくはありませんか」

夏引《なびき》があざ笑い、「なにを仰々《ぎょうぎょう》しいことを言いますか。昔、殺生を好んで狩りばかりなさったのを後悔しておいでなのですよ。お礼に行かねばならないのでしょう？　しっかりなさってください」強気な口調で言われ、木工作《むくさく》も笑い飛ばして袴《はかま》をとった。

泡雪《あわゆき》屋敷では居間へ招かれた。奈四郎《なしろう》はすでに用意していたようで、媼内《おばない》、蠆内《かやない》に給仕させて木工作《むくさく》に盃《さかずき》を勧めた。肴《さかな》も並べさせた。四、五杯ほど酌《く》み交わすと、奈四郎《なしろう》は家来たちを台所へ退《しりぞ》かせて木工作《むくさく》に囁《ささや》いた。

「来てもろうたのは、めでたい密議のためなのだ。ご存知だろうが、国守の御曹司《おんぞうし》信綱《のぶつな》君にはまだお子がない。そこで近ごろ、素性の賤《いや》しくない美女を選んで側室に勧めよと、内々にお命じがあった。そなたの娘御《むすめご》浜路《はまじ》は年頃で、器量といい心延《こころば》えといい評判の娘だ。ついては、浜路《はまじ》を某《それがし》の姪《めい》として信綱《のぶつな》君に参らせたい。きっとご寵愛《ちょうあい》、日増しに高まるであろう。いずれお世継ぎを生めば、そなたは国守の縁者となる。某《それがし》も出世の糸口をつかめるというもの。まず試みに上申奉《たてまつ》れば信綱《のぶつな》君のお喜びは浅からず、早く浜路《はまじ》を参らせよと、今朝方仰せくださった。よいか木工作《むくさく》、主命《しゅめい》として聞け。娘の支度を整えて、一刻も早く当家へ送れ」

木工作《むくさく》は呆《あき》れ返り、しばらくなにも言えなかった。やがて腹立ちを隠しもせず、「思いがけないお手引きですな。浜路《はまじ》を召されるご算段、ひと月前なら障《さわ》りもなかったでしょうが、娘は某《それがし》の主筋《しゅうすじ》犬塚信乃《いぬづかしの》と婚縁を結びました。まだ披露には及んでいないが、すでに夫を持つ女、この話は受けられません。了解なさってくだされ」

奈四郎《なしろう》は声を荒らげた。「それは、なんのつもりだ。犬塚信乃《いぬづかしの》など他郷の浪人ではないか。猿石《さるいし》村の人別帳に載る者ですらない。口約束の縁談ありと言うて、国守に申し訳が立とうか。浜路《はまじ》のことは某《それがし》が承ったことだぞ。いまさら障《さわ》りありと申し出れば、お前たち一家だけでなく、俺まで罪を被るのだ。不用意にものを言うな。考え直せ！」

まくし立てながら刀に手をかけさえして脅したが、木工作《むくさく》がひるむことはなかった。

「どう言われようと、親が許さぬと言うているのです。ひとり娘を差し出さないからと、罪なき人を殺しなさるなら、もはや民の父母たる主君ではない。甲斐《かい》四郡は常闇《とこやみ》となりはてましょう。考え直されるのは、あなたのほうだ。婚姻は住所で決まるものではない。

他郷の客であれ、縁を結べばだれよりも親しくなる。まして旧縁ある人だ。あなたが本当に浜路《はまじ》の幸せを願うて宮仕えの手引きをなさるなら、なにより初めに親の胸中を確かめてから、上申奉《たてまつ》るべきだったでしょう。他人の娘を我が物顔に、親にも知らせず己《おのれ》の姪《めい》だと偽って若君を誘導なされたのは、千慮《せんりょ》の一失《いっしつ》、いや、単に粗忽《そこつ》というべきではないか。某《それがし》は匹夫《ひっぷ》ではあるが、ひとり娘を利用して、己《おの》が利益に供することを恥と心得る。あなたに願いたいのは娘のことでなく、犬塚《いぬづか》殿が仕官できるよう口利《くちき》きしてもらうことでした。犬塚《いぬづか》は武芸の達人であり、当今無類の賢者です。かような俊英を国守の御用に立てるのは、美女を薦めて出世を図るよりずっとよい。それこそ、良臣と言われましょう。他に言うべきことはありません。これで失礼させていただく」

やや酔いが回り、木工作《むくさく》はいつになく荒々しかった。蹴るようにして席を立ち、自ら襖《ふすま》を開いてさっさと出ていった。

奈四郎《なしろう》は罵《ののし》られたと感じた。辱《はずかし》められたと感じた。胸に怒気が満ち満ちて、はらわたは燃えさかり、顔が焼けるように熱かった。言い返す言葉を探しもせず、柱に掛けていた鉄炮《てっぽう》を取った。素早く弾《たま》を込め、火縄の先に火をつけて木工作《むくさく》を追った。折戸口を出て見渡せば、一町ほど先にいる木工作《むくさく》は振り向きもしない。奈四郎《なしろう》は迷わず火蓋《ひぶた》を切り、撃ち放った。背から腹へと突き抜けた二つ玉に木工作《むくさく》は骨を砕かれ、はらわたを千切られ、苦痛の声を漏らしながら倒れ、すぐに息絶えた。

けたたましい鉄炮《てっぽう》の音に驚いて走り出た媼内《おばない》、嫗内《かやない》を奈四郎《なしろう》は見返り、「百姓のふざけた言い草を聞いたか。どうして生きて帰せようか。いま、俺は曲者《くせもの》を討ったのだぞ。それなのに、役所へ訴えても身の安危が測りがたい。だが、目論見はある。さっさと死骸を屋敷へ入れろ！」

媼内《おばない》、嫗内《かやない》は表情もなく駈けだした。木工作《むくさく》の亡骸《なきがら》をふたりで抱え、奥庭の木陰に隠した。

4 ふたつの計略

泡雪奈四郎《あわゆきなしろう》の屋敷は、躑躅ヶ崎《つつじさき》城外の袋町にある。行き止まりになって通り抜けられないため、行き来はまれな場所だった。おかげで、衝動的な殺人の目撃者はいなかった。奈四郎《なしろう》は媼内《おばない》、嫗内《かやない》に亡骸《なきがら》を隠させ、鮮血を洗い流させた。家来たちは忠実に従った。主人のために良いことをしたとどこか誇らしげでもあった。

一方、猿石《さるいし》村の四六城《よろぎ》屋敷では、夜が更《ふ》けても帰らない木工作《むくさく》を心配していた。特に浜路《はまじ》は眠れずにいた。事情を知る由もなく、不安な夜が明けた。朝を迎えたとき、さすがに夏引《なびき》もいぶかって奈四郎《なしろう》のもとへ使いを出した。二時《ふたとき》（四時間）ほどして使いは戻った。

「取次の男衆と話しましたが、旦那様は昨日申《さる》の頃（午後四時）に泡雪《あわゆき》屋敷へ参られ、用件はすぐ済んで帰られたとのことです。帰宅していないのはいぶかしい、途上で狐に化かされていないか、余所《よそ》でも尋ねてみなされと言われました」

夏引《なびき》はため息を吐いた。「ひょっとしたら、材木を買いたいと言う人に道で会うて、いっしょに山へ行ったかもしれん。出来介《できすけ》、お前、杣《そま》小屋を見てきなさい」

出来介《できすけ》は裾《すそ》を端折《はしょ》って山へ向かい、日が傾く頃に帰ってきた。「旦那様は杣《そま》小屋にも、山林にもいらっしゃいません。一通り探しましたが、出くわしませんでした」

そのときには、屋敷が慌ただしくなっていた。家中の者が集まり、あれかこれかと詮《せん》議《ぎ》した。浜路《はまじ》は涙を浮かべ、どうなりましょうか、と母に問うが、夏引《なびき》もまた青ざめた顔で、どうしようもない、と答えるだけだった。

信乃《しの》も夏引《なびき》から詳しく事情を聞いた。それから、寄り集まった家人たちをいぶかしげに見回し、「詮議《せんぎ》している場合ではない。速やかに村人に告げ知らせ、手分けして探させましょう。取り返しのつかぬことになってからでは遅い。急いでください」

ようやく事の重大さに直面したか、夏引《なびき》があちこちへ人を走らせた。村長《むらおさ》の失踪に村人は仰天し、五人、十人、また十人と四六城《よろぎ》屋敷へ集い、ただちに隊が編成された。それぞれが鉦《かね》や太鼓をたずさえて、夕方から大々的な捜索が始まった。

四六城《よろぎ》家の使用人たちも、杣人《そまびと》と組んで心当たりを訪ねて回った。彼らは夜じゅう帰らなかった。信乃《しの》はいてても立ってもいられず、単身、真夜中の村外れまで足を延ばした。

浜路《はまじ》は発作を起こして息苦しくなり、寝床から出られなかった。

二晩、だれもが眠れなかった。四六城《よろぎ》家の疲労が限界に達した三日目の朝、使用人が起きてこないことに夏引《なびき》は苛立《いらだ》った。どうにか心を落ち着かせ、こんなときこそ盗人《ぬすっと》の用心をせねばならないと、開けたばかりの裏門を閉めるべく物置蔵の裏へ回った。

裏門近くに、頬《ほお》かむりをした男がいた。夏引《なびき》はギョッとして逃げようとしたが、男は急いで手ぬぐいを取り、囁《ささや》き声で引き止めた。奈四郎《なしろう》の家来、媼内《おばない》だった。媼内《おばない》は用心深く周囲を確認してから、夏引《なびき》に手紙を渡した。奈四郎《なしろう》からの密書だという。

「詳しいことは手紙に書いてありますが、会わねば言えない急ぎの相談があるそうです。今日、未《ひつじ》の頃（午後二時）に石和《いさわ》村の指月院《しげついん》へおいでくだされ。時刻をお間違えないように」

夏引《なびき》は呆然《ぼうぜん》とし、「木工作《むくさく》が失踪しているのだ。使用人も探しに出すから留守番さえいないのに……いや、とにかく行きましょう。返書をしたためる暇はないが、そうお伝えせよ。怪しまれるから早く帰りなさい」

約束を違《たが》えなさるなと媼内《おばない》は念を押し、手ぬぐいをかぶると駈け去った。夏引《なびき》は見送って、裏門に鎖《じょう》を掛け、物置蔵の陰で手紙を開いた。読み終わると丁寧に引き裂き、小石に包んで丸め、足元の溝に捨てた。母屋《おもや》へ戻ったとき、帰ってきた出来介《できすけ》たちを信《し》乃《の》が出迎えていた。村人たちも手ぶらで帰った。だれもが疲れた暗い顔をし、なんの手がかりも得られなかったと報告した。村人は屋敷に入らず門前で夏引《なびき》を慰め、励ますと、それぞれ家路についた。

その日の真昼近く、夏引《なびき》は密会へ赴く前に、寝込んでいる浜路《はまじ》を見舞った。枕元に腰を下ろし、「村の衆が手分けして探しているが、父上はまだ見つかっていない。躑躅《つつじ》ヶ崎《さき》の辻町《つじ》によい占い師がいるそうでな、これから訪ねてみようと思う。帰りに石和《いさわ》へも立ち寄って、八幡宮《はちまんぐう》に願掛けしてこよう。お前は休んでいなさい」

浜路《はまじ》は肘《ひじ》を突いて上体を起こした。「三日も行方《ゆくえ》知れずです。父様は淵か川にでも落ちられたのではないでしょうか。亡骸《なきがら》が見つからないのは神隠しだからではありませんか。こんなときなのに、なにもできない自分が歯痒《はがゆ》くてなりません」

自分の声で興奮したのか、浜路《はまじ》はひきつけを起こした。夏引《なびき》は強い口調で言った。

「不吉なことを言うてはならん。そう昼夜なく泣いていたって、帰らぬ人が出てくるわけじゃない。しっかり留守番していなさい」

夏引《なびき》は着替えを済ませ、信乃《しの》と出来介《できすけ》にも留守を頼んで屋敷を出た。

甲斐《かい》国石和《いさわ》の郷は、八代《やつしろ》郡にある。国守が躑躅《つつじ》ヶ崎《さき》へ移住する前は、武田家の居館が置かれていた。いまは城跡も残っていない。

その里外れに、指月院《しげついん》と呼ばれる小さな禅寺があった。近ごろ住職が亡くなり、後任の僧が住み着いた。布教に熱心な新住職は、毎日托鉢《たくはつ》して近郷を回っているが、一人につき一銭より多くの施《ほどこ》しは受けなかった。夫婦の口喧嘩《くちげんか》に出くわせば仲裁し、因果覿面《いんがてきめん》、輪廻応報《りんねおうほう》の道理を説いて互いの愚痴《ぐち》を和らげた。どの村々でも喧嘩《けんか》を止め、死人が出るのを救うたことは数知れない。いつしか、生き菩薩《ばさつ》と称えられた。

指月院《しげついん》は亡くなった先代住職が建てた寺で、代々の檀家《だんか》もなく、墓地もなかった。参詣人《さんけいにん》も稀《まれ》だ。火焚《た》き水汲《く》みを行う寺男がひとりと、十四、五歳の沙弥《しゃみ》がいた。その沙弥《しゃみ》も住職に従って托鉢《たくはつ》に出た。だから、昼間は静かだった。住職の知り合いらしい他郷の客がしばらく逗留《とうりゅう》することはあるようだが、彼らも昼は外出し、夕暮れ時に帰る。寺に客がいても会うことがない。里人は、昼無住院《ちゅうむじゅういん》と呼んでいた。

奈四郎《なしろう》は、昼無住院《ちゅうむじゅういん》の噂を以前から知っていた。媼内《おばない》を従えて石和《いさわ》に来ると、門前で花を売る茶店で休み、時刻を待った。やがて夏引《なびき》が来るのが茶店から見えた。媼内《おばない》が道へ出て手招きした。

「早かったですね」

夏引《なびき》が笑みを浮かべ、奈四郎《なしろう》と同じ床机《しょうぎ》に腰を下ろす。「煎茶《せんちゃ》の代金を支払うてこい」と奈四郎《なしろう》は媼内《おばない》に言いつけ、そそくさと表に出た。夏引《なびき》は頭巾《ずきん》を深めにかぶり、少し遅れて店を出た。媼内《おばない》は銭を店主に渡し、財布の紐《ひも》も結ばないまま大慌てで後を追う。

木戸から指月院《しげついん》へ入った。老いた寺男が日陰で凍った雪を鍬《くわ》で砕いていた。

奈四郎《なしろう》が問う。「住職は修行に出られているか」

寺男は鍬《くわ》を杖代わりにしてもたれ、「住職は外出されています。日暮れにならねばお帰りになりませんな。用があるなら聞いておきますが」

「いや、人づてには頼みがたい。日暮れにお帰りになるなら、待たせてもらいたい。これは我が妻だ。案ずることはない。客殿を貸してもらえようか」

寺男は微笑を浮かべ、「待たれるのはかまいませんが、退屈しませんか。客殿は修繕工事が滞り、いまだ簀《す》の子もありません。小座敷へ案内しましょう。こちらへどうぞ」と先に立ち、本堂に隣接した僧坊の襖《ふすま》を開け、奈四郎《なしろう》と夏引《なびき》を一間《ひとま》へ招いた。

殺風景な部屋だった。縁《へり》のない畳が四枚敷かれただけで、床の間さえない。北向きだから日も入らず、背面は羽目板でふさがれていた。密談には好都合だが、寒かった。寺男が素焼きの火鉢を運んできて炭団《たどん》を入れる。それから、生ぬるい番茶を勧めた。奈四《なし》郎《ろう》は懐《ふところ》から少し銀子を出し、鼻紙に包んで寺男に渡した。

「少ないが、取っておきなさい。ひとりで留守番は大変だろう。もてなしは無用だ。用があれば呼ぶから、雪の片付けを続けよ」

寺男は粒銀《つぶぎん》を額に押し当てて礼を言った。「仰せに従うて作務《さむ》に戻ります。火が消えたら手を打って呼んでくだされ。住職のお戻りには二、三時《どき》かかりましょうから」

出ていく寺男を、奈四郎《なしろう》は呼び止め、「外にいる従者に包みを持たせたままだった。取ってきてくれるか」

お安い御用だと、寺男は表で媼内《おばない》から受け取った荷物を奈四郎《なしろう》に届けた。いそいそと出ていくのを奈四郎《なしろう》は念入りに見送って襖《ふすま》を閉じる。改めて夏引《なびき》と額をつき合わせると、さて、肝心の木工作《むくさく》の一件について語りだした。

「木工作《むくさく》が我が家を訪ねた折、前にそなたと語らった通り、浜路《はまじ》を信綱《のぶつな》君の妾《めかけ》に参らせるように薦めたのだ。だが、強情を張って従わなかった。あまつさえ、俺をどこまでも罵《のの》り、侮辱して出ていった。だから、門外で撃ち殺したのだ。そのせいで、我らの目論見は断念せねばならん。そればかりか、村長《むらおさ》を殺したからには俺の身も危うくなった。死骸はあくまで隠し通し、この木工作《むくさく》殺しを犬塚信乃《いぬづかしの》の仕業に見せかけたい。これで犬《いぬ》塚《づか》に遺恨を返すこともできる」

夏引《なびき》は眉根をひそめていた。まさか奈四郎《なしろう》が夫を殺したとまでは思わなかったのだ。太い吐息を漏らし、なんとか動揺を隠そうとしながら、「三日も帰らぬから無事ではいまいと思いもしましたが……。あなたはあっさりおっしゃったけれど、木工作《むくさく》から受けた恩がなくはないのですよ。好かない夫とは言え、むごく死んだと聞けば恐ろしうて、心地よくはありません」

「臆病なことを言うな。お前が浮気していると木工作《むくさく》が知っていれば、あの日殺されたのは俺のほうだった。名ばかりの夫を惜しみ、いまさら俺を責めるのか。俺の命が救われたことを幸せと思わんのか。お前は俺を破滅させたいのか」

夏引《なびき》は強張《こわば》った笑みを浮かべ、「分かっています。あなたのほうこそ悔いていらっしゃるでしょうに、つまらない愚痴《ぐち》を言いました。……浜路《はまじ》と信乃《しの》を追い払うて、あなたと末長くいられる手立てを聞かせてください」

「応。つまり、そのことだ」奈四郎《なしろう》は冷めきった茶で咽喉《のど》を潤《うるお》し、「日増しに寒くなり、なにもかも凍てつく季節だ。亡骸《なきがら》はまだ腐りだしてはいない。屋敷の裏門辺りは雪が融けずに残っていよう。今宵、媼内《おばない》らに言いつけ、夜陰に紛れて亡骸《なきがら》を担がせ、お前の家の裏の、雪の下へ埋めさせておく。裏門を開けておけ。二、三日もすれば雪が融け、手なり足なり顕れ出よう。そのとき、なにか理由をつけて信乃《しの》を蔵にでも閉じ込めろ。その間に、信乃《しの》の刀に犬猫の血を塗りつけるのだ。鞘《さや》に納めるまでだれにも見られるな。ここまで済めば、成功したも同然だ。信乃《しの》を閉じ込めたまま、お前は目代《もくだい》、甘利兵衛《あまりひょうえ》堯元《たかもと》の屋敷へ行って夫殺しを訴えるのだ。目代《もくだい》はただちに兵を連れて駈けつけ、信乃《しの》を捕縛するだろう。信乃《しの》が抵抗したとしても、その刀には血の証拠がある。どう言い訳し

ようが牢獄行きだ。そこで、俺が甘利《あまり》の家来どもに賄賂《わいろ》を贈っておく。信乃《しの》は沙汰《さた》を待たずに牢獄で殺されるという寸法だ。浜路《はまじ》のほうは、以前から信乃《しの》と密通していたと言い触らし、いずれ女郎屋にでも売ろう。その代金で賄賂《わいろ》の費用を補えよう。信乃《しの》と浜路《はまじ》さえ片付けば、里人の子でも養子に入れ、お前が家事を仕切れ。俺は木工作《むくさく》の友人として後見人になろう。これで親しく往き交いできるし、木工作《むくさく》の財産、山林の稼ぎも、俺たちのものだ。どうだ、よい計略ではないか」

奈四郎《なしろう》は自慢げに唾《つば》を飛ばして語った。夏引《なびき》もひたすら感心して目を輝かせた。

「なんと頼もしげなこと。浜路《はまじ》はもともと拾い子で、遊女に売ろうとうるさく言う人もありません。この上ない良策ですよ」

「そう言えば」奈四郎《なしろう》は頬髭《ほおひげ》を撫《な》で、「木工作《むくさく》の実の娘でないとは噂に聞いたが、俺は詳しい事情を知らん。本当の親がだれなのか分かっているのか」

「ああ、ご存知ありませんでしたか。浜路《はまじ》は二、三歳の頃、どこかから大鷲にさらわれてきて、木の又に挟まれて泣いていたとか。どこの子か知る人はありませんよ」

夏引《なびき》が語る浜路《はまじ》の来歴を聞きながら、奈四郎《なしろう》は持ち込んだ包みを開いた。吸筒《すいづつ》と小重箱を媼内《おばない》に持参させてきた。玉子、煮魚、焼き鳥などを肴《さかな》に、男女ふたり茶碗酒をあおった。腹から温まると寒風は去り、春の心地がしてきた。身が火照《ほて》ってくる。密談を終えても居残るふたりは、ここが寺だからとはばかりはしない。しばらく音がしなかったが、やがて息が荒くなる。そうするうちに日が傾き、申《さる》の刻（午後四時）になった。

「行くぞ」と奈四郎《なしろう》が言い、夏引《なびき》の包んだ吸筒《すいづつ》、重箱を提げて襖《ふすま》を開けた。庭をうかがうと寺男がいない。「いまのうちだ」と夏引《なびき》に支度を急がせ、庭で待つ媼内《おばない》を呼んだ。

待ちわびた媼内《おばない》は走り寄って草履《ぞうり》を二足そろえて置いた。奈四郎《なしろう》は包みを媼内《おばない》に渡し、正門から堂々と出ていった。


寺男は掃除を終え、客に茶を出そうと台所に退《しりぞ》き、燃えにくい生木の柴に息を吹きかけた。ようやく茶釜《ちゃがま》がたぎり、先に出した茶碗を下げに小座敷へ向かうと、だれもいなかった。

彼はいぶかり、外に出て従者を呼んでみたが、これもどこにも姿がない。

「さては住職を待ちかねて、お帰りになられたか。名も住処《すみか》も聞かぬままだったが、住職にどうお報せしようか。抜かったなあ」

もともと愚直な老人だけに騙《だま》されたとも気がつかず、客の正体も詮索《せんさく》しなかった。

この日、実はもうひとり、念戌《ねんじゅつ》という沙弥《しゃみ》が寺に居残っていた。十四、五歳の小僧は、日頃は住職に従って托鉢《たくはつ》に出るのだが、足のあかぎれを腫《は》らして起居さえ不自由になったため療養していた。奈四郎《なしろう》たちがいた小座敷の羽目板の裏は、住職の居間から厠《かわや》へ向かう長い縁側になっていて、南側だから昼間は暖かい。念戌《ねんじゅつ》は、奈四郎《なしろう》たちが訪れる前から日向《ひなた》ぼっこをしていた。着物のシラミを取りながら、壁の向こうで交わされる密談を漏らさず聞き取った。念戌《ねんじゅつ》は記憶力がよく、聞いたことは後々まで忘れない。やがて帰ってきた住職に、一言一句正確に告げ知らせた。

夏引《なびき》が猿石《さるいし》の屋敷へ帰ったときには、日が暮れていた。母屋《おもや》で待っていた浜路《はまじ》たちに、少し大げさに言った。

「躑躅《つつじ》ヶ崎《さき》の占い師に夫のことを訊いた。生死は定かでないが、二、三日のうちに訪れがあるとのことだった。勇気づけられ、石和《いさわ》の八幡宮《はちまんぐう》だけでなく、道すがら目につく神社仏閣に片っ端から祈願をかけて、思いのほか時がすぎた。今日はくたびれたよ」

浜路《はまじ》も憂苦を慰められた気分で、すぐに女中たちを呼んで洗足の湯を持ってこさせた。それから母に夜食を勧めなどして、「大変な一日でしたね」と労った。

甲斐甲斐《かいがい》しく世話を焼く浜路《はまじ》をよそに、夏引《なびき》はつらつら考えた。……奈四郎《なしろう》殿が話された計略に間違いはなかろうが、私がやらなければ進まぬようだ。ひとりで決行するには荷が重いのではないか。出来介《できすけ》は浜路《はまじ》に惚《ほ》れている。協力させるか。

男たちは木工作《むくさく》の捜索に出払っていたが、出来介《できすけ》だけは風邪をひいたと屋敷に残っていた。夏引《なびき》には好都合だった。人目を忍んで出来介《できすけ》に会った。

「はるばる躑躅《つつじ》ヶ崎《さき》まで赴き、占い師に問うてきた。浜路《はまじ》には言えなかったが、木工作《むくさく》殿に剣難の卦《け》が出た。近ごろ逗留《とうりゅう》する客の所業だとも言われた。疑うまでもない、信乃《しの》の仕業だ。浜路《はまじ》との結婚を待てず、早く家督を奪おうとして恐ろしいことを仕出かしたに違いない。だが、証拠がなければ明るみに出せん。いまはお前の胸だけに秘め、証拠を見出したときは私を助け、夫の仇《かたき》を逃さぬように手配りしてもらうぞ。手柄を立てれば浜路《はまじ》をお前の妻にし、四六城《よろぎ》の家督をやろう。うかうかするんじゃないよ」

出来介《できすけ》の喜びようと言ったらなかった。二つ返事で応諾し、「ご推量の通りでしょう。家督相続を待ちかねた信乃《しの》の凶行に決まっています。僕《やつがれ》は決して目を離しませんよ。必ず信乃《しの》がやった証拠を見つけ出してやります。奥様、頼もしく思うていてください」

その夜も更《ふ》け、草木も眠る丑三《うしみ》つ頃（午前二時）。媼内《おばない》と嫗内《かやない》が亡骸《なきがら》を担いで四六城《よろぎ》屋敷の裏門を押し開けた。蔵の裏側の雪溜《だ》まりの辺りに、掘りかけの穴があるのを見つけた。これ幸いと、その穴へ木工作《むくさく》の死骸を転がし、土を少し掛けて、さらに雪で埋めた。そっと裏門から出てゆくと元通りに戸を閉め、躑躅《つつじ》ヶ崎《さき》へ帰った。

明け方から、南風が吹き寄せた。この暖かな朝、裏手では凍っていた雪が三分の二ほど消えた。烏《からす》の声に起こされた出来介《できすけ》が、小便しようと裏門近くを通りかかったとき、物置蔵の裏、活《いけ》大根を掘りかけた辺りに目を留めた。まだらに融けた雪の下から、死人の足が出ていたのだ。出来介《できすけ》は眠気も吹き飛び、ひとりで大騒《おおさわ》ぎし、

「大変じゃ、大変じゃ！」と、叫び声を上げた。

聞きつけた女中たちが裏手へ現れ、いっそう悲鳴を上げる。信乃《しの》がいち早く走ってきた。夏引《なびき》、浜路《はまじ》も駈けつけ、やがて家中のほぼ全員が裏門のほとりに目を凝らした。明らかに死人の足が見えていた。夏引《なびき》が出来介《できすけ》に雪を掻《か》くよう命じた。信乃《しの》も手伝って掘り出したのは、疑いようもない木工作《むくさく》の亡骸《なきがら》だった。騒ぎはいよいよ激しくなった。

浜路《はまじ》は、雪に寝そべる父の亡骸《なきがら》にすがりついた。倒れ伏し、声を惜しまず泣いた。女中たちはそんな浜路《はまじ》を慰めかね、いっしょになって涙にかきくれた。

動揺し、悲嘆に暮れる使用人を鎮めるように、夏引《なびき》が声を張り上げた。「こんな浅ましい有様があるか。夫は何者かに殺され、ここに埋められたのだ。そうとも知らず、遠くまで捜索させられた悔《くや》しさよ。讐《あだ》はだれだ。どこにいる。心当たりがある者はいないのか」

そうまくしたてると、出来介《できすけ》が返答した。

「旦那様の仇《かたき》は遠方の人ではないでしょう。村内か、隣近所か、それとも屋敷のうちに

いたかもしれん。奥様、嘆きなさいますな。必ず仇《かたき》を見つけ出し、恨みを返さねばこの一件は終わりますまい。しかしそれも、もうしばらくの辛抱でございます」

出来介《できすけ》は自分の腕をきつくつかみ、信乃《しの》をにらみつけた。信乃《しの》はその視線に気づかず、深く思案にふけっていた。不意に顔を上げ、その場にいる全員を眺めわたした。

「いや、出来介《できすけ》の推量では合点がいかぬ。なにゆえ仇《かたき》がここに死骸を埋めたのか、説明がつかない。むしろ、夜に紛れて余所《よそ》から持ってきたというほうが納得がいこう。むろん、だれの仕業か、どんな理由でそうしたかは、まだ知る術《すべ》がないが。木工作《むくさく》殿は道理を知られ、善に与《くみ》して悪を疎《うと》まれてきた。罪などなかったろうに、このような非命を遂《と》げられるとは」

出来介《できすけ》が嘲弄《ちょうろう》し、信乃《しの》に食ってかかった。「そうは言われますが、人を殺してはるばる死骸を自宅へ送り届け、裏門近くに埋めてやるような馬鹿がいましょうかね。灯台もと暗しともいう。仇《かたき》はここいらをぶらついていると僕《やつがれ》には思われますがねえ」

「出来介《できすけ》、不用意なことを言うな」と咎《とが》めたのは、夏引《なびき》だ。「まずは、夫の亡骸《なきがら》を安置するのだ。これらの事情は、目代《もくだい》様に訴えねばならん。ぐずぐずするな」

出来介《できすけ》が不満げに言う。「それは心得ておりますがね、男たちは未だ帰らず、この身ひとつでは亡骸《なきがら》を担げません。だれか、手伝うてくれんか」

信乃《しの》が進み出た。「俺が手伝おう。足のほうを持ちなされ」

ふたりで死骸を持ち上げて居間へ抱え入れる間、脱力しきった浜路《はまじ》は女中たちに助けられねば立ち上がりもできなかった。彼女は父の亡骸《なきがら》を追うように、よろけながら母屋《おもや》に入ると、また発作を起こした。胸が支《つか》え、息苦しくてたまらないのだ。

夏引《なびき》は居間へ入った。信乃《しの》、出来介《できすけ》に近づき、ふたりと相談するように言った。「私は、これから躑躅《つつじ》ヶ崎《さき》の目代《もくだい》様のもとへ赴き、夫の横死を訴えてくる。近ごろ、前の目《もく》代《だい》が身まかられ、甘利兵衛堯元《あまりひょうえたかもと》という方が新目代《もくだい》になられたそうだ。お目にかかったことはまだないが、行けばお屋敷は分かろう。訴えが届けば、検分のために甘利《あまり》様が参られる。その際には、もてなしのための茶碗や菓子皿、その他諸々が要《い》る。物置蔵の二階にしまってあるが、犬塚《いぬづか》殿にも力添えを願えまいか。出来介《できすけ》とともに蔵へ行って下ろしてきてくれんか」

「容易《たやす》いことです。出来介《できすけ》、案内してくれ」

信乃《しの》は二つ返事で引き受け、出来介《できすけ》を先に立たせて裏手に回った。蔵の戸を開け放したままふたり二階へ登っていたとき、外から夏引《なびき》の声がした。

「出来介《できすけ》、ちょっと来なさい。別の言いつけがある。すぐに済むから早く来い」

出来介《できすけ》はそそくさと梯子《はしご》を下り、薄暗い蔵から出た。そこで夏引《なびき》は蔵の戸を締め、鎖《じょう》を掛けた。出来介《できすけ》を見張りに残し、夏引《なびき》はひとり母屋《おもや》の小座敷へ向かう。むろん目的は、信乃《しの》の刀だった。肌身離さぬ村雨《むらさめ》の太刀《たち》はいまも信乃《しの》が持っていたが、桐一文字《きりいちもんじ》の短刀は旅包みとともに床の間に置いてあった。夏引《なびき》はそれを盗み出すと裏手へ戻り、餌《えさ》をついばんでいた鶏をその刀で刺し殺した。人に見つかる前に血刀《ちがたな》を鞘《さや》に納める。鶏の亡骸《なきがら》は手早く溝へ投げ捨て、手にした刀の鞘尻《さやじり》で泥の底へ押し込んだ。小座敷へ戻ると、刀を元通り床の間に置き、ホッと息を吐いた。

信乃《しの》は物置蔵の二階で待っていた。出来介《できすけ》が戻らないので一旦梯子《はしご》を下り、外の様子を確かめようとした。そのとき戸が開かないのに気づいた。鎖《じょう》を掛けられたと知り、

「ご内儀《ないぎ》、出来介《できすけ》、開けてくだされ！」と叫ぶと、嘲笑《ちょうしょう》が聞こえてきた。

出来介《できすけ》の声だ。「痴《し》れ者がなにか言うている。親切にも婿《むこ》にせんと言われたのに、お前は拒むふりさえ見せながら、心の底では早う家督を奪おうと算段していたのだ。旦那様を殺したな。亡骸《なきがら》が出てきたからには、国守へ訴えてたちどころに恨みを返すぞ。逃げられてはたまらんから蔵に閉じ込めておく。天網恢恢疎《てんもうかいかいそ》にして漏らさず、せいぜい覚悟していろ！」

「我が仕業なものか。分からぬことを言うな！」

怒りもあらわにまくしたてたとき、夏引《なびき》の笑い声がした。

「不敵な輩《やから》との議論など無意味だ。出来介《できすけ》、もう話すな。なんの証拠があってと言うなら、いま小座敷で彼奴《あやつ》の短刀を抜いて見れば、血に塗れていたぞ。これ以上の証拠はない。私は目代《もくだい》様のお屋敷へ行き、討手を請うてくる。捕らえてもらうのだ。鍵はお前に預けてゆくから、他人に任せてはならんぞ」

やがて、八代《やつしろ》一郡の新目代《もくだい》、甘利《あまり》兵衛《ひょうえ》尭元《たかもと》が四六城《よろぎ》屋敷に到着した。野装束に両刀を横たえ、屈強そうな兵四、五名を従える。負傷者を運搬するための箯《はんだ》の乗り物を雑兵《ぞうひょう》ふたりに担がせていた。門前まで迎えに出た小者が平伏して言った。

「僕《やつがれ》は木工作《むくさく》恩顧の従僕、出来介《できすけ》と呼ばれる者でございます」

尭元《たかもと》は答えた。「出来介《できすけ》とやら、承れ。先に木工作《むくさく》の後家、夏引《なびき》の訴えにより、これより木工作《むくさく》の屍《かばね》を点検し、犯人犬塚信乃戍孝《いぬづかしのもりたか》、ならびにその信乃《しの》と密通の聞こえがある浜路《はまじ》を捕縛せんために甘利《あまり》兵衛《ひょうえ》が赴いた。夏引《なびき》はしばらく我が屋敷に留めておく。このことよく心得た上、屋敷を案内せよ」

出来介《できすけ》は緊張で震えながら「承った」と応え、木工作《むくさく》の死骸がある居間へ案内した。尭元《たかもと》は居間へ入るなり検分を開始した。死骸を見る間、ずっと眉をひそめていた。

「傷口に疑いがあるが、後に回そう。出来介《できすけ》よ、夏引《なびき》の訴えにあった血刀《ちがたな》を見せよ」

出来介《できすけ》は小座敷へ行き、桐一文字《きりいちもんじ》の短刀を持ってきた。堯元《たかもと》はそれを抜き放ち、血に濡れた刃《やいば》を目に留めた。

「木工作《むくさく》が死んだのは四、五日前だが、刀の鮮血は乾きもせず、潤《うるお》いがある。だが、凶器のことも後に回そう」刀を鞘《さや》に納めて兵に渡すと、堯元《たかもと》は左右を見回した。「まだ犬《いぬ》塚《づか》信乃《しの》を犯人とは断定できぬが、夏引《なびき》の訴えに理《り》があるならば、むろん捕縛せねばならん。尋問を行いたい。閉じ込めているという蔵へ案内せよ」

堯元《たかもと》は床几《しょうぎ》から立ち上がると、出来介《できすけ》に連れられて蔵へ向かった。堯元《たかもと》はその蔵の裏側にある金網の間から二階を見上げ、声を振り上げた。

「武蔵《むさし》の旅人犬塚信乃《いぬづかしの》よ、四六城木工作《よろぎむくさく》殺害の一件で用がある。後家の夏引《なびき》らの訴えに基づき、当郡目代《もくだい》、甘利兵衛堯元《あまりひょうえたかもと》が赴いた。ただちに出でて対面せよ」

信乃《しの》が梯子《はしご》を降りてくる。「某《それがし》が犯した罪ではございません。主人の仇《かたき》と言い張るのは、どうやら家ぐるみの計略らしい。御賢察を願います」そう言って金網の隙間から甘《あま》利《り》堯元《たかもと》を見ると、信乃《しの》は臆したように半歩退《しりぞ》いた。

堯元《たかもと》はその態度を見、「出来介《できすけ》、表の鎖《じょう》を外して扉を開けろ。さっさとせえ！」と声を上げる。兵たちは開かれる戸口の前に控え、それぞれ十手《じって》を構えた。

蔵から出てきた信乃《しの》は言った。「なにゆえ某《それがし》が木工作《むくさく》を殺害しましょうか。吟味《ぎんみ》をなさりたければ、どこへでも引っ立てなされ。間違いはすべてあばかれましょう。疚《やま》しいことはひとつもありません。縄を掛《か》けられるか」

「むろん引っ立てはするが、罪の有無、事件の虚実が未だ定かでない以上、捕縄《とりなわ》くらいは容赦してやろう。武士の情である。太刀《たち》をこちらへ寄越せ」

信乃《しの》は大人しく村雨《むらさめ》の宝刀を兵に手渡した。堯元《たかもと》は出来介《できすけ》を呼び寄せ、「木工作《むくさく》の娘の浜路《はまじ》とやらも、信乃《しの》に関わることゆえ尋問せねばならん。召し捕って連行する。多病と聞くし、また少女子《おとめご》というから、箯《はんだ》の乗り物を持ってきた。国守の慈悲である。また、幼い頃、木工作《むくさく》に拾われた折に着ていたという摺箔《すりはく》の衣があろう。これも浜路《はまじ》に問うて出してこい。その他、信乃《しの》の旅包みなども残らずこちらに引き渡せ」

出来介《できすけ》は母屋《おもや》へ向かうと、納戸の葛籠《つづら》を探って言われた衣装を取り出した。小座敷から信乃《しの》の旅包みも持ってきて、すべて兵に渡した。そして浜路《はまじ》の寝床へ行き、目代《もくだい》の言葉を告げた。憔悴《しょうすい》しきった浜路《はまじ》は抵抗することもなかった。むしろ助け起こさねばならず、出来介《できすけ》が堯元《たかもと》の前まで連れていった。

浜路《はまじ》は目代《もくだい》の前で大恩ある養父の死を哀しみ、覚えもないのに罪人にされた我が身を嘆いた。彼女には、これが現実だとは思えなかっただろう。

堯元《たかもと》は窓辺の日陰を見て「そろそろよかろう」と言い、出来介《できすけ》を近くに呼んだ。

「これが最後だ。心して承るがよい。木工作《むくさく》の傷は刃物のものでなく、鉄炮《てっぽう》傷だ。犬塚《いぬづか》信乃《しの》の短刀の血は、四、五日前についたものではなかった。木工作《むくさく》の親族、猿石《さるいし》村の古老たちから使用人にまで、これらのことをしかと伝えて理解させよ。——出立《しゅったつ》だ！」

信乃《しの》は兵に取り巻かれた。箯《はんだ》に乗せられた浜路《はまじ》は先に門を出た。こうして、堯元《たかもと》主従は足早に村長《むらおさ》屋敷を去った。

5 指《し》月《げつ》院《いん》

未だ木工作《むくさく》の捜索に出ていた使用人や杣人《そまびと》たちが屋敷へ帰ったとき、甘利《あまり》堯元《たかもと》と信乃《しの》が問答していた。女中たちから事情を耳打ちされて立ち聞きしたが、目代《もくだい》を恐れて近づく者はいなかった。出来介《できすけ》がひとりで奔走《ほんそう》していた。彼は信乃《しの》が捕縛されると喜び、婚姻の約束がある浜路《はまじ》まで連行されたことには納得がいかなかったが、自分の命が大事だと思い直し、目代《もくだい》に逆らいはしなかった。

屋敷表がどよめきだした。と思うと、夏引《なびき》が帰ってきた。ちょうど出来介《できすけ》と行き会い、彼女は息急ききって命じた。

「堯元《たかもと》様がいま屋敷へ参られる。みなを集めて出迎えよ」

出来介《できすけ》は首を傾げ、「堯元《たかもと》様でしたら、先ほど兵四、五人と箯《はんだ》の乗り物を従えてお出でなされましたが。すでに信乃《しの》を搦《から》め捕り、お嬢様も乗り物に乗せて立ち去られました。信乃《しの》の両刀、旅包み、お嬢様が幼い頃着ていなすったという摺箔《すりはく》の衣まで、すべて持って行かれました。奥様は向こうのお屋敷にご滞在とのことでしたが、改めて堯元《たかもと》様がお出でなさられたのは、どういったご用件でしょうか」

「この痴《し》れ者が！」夏引《なびき》は苛立《いらだ》ちまかせに怒鳴りつけた。「お前は家にいて狐に化かされたのか。堯元《たかもと》様が二度も三度も来たまうものか。こんな阿呆《あほう》に鍵を預けたのが口惜しい。おめおめと信乃《しの》を逃がしたのか。堯元《たかもと》様にどう申せばよいのだ。さっさと追いかけて連れ返してこい！　逃がしたで済む事柄ではないぞ！」

「鎮まれ、夏引《なびき》！」

罵《ののし》る夏引《なびき》の背後に、甘利堯元《あまりたかもと》が兵を引き連れてたたずんでいた。彼もまた劣らぬ怒声を張り上げ、「怪しげなことで言い争うな。この一件は、わしが自ら糾明する。兵ども、このふたりを取り逃がすな」そう命じ、上座《かみざ》へ登って床几《しょうぎ》に腰を下ろした。夏引《なびき》、出来《でき》介《すけ》は逃げようもない。出来介《できすけ》は恐る恐る膝《ひざ》を進め、堯元《たかもと》に弁明した。

「恐れながら申し上げます。半時《とき》（一時間）ばかり前のこと、甘利兵衛堯元《あまりひょうえたかもと》とご姓名を名乗られる武士が、兵四、五名、ならびに簱《はんだ》を吊るして当屋敷を訪れまして、木工作《むくさく》の死骸を点検しました。さらに信乃《しの》の尋問を行いましたが、思い返せば、太刀《たち》を預かるだけでお縄にかけず、また浜路《はまじ》に尋問することがあると用意の簱《はんだ》に助け乗せ、一行はふたりを連れ去りました。まさか偽物とは疑いもせず、信乃《しの》と浜路《はまじ》を逃がしましたのは確かに僕《やつがれ》の落ち度ではございますが、目代《もくだい》様と名乗られたせいで恐れ入るばかりでしたことも、ご考慮いただきとうございます。ご憐憫《れんびん》、お慈悲を願い奉《たてまつ》る」

堯元《たかもと》はさえぎらずに聞き終えると、「その者共の詮議《せんぎ》は後だ。まず、木工作《むくさく》の亡骸《なきがら》を検分する。案内せよ」

夏引《なびき》と出来介《できすけ》は兵に囲まれたまま、居間へ向かった。堯元《たかもと》自ら亡骸《なきがら》に近寄り、傷口を確認した。そして、亡骸《なきがら》を掘り出したという物置蔵の裏を点検し、元の座敷へ戻った。

「この曲者《くせもの》らに縄をかけよ」

堯元《たかもと》は兵たちに命じた。夏引《なびき》と出来介《できすけ》は驚いたが、逃げる暇なく捕まえられ、肘《ひじ》を捻《ね》じ曲げ、捩《ね》じ上げられて捕縄《とりなわ》で縛られた。

「我らが殺したのではございません！」

ふたりは涙声で訴えるが、堯元《たかもと》は聞く耳を持たない。

「大胆不敵な毒婦主従め。夏引《なびき》は信乃《しの》の刀が血に濡れていたと訴えたが、亡骸《なきがら》にあるのは鉄炮傷《てっぽう》だ。また、信乃《しの》が木工作《むくさく》を恨んで殺害したとして、人の通らぬ山蔭に捨てず、すぐに融けると知りながら裏手の雪に埋めるはずがない。この二つからして、お前たちが信乃《しの》になんらかの恨みを持ち、無実の罪に陥れんと図ったのだ。木工作《むくさく》を殺したのは、欲に狂うた夏引《なびき》、出来介《できすけ》に間違いはない。締め上げられれば白状しよう。始めよ」

兵たちは表情もなく夏引《なびき》、出来介《できすけ》の背後に回ると、その背へ十手を叩きつけた。背中の皮が破れ、肉が裂けるまで打ち懲《こ》らした。出来介《できすけ》が苦痛に耐えかね、昨夜、夏引《なびき》から頼まれた計略を残らず吐いた。さらには、ずっと浜路《はまじ》が恋しかったのに望みを得られず、木工作《むくさく》の一声で娶《めと》ることになった信乃《しの》が妬《ねた》ましかったこと、夏引《なびき》から浜路《はまじ》との結婚を約束されたことなど、信乃《しの》を陥れようとした動機までつぶさに白状した。

　出来介《できすけ》が涙ながらに自白し、夏引《なびき》の逃げ場はなくなった。彼女も嗚咽《おえつ》を漏らしつつ、すべてを明かした。泡雪奈四郎《あわゆきなしろう》との密通も、浜路《はまじ》と信乃《しの》を追い出そうとした経緯も、奈《な》四郎《しろう》が木工作《むくさく》を撃ち殺した顛末《てんまつ》も、そして昨日、石和《いさわ》の指月院《しげついん》で密会した奈四郎《なしろう》の謀《はかりごと》に従い、信乃《しの》を陥れようとした計略まで、一部始終を白状した。

　堯元《たかもと》はただちに四六城《よろぎ》の使用人や杣人《そまびと》、猿石《さるいし》村の古老五、六人を召し集めた。そして、夏引《なびき》と出来介《できすけ》の犯罪から、信乃《しの》と浜路《はまじ》を奪い去った曲者《くせもの》のこと、泡雪奈四郎《あわゆきなしろう》が犯した悪事まで詳しく説明した後で、おごそかに告げた。

「夏引《なびき》、出来介《できすけ》は許されざる罪人ゆえ捕縛した。お前たち使用人、杣人《そまびと》らに罪はないとはいえ、この一件が落着するまでは、猿石《さるいし》百姓が代わる代わるこの家に住み込み、監視を行え。また、信乃《しの》、浜路《はまじ》は言うまでもなく、目代《もくだい》を騙《かた》った曲者《くせもの》の居場所が分かり次第、速やかに躑躅《つつじ》ヶ崎《さき》へ申し出よ。木工作《むくさく》の亡骸《なきがら》は、親族が葬《ほおむ》りたいと請えば意に任せよ」

　甘利堯元《あまりたかもと》一行が躑躅《つつじ》ヶ崎《さき》へ帰ったときには、夜になっていた。夏引《なびき》、出来介《できすけ》を牢に繋《つな》ぐと、朝一番で主君に知らせられるよう堯元《たかもと》は報告の準備に取りかかった。

信乃《しの》と浜路《はまじ》の連行先は、石和《いさわ》の指月院《しげついん》だった。道中、信乃《しの》は口を利かなかったが、堂々と田舎道を練り歩く、甘利兵衛《あまりひょうえ》堯元《たかもと》を名乗る偽者をチラチラと見遣《みや》った。寺門をくぐって里人の目に触れなくなったとき、信乃《しの》は彼に近寄って問うた。

「すべて説明してもらおうか」

その堯元《たかもと》が偽者だと、信乃《しの》は最初《はな》から分かっていた。夏引《なびき》、出来介《できすけ》の策略によって物置蔵に閉じ込められた信乃《しの》は、甘利兵衛《あまりひょうえ》堯元《たかもと》と網戸越しに問答した。網戸の隙間から見えた顔が堯元《たかもと》でないと気づいたとき、一瞬、頭が真っ白になった。

その男は、犬山道節《いぬやまどうせつ》だったのだ。

信乃《しの》の糾問《きゅうもん》にも道節《どうせつ》は笑みを浮かべるだけだ。箯《はんだ》に載せた浜路《はまじ》を奥座敷へ案内するよう従者たちに命じた。それから信乃《しの》には両刀を返し、ついてこいと短く言った。道節《どうせつ》に導かれ、信乃《しの》は住職の居間へ入った。

「なんと珍しいこと」思わず、信乃《しの》は口にした。

居間で出迎えたのは、丶大《ちゅだい》法師だった。脇には蜑崎十一郎照文《あまさきじゅういちろうてるふみ》が控えていた。照文《てるふみ》は遠方から訪れたばかりのような旅装束で、丶大《ちゅだい》とともに信乃《しの》を歓迎した。

信乃《しの》は夢でも見ている気がした。見知らぬ寺での思わぬ再会を喜び、無沙汰の間の安危を尋ねた。丶大《ちゅだい》法師は穏やかに語りだした。

「忘れもせぬ三年前の六月二十四日の明け方、お前は犬飼《いぬかい》、犬田《いぬた》と武蔵《むさし》の故郷へ旅立った。だが、約束の日がすぎても小文吾《こぶんご》は帰ってこなかった。蜑崎《あまさき》殿も、文五兵衛《ぶんごべえ》、妙真《みょうしん》も待ちわびていた。そこで、わしが大塚へ赴いて安否を問おうと、翌月二日黄昏《たそがれ》に行徳《ぎょうとく》から船に乗ったのだ。翌日には大塚に着いたが、ちょうどその前日、額蔵《がくぞう》の荘助《そうすけ》を、お前と犬飼《いぬかい》、犬田《いぬた》の三友が刑場を破って救出し、戸田河原《とだかわら》で大石家中《かちゅう》の剛《ごう》の者仁田山晋五《にたやましんご》の一隊に襲われた顛末《てんまつ》を聞いた。犬塚信乃《いぬづかしの》と額蔵《がくぞう》が討たれたと喧伝《けんでん》されたが、晒《さら》し首を見に行って偽《にせ》首と知り安心したものだ。こうした事情を行徳《ぎょうとく》、市川の人々に告げるより、まずお前たちに会おうと下総《しもうさ》へゆき、常陸《ひたち》へゆき、下野《しもつけ》、奥の白川、越後路の果てまで巡ったが、見つけることができなかった。その後も行脚《あんぎゃ》を続け、一昨年の秋、信濃路から甲斐《かい》国に入り、しばらく当院に泊めてもろうたが、その折、住職が他界した。寺を継ぐ者がなかったため、臨終の頼みを受けてわしが預かって二年をすごした。宛てもなく他国を巡り歩いても、お前たちと遭う遭わぬは天命次第、ならば他国へ出ることなしにこの指月院《しげついん》に一旦居を据《す》え、今日は三里、明日は五里と、托鉢《たくはつ》修行をしながら市中の旅人に目を配ることにしたのだ。そして去年の春、蜑崎《あまさき》殿が六、七人の従者を連れて訪れたのに遭遇した。寺へ伴うて我が考えを告げると、蟇崎《あまさき》殿も同意して他国巡りをしばし中止した。今年の夏には、図らずも犬山《いぬやま》、犬川《いぬかわ》の二犬士がこの荒れ寺へ宿りを求めた。これは、まこと奇事であった。わしも蟇崎《あまさき》殿も、額蔵《がくぞう》の荘助《そうすけ》は名を知るのみ、道節《どうせつ》に至っては犬士とさえ知らなかった。互いに名乗り合うて宿縁を知ったときの喜びは、尋常ではなかった。二犬士は蟇崎《あまさき》殿ともども当院に寓居《ぐうきょ》した。その後、三人とも留まるよりは、荘助《そうすけ》と道節《どうせつ》が代わる代わる遠国を周り、犬塚《いぬづか》、犬田《いぬた》、犬飼《いぬかい》、ならびに犬江親兵衛《いぬえしんべえ》の行方《ゆくえ》を訪ね歩くほうがよいと方針を定めた。寺に残ったほうは蟇崎《あまさき》殿と手分けし、近場を探す。四犬士と巡り会えば指月院《しげついん》へ伴うことで、一人に会うて一人を失うような離散の憂き目を避けられる。こうして、二犬士は役目を交代しながら今日に至っている。今年は荘助《そうすけ》が旅に出た。武蔵《むさし》、下総《しもうさ》、常陸《ひたち》、陸奥《むつ》、出羽《でわ》、越後《えちご》、信濃《しなの》の七ヶ国を巡ると言うて二月に出発し、未だ帰っていない」

ゝ大《ちゅだい》はにこやかに告げた。道節《どうせつ》の誇らしげな態度を、信乃《しの》は可笑《おか》しく感じた。

「昨日も例のごとく、わしは近村へ托鉢《たくはつ》に出ていた。道節《どうせつ》も昼は外出し、日が暮れねば寺に帰らない。蟇崎《あまさき》殿は一昨日《おととい》から郡内へ赴き、寺には無我六《むがろく》という老僕と、念戍《ねんじゅ》なる沙弥《しゃみ》がいたのみだ。そこへ、四十歳前後の武士と三十歳余りの女が従者をひとり連れ、寺を詣《もう》でたという。無我六《むがろく》から住職不在と聞くと、帰りを待ちたいと粒銀《つぶぎん》を贈り、女とともに小座敷へ上がった。しばらく逗留《とうりゅう》し、申《さる》の刻には帰ったようだ。念戊《ねんじゅつ》はこのところ足痛から外出を控えさせていたが、彼が小座敷と壁越しの縁側にいたため、彼らの密談を立ち聞きした」

ようやく、信乃《しの》も木工作殺《むくさく》しの全容を知った。手元にある桐一文字《きりいちもんじ》の脇差に目を遣《や》る。奈四郎《なしろう》の計画によれば、白刃《はくじん》に獣の血が付着したままなのだろう。

「……彼らは浜路《はまじ》を女郎屋へ売ろうと企んでいた。その夕暮れ、わしも道節《どうせつ》も、念戊《ねんじゅつ》から知らされたのだ。その場に居合わせたように聞けた。喜びもひとしおだった。我らは思わぬ発見をしたのだ」

道節《どうせつ》が続きを引き取った。「某《それがし》が思うに、たとえ犬塚《いぬづか》の無実を国守に訴えようとも、武田殿の家中《かちゅう》で正義がまかり通るとはかぎらない。奈四郎《なしろう》のような奸臣《かんしん》がいる以上、国守まで訴えは通るまい。そこで捕縛される前に犬塚《いぬづか》を救うのがよいと判断した。まず蜑《あま》崎《さき》殿の兵から気の利いた者に言いつけ、夜中に猿石《さるいし》村の村長《むらおさ》屋敷へ亡骸《なきがら》を埋めにくる者がいないか探らせた。そして今朝は、夏引《なびき》が目代甘利《もくだいあまり》堯元《たかもと》に訴えるべく屋敷を出るかどうか探らせていた。その頃すでに、某《それがし》は蜑崎《あまさき》殿の野装束を借り、兵たちに一篊《はんだ》の乗り物を担がせ、道の途中で待機していた。間者《かんじゃ》が戻って状況を告げるや、彼らも一行に加えて四六城《よろぎ》屋敷へ赴き、八代郡目代甘利《もくだいあまり》兵衛《ひょうえ》堯元《たかもと》と名乗って犬塚《いぬづか》と浜路《はまじ》を救うたのだ」

信乃《しの》は黙って耳を傾けた。いつのまにか、涙がこぼれ落ちていた。呼吸を整え、威儀を正し、「想像もしませんでした。道節《どうせつ》、荘助《そうすけ》が、ゝ大《ちゅだい》様や蜑崎《あまさき》殿とごいっしょに、この禅院に住んでいたとは。己《おのれ》の気づかぬところで罠にかけられ、知らぬところで救われていたとは不思議な気分です。三年前の秋七月七日未明に白井の討手から切り抜ける最中に別れ別れになり、某《それがし》もまた国々を訪ね歩き、路銀が尽きれば逗留《とうりゅう》して学問や武芸を教えて代金を集め、旅を続けてきました。先月下旬に富野《とみの》、穴山《あなやま》の間で泡雪奈四郎《あわゆきなしろう》主従を懲《こ》らしめた折、知り合うた木工作《むくさく》殿に屋敷へ誘われて長逗留《ながとうりゅう》となりました」

信乃《しの》は今日までの様子を詳しく告げた。と言っても、浜路《はまじ》を妻にするように木工作《むくさく》から請われたことと、亡き妻浜路《はまじ》の霊魂が生ける浜路《はまじ》に取り憑《つ》いて願いを告げたことだけは、さすがに恥じて言わなかったが。

道節《どうせつ》が親しげに告げた。「荒芽山《あらめやま》を後にし、俺は犬川《いぬかわ》とふたりになった。犬塚《いぬづか》らと巡り遭えんかと願うて信濃路から美濃、尾張へ行き、犬山《いぬやま》は先祖の土地ゆえしばらく留まり、それから伊勢へ向かい、伊賀を越え、大和、紀伊を経て、四国、九州まで渡った。ここに一月、かしこに半年と逗留《とうりゅう》した。俺には軍用のための貯金があり、犬川《いぬかわ》とふたり旅でも路銀は乏しくならなかった。やがて東国へ引き返し、図らずも指月院《しげついん》に留まることになった経緯は、先ほど、ゝ大《ちゅだい》法師が言われた通りだ」

道節《どうせつ》と荘助《そうすけ》が思いのほか遠くまで足を伸ばしていたことに、信乃《しの》は素直に感嘆《かんたん》した。

信乃《しの》は照文《てるふみ》へ向き直り、「蜑崎《あまさき》殿も市川から我々を追い、国々を巡られたのですか。しかし、なにゆえ兵を伴うておいでなのか」

そこで蜑崎照文《あまさきてるふみ》が語った事柄が、信乃《しの》を最も驚かせた。市川犬江屋《いぬえや》の母妙真《みょうしん》を襲った悪漢暴風舵九郎《あかしまかじくろう》の暴虐により、犬江親兵衛《いぬえしんべえ》が行方《ゆくえ》知れずになっていること。妙真《みょうしん》は行《ぎょう》徳《とく》の文五兵衛《ぶんごべえ》とともに安房《あわ》へ赴き、犬江屋《いぬえや》は依介《よりすけ》という水夫に継がせたこと。文五兵衛《ぶんごべえ》が安房《あわ》で亡くなったことも、初めて聞いた。

「文五兵衛《ぶんごべえ》と妙真《みょうしん》を伴うて安房《あわ》へ戻った際、主君が某《それがし》に屈強な兵七名をつけられた。丶《ちゅ》大《だい》の後を追い、犬士を探し、連れて参るようお命じになられたのだ」

信乃《しの》は未だ会うことのない里見殿の大恩を嬉しく思い、親兵衛《しんべえ》の生死が知れないことを嘆き、そして、文五兵衛《ぶんごべえ》の死を悼《いた》んだ。

「荘助《そうすけ》とは会えなかったが、行方《ゆくえ》が知れて安心しました。喜ばしいことです」

照文《てるふみ》は笑みを浮かべ、「他にも喜ばしい発見がある」と、信乃《しの》に目をやった。

「浜路《はまじ》のことだ」

6 正義の行方《ゆくえ》

「信乃《しの》よ、木工作《むくさく》の養女浜路《はまじ》の身の上には、奇々妙々な物語があるのだ」

蜑崎照文《あまさきてるふみ》がもったいぶった調子で言う。信乃《しの》が傍らに目をやると、道節《どうせつ》がうなずき、

「俺は昨夜、ゝ大《ちゅだい》法師から聞いた。それゆえ、四六城《よろぎ》屋敷で出来介《できすけ》を脅し、かの七宝《しっぽう》を摺箔《すりはく》にして笹竜胆《ささりんどう》の紋をつけた衣を差し出させたのだ。蜑崎《あまさき》殿、受け取られたか」

照文《てるふみ》が手元にある風呂敷包みを開いた。「大切なものゆえ、信乃《しの》と対面する前に兵から預かり、携えてきた。御坊《ごぼう》もごいっしょにご覧あれ」一枚布で仕立てた幼児用の着物を、ゝ大《ちゅだい》法師に渡した。受け取った法師は小さく唸《うな》り、見よ、と信乃《しの》へ差し向けた。

信乃《しの》もうやうやしく衣を取り上げ、「この着物のことは木工作《むくさく》から聞きました。見るのは初めてだが、奇談が現実になったような不思議な気持ちです。蜑崎《あまさき》殿はなにをご存知なのか。察するに、この着物が証《あかし》となるのでしょう。聞かせてもらえますか」

「児子服《ちごふく》が残っていたのは幸いであった。これがなければ、法師もわしも、かの少女子《おとめご》の素性を知ることはできなかっただろう。もう隠しはすまい。四六城木工作《よろぎむくさく》に拾われ、

養われた浜路《はまじ》殿は、我が主君、里見治部大輔《じぶのたいふ》義実《よしざね》公のご嫡男《ちゃくなん》、安房守《あわのかみ》義成《よしなり》様の五番めのご息女だ。幼い頃に着ておいでだったのが、七宝《しっぽう》に笹竜胆《ささりんどう》の児子服《ちごふく》。しかし、それだけが証拠ではない。五の姫上の耳たぶにはホクロがあったそうだ。道節《どうせつ》に伴われて当院に参られた折、乗り物から降りられるのを助けつつ、某《それがし》は、右の耳たぶにあるホクロを確認した。四六城《よろぎ》木工作《むくさく》の養女浜路《はまじ》は、幼い頃、鷲にさらわれて行方《ゆくえ》知れずになったと聞く、義成《よしなり》公の娘御《むすめご》、五の君、浜路《はまじ》姫に間違いなかった。それは、十三、四年前に起きた凶事なのだ」

　応仁二年（一四六八）九月下旬のことだった。よく晴れて風もなく暖かな日だった。浜路《はまじ》姫は姉妹の姫とともに乳母《うば》や女房たちが見守るなか、瀧田《たきた》城内《じょうない》の奥庭で遊んでいた。紅葉《もみじ》が散って池に落ちる様子を覗きこもうと、芝生をよちよち歩いていた姫の背後で、サッと音がした。その刹那《せつな》、巨大な荒鷲が羽嵐を立てて飛び来《きた》り、浜路《はまじ》姫の背を衣の上から掻《か》いつかんではるか上空へ飛び去っていったのだ。

　浜路《はまじ》姫は三歳（満二歳）だった。左右の手を引いていた乳母《うば》と女房は大鷲の激しい勢いに打ち倒された。乳母《うば》はそのまま息絶えた。守役《もりやく》の齢坂登《よわいさかのぼり》も、供の女房、女《め》の童《わらわ》も、みな叫び続けるだけだった。翼がなければ蒼天《そうてん》をむなしく仰ぐ以外になす術《すべ》もない。

幸いにも無事だった他の姫たちを保護して屋敷へ帰ったが、この凶事に慌てない者はいなかった。齢坂《よわいさか》は里見義実《よしざね》、義成《よしなり》両主君に報告すると、その場で腹を切ろうとした。義成《よしなり》が驚いて自殺を止め、そば近くへ召し寄せて諭《さと》した。

「我が子たちのうち、浜路《はまじ》ひとりが薄命にして、奇怪な荒鷲に捕らえられた。これは、お前の罪ではない。我らが武を布き、鳥も獣も近寄らせなかった城郭で、義成《よしなり》の娘が鷲の餌《えさ》になった。人にどうこうできるものか。前世からの業とでも考える他ない。逸《はや》って腹を切ろうとなんの役に立つ。娘を失うた上、家臣をも失うだけだ。隣国に聞こえれば、当家の武威が大きく衰えたと言われよう。外には漏らさぬようにせよ」

齢坂《よわいさか》は涙を止められなかった。恩に感謝しながら退席したが、この日の嘆きが癒《いや》されることはついになかった。後年、病にかこつけて暇《いとま》を乞い、髪を落として下総国《しもうさ》真間《まま》の弘教寺《ぐきょうじ》で弟子《でし》となり、浜路《はまじ》姫の菩提《ぼだい》を弔《とむら》っていたようだが、いまも世にあるのか知る者はない。出家したのは、彼女だけではなかった。世話役の女房にも尼になった者が二、三人あった。

浜路《はまじ》姫の実母は里見義成《よしなり》の側室で、井直秀《いのなおひで》の従弟《いとこ》である下河邊太郎為清《しもこうべのたろうためきよ》の娘、盧橘《はなたちばな》だ。親の為清《ためきよ》は、結城《ゆうき》合戦で直秀《なおひで》とともに討死《うちじに》した。当時、盧橘《はなたちばな》は赤ん坊で、その母は彼女を懐《ふところ》に抱いてあちこち流浪した末、安房《あわ》に辿り着いたという。知り合いを通じて境遇を伝え聞いた里見義実《よしざね》は、為清《ためきよ》の忠義を愛してその妻子を召し抱え、妻の五十子《いさらこ》に委ねた。八、九年経った頃に母が他界し、盧橘《はなたちばな》は孤児となったが、義実《よしざね》が特に憐れんで、その後は奥で育てられた。容姿美しく、心延《こころば》えも立派な女子《おなご》に育つと、義成《よしなり》の妻とした。義成《よしなり》より年長だったので側室とされたが、盧橘《はなたちばな》は三の君と浜路《はまじ》姫を生んだ。義成《よしなり》の正室吾嬬前《あづまのまえ》は他の姫たちと同じく、盧橘《はなたちばな》の子供たちも愛しんだ。だから、浜路《はまじ》姫が荒鷲によって亡失したことで、盧橘《はなたちばな》だけでなく、吾嬬前《あづまのまえ》の嘆きも日増しに大きくなった。それでも生みの母の嘆きはやはり尋常でなく、盧橘《はなたちばな》は返らぬ日々をかえすがえす思い出し、口にもした。義成《よしなり》は彼女を諫《いさ》め、励ますために、姉伏姫《ふせひめ》の悲劇さえ語って諭《さと》したという。そして、盧橘《はなたちばな》に心の平穏を取り戻させるため、近習《きんじゅ》や女房たちに、浜路《はまじ》姫の亡失について不用意に語る者は罰すると命を下した。義実《よしざね》はそれを伝え聞き、妻たちを慮《おもんばか》った配慮に感心したそうだ。

しかし、みなが端《はな》からいなかったかのようにふるまおうと、盧橘《はなたちばな》にはかけがえのない我が子だ。思いはやまず、身は痩《や》せ細り、心は衰え、ついに命を失うことになった。

後に蜑崎照文《あまさきてるふみ》が、丶大《ちゅだい》法師の行方《ゆくえ》を追い、あるいは賢者、勇士を募って安房《あわ》へ連れ帰るべく関八州を巡る旅に出発した折にも、義実《よしざね》も義成《よしなり》も浜路《はまじ》姫のことは言い出さなかった。姫の安否を訪ね歩くようにとの仰せはなかったが、それでも照文《てるふみ》は鎌倉で、丶大《ちゅだい》法師と再会したとき、安房《あわ》で起こった浜路《はまじ》姫の凶事を詳しく伝えておいた。そのため、法師は直接は知ることのない姫の素性を承知し、夏引《なびき》が奈四郎《なしろう》に告げた木工作《むくさく》養女の来歴や、着物のこと、名前などから考え合わせ、義成《よしなり》の娘に違いないと判断できたのだ。道節《どうせつ》も法師から聞いたからこそ、信乃《しの》と浜路《はまじ》姫を救うべく動きだせた。

「縁は切っても切れないものです」信乃《しの》が受けた。「浜路《はまじ》姫の実母盧橘《はなたちばな》の父、下河邊為清《しもこうべのためきよ》は、井丹三直秀《いのたんぞうなおひで》の従弟《いとこ》と言われましたが、その直秀《なおひで》は某《それがし》にとって母方の祖父です。浜路《はまじ》姫を十数年養育した四六城《よろぎ》木工作《むくさく》は、直秀《なおひで》の忠臣蓼科太郎市《たでしなたろいち》の独り子でした」

信乃《しの》が木工作《むくさく》から聞き、また信乃《しの》自身が父母から聞いた因縁話を語り聞かせると、照文《てるふみ》、道節《どうせつ》、丶大《ちゅだい》法師はみな感嘆《かんたん》の声を上げ、不思議な縁だと称えた。信乃《しの》は再び児子服《ちごふく》を取り上げて目を凝らし、照文《てるふみ》に尋ねた。

「里見家の大中黒《おおなかぐろ》の家紋でなく笹竜胆《ささりんどう》が付けられたのは、所以《ゆえん》のあることですか」

「それはもっともな疑問だ。新田《にった》氏の家筋では、ご先祖上西公（新田義重《よししげ》）以来、里見、鳥山、堀口の三家もまた、宗家たる中将《ちゅうじょう》家（新田義貞《よしさだ》）と同じ大中黒《おおなかぐろ》を家紋としてきた。一方、笹竜胆《ささりんどう》は源氏の始祖たる六孫王《ろくそんおう》（源経基《みなもとのつねもと》）以来の家紋であり、山名、畠山の一族は、いまもこれを使う。里見家では笹竜胆《ささりんどう》を替紋《かえもん》となさっている。すなわち、嫡《ちゃく》男《なん》以外の平服に大中黒《おおなかぐろ》を用いることを禁じたため、姫上たちの着物には笹竜胆《ささりんどう》が付けられたのだ。また、着物の模様として七宝《しっぽう》を摺《す》られたのは、当時、義成《よしなり》公に息女が七人あらせられたからだ。嫡男《ちゃくなん》太郎《たろう》御曹司《おんぞうし》義通《よしみち》君と合わせて八柱だが、世に子宝ということから、七人の姫上たちを七つの宝と見立てなさり、同じ模様の着物を着させられた。浜路《はまじ》姫が亡せられた後、吾嬬前《あづまのまえ》のおん腹から新たにおひとり姫上が産まれなさっている」

道節《どうせつ》も聞き入っていたが、「法師、蜑崎《あまさき》殿もお聞きくだされ」やにわに口を開き、「犬《いぬ》塚《づか》の許嫁《いいなずけ》は、某《それがし》の妹でした。はばかりながら姫上と同名で、浜路《はまじ》と呼ばれました。先に円塚《まるつか》で深手を負った彼女と思いがけなく名乗り合えましたが、救うことはできなかった。今日、妹と同名の姫上をお救いできたのは、某《それがし》にとってもありがたい奇事でした」

「まさに、そうだな」信乃《しの》がそちらへ目をやり、深くうなずいた。

ゝ大《ちゅだい》法師が振り向き、閉じた襖《ふすま》を見て言った。

「浜路《はまじ》姫には次の間で休んでもろうている。念戌《ねんじゅつ》、無我六《むがろく》に言いつけて薬湯を勧め奉《たてまつ》ったから、落ち着いておいでだろう。いまの話もお耳に入れられたはずだ。手柄を成した二犬士、改めて見参《げんざん》してはいかがであろうか」

照文《てるふみ》が身を乗り出し、「某《それがし》も同じことを考えていた。姫上に申し上げてみようか」と立ち上がり、次の間へ向かった。しばらくして戻ってくると、「お身体の調子もよさそうだ。ここでの物語も余さずお聞きになられたとのことで、哀歓こもごもお涙にかき暮れておいでだった。さあ、二犬士は見参《げんざん》しなされ」

信乃《しの》、道節《どうせつ》のために、照文《てるふみ》が次の間の襖《ふすま》を開いた。ふたりは敷居の先へ膝《ひざ》を進め、布団の上に端座《たんざ》している浜路《はまじ》姫に向かって頭《こうべ》を垂れた。

「十三年の厄が払われ、故郷へお帰りになられますことを、我ら心よりお祝い申し上げます」と、信乃《しの》が畏《かしこ》まって言う。

姫は恥じらうような表情で、「私はこれまで、多くの人に庇《かば》われてきました。本当の親と素性が知れたのは喜ばしいことなのでしょうが、今日までですごした歳月もまた、私にとって偽りではありません。幼い頃から里村で養われ、お城の暮らしなど見聞きしたこともない。そのような田舎娘が、親の名を穢《けが》しはしないだろうか。私はずっと木工作《むくさく》の娘として、ああせえこうせえ言われていたほうがよかったでしょう。私のせいで実の母御《ははご》は心を折られて世を去られ、世話役の老臣、女房たちが法師になり尼になったと聞けば、どこまでも哀しうて仕方ありません。育ての親までが非命に身まかったいま、その菩提《ぼだい》を弔《とむら》うのが道ではありませんか。ここに法師がいらっしゃるのなら、私は導かれて尼になりとうございます。そのように計ろうてはくださいませんか」

また泣きだすのを、四人が口々に慰めた。

丶大《ちゅだい》が台所へ向かい、「念戌《ねんじゅつ》はいるか。こっちへ来い」と呼びかけると、あい、と少年の声が返り、あかぎれ痛む足を引きずってきた。襖《ふすま》の陰から顔を突き出す。

その少年を傍らへ招くと、丶大《ちゅだい》は浜路《はまじ》姫に紹介した。「この沙弥《しゃみ》も二犬士に等しい手柄を立てました。奈四郎《なしろう》と夏引《なびき》の密談をだれかが聞いていなければ、姫上のおん素性も知る由がございませんでした。この者の法名にもまた戌《いぬ》がある。その縁は、名詮自性《みょうせんじしょう》とも言えましょう。お目をたまわりたい」

浜路《はまじ》姫は念戌《ねんじゅつ》にも礼を述べた。丶大《ちゅだい》は二犬士と照文《てるふみ》へ見返り、「功ある者は念戌《ねんじゅつ》だけではない。無我六《むがろく》がうまうまと奈四郎《なしろう》に欺《あざむ》かれて小座敷を貸さねば、だれも密談を聞くことはなかった。怪我《けが》の功名とは彼のことを言うのであろう」と言うと、三人は腹を抱えて笑い、浜路《はまじ》姫もつられ笑いして表情を少し和らげた。

信乃《しの》は思いきったように姫へ視線を向け、「木工作《むくさく》殿の死を、すぐに受け止めることは難しうございましょう。某《それがし》とて同じ気持ちです。それでもはばかりながら、これだけは言えます。お父上は、娘御《むすめご》の出家を望まれはしません。木工作《むくさく》殿は、一途《いちず》に浜路《はまじ》殿の幸せだけを願うておいででした。某《それがし》はその思いをいつも肌で感じていました」

浜路《はまじ》姫は少し驚いた顔で、信乃《しの》を見つめた。信乃《しの》は赤くなった顔を伏せ、生唾《なまつば》を飲んだ。道節《どうせつ》や照文《てるふみ》たちには、通りいっぺんな慰めに聞こえただろうが、浜路《はまじ》姫もはにかむように目を伏せた。いまや信乃《しの》と浜路《はまじ》のふたり以外に、木工作《むくさく》の願いを知る人はない。木工作《むくさく》が浜路《はまじ》を信乃《しの》と結婚させたがっていたことを、もうだれも知らない。

沈黙を破るように、丶大《ちゅだい》が語りだした。「道節《どうせつ》の計略で姫上と信乃《しの》を救いとれたが、いずれは人に知られ、この寺へ捕手が向けられるであろう。そこで、蜑崎《あまさき》殿は兵を連れ、姫上を警固《けいご》して安房《あわ》へ帰りなされ。二犬士もまた、ただちにこの地を去るがよい。わしは出家の身ゆえ、国守の咎《とが》めを受けようと命までは奪われるまい。万が一、首を刎《は》ねられても、姫上と諸君子が無事ならば未練もない。この通りに従いなされ」

即座に道節《どうせつ》が拒んだ。「それは、我が考えと異なります。犬塚《いぬづか》はともかく、某《それがし》はこの地を去るわけにいきません。犬塚《いぬづか》と姫上を救うのに甘利兵衛《あまりひょうえ》の名を借りたのは、やむを得ずにしたことですが、後日の咎《とが》めを恐れておめおめと逃げだせば、盗人《ぬすっと》、詐欺師と同類になりましょう。勇士として恥ずべきことです。それに、一件はまだ落着していません。木工作《むくさく》を撃ち殺し、犬塚《いぬづか》と姫上の命を危うくさせたのはだれであったか。犯人は余所者《よそもの》ではない。あろうことか、この国の家臣なのです。家中《かちゅう》の罪を責めることなく、他人を咎《とが》めるような国守なら、国民は必ず叛《そむ》き、離れましょう。家中《かちゅう》の罪を隠匿《いんとく》されて、だれが善政と称えましょうか。討手が寄せてきたならば、某《それがし》はそれを問いたい。聞く耳を持たないようなら思いのままに斬り殺し、そのとき他国へ走りましょう。みなは先に退《しりぞ》いてくだされ」

信乃《しの》は道節《どうせつ》の決意を称賛し、「よくぞ言うた。我が意見も同じだ。道節《どうせつ》とふたり残って討手を待ち受けましょう。蜑崎《あまさき》殿は法師とともに姫上をお連れし、立ち退《の》かれよ」

浜路《はまじ》姫がため息を吐き、「淡い女子《おなご》の心で、勇士の論議を否《いな》むつもりはありませんが、我が身を逃がすために、命の恩人たちがまたも危うい目に遭うと知りながら、どこへゆけましょうか。私も残ります。そうしてすべてが片付いたなら、そのときは養父の亡骸《なきがら》を荼毘《だび》に付し、白骨をたずさえて安房《あわ》へ帰りましょう。尼にはならずとも、長く菩提《ぼだい》を弔《とむら》い続けます。この意を果たせるようにお頼みします」

ゝ大《ちゅだい》は照文《てるふみ》と顔を見合わせ、微笑んだ。「孝行の心が深ければ、そう言われるでしょうな。ならば、命運は天に任せ、国守の沙汰《さた》を聞くまでここに留まりましょう」

「いや、この地のことは某《それがし》と犬塚《いぬづか》に任せ、御坊《ごぼう》たちは姫上のお供をなさって速やかに立ち退《の》かれよ。木工作《むくさく》の白骨は、後日、安房《あわ》へ送りましょう。義理を言われても無益《むえき》です」

道節《どうせつ》が強い口調で言うが、浜路《はまじ》姫は涙を浮かべて首を振る。とても従う様子はなかった。ゝ大《ちゅだい》は頭を傾けて、道節《どうせつ》と信乃《しの》へ諭《さと》すように言った。

「姫上がここまで仰せなのだ。道節《どうせつ》も我意に囚われるな。みなで逗留《とうりゅう》するとしよう」

有無を言わさぬ調子に、道節《どうせつ》も小さくうなずいた。こうして奥まった離れに浜路《はまじ》姫をかくまい、照文《てるふみ》が世話役を務めることになった。離れへ案内されるとき、姫はどこか恨めしげな顔つきで信乃《しの》を見つめた。


甘利《あまり》兵衛《ひょうえ》堯元《たかもと》は、夜中に夏引《なびき》、出来介《できすけ》を牢に繋《つな》ぎ、その翌朝さっそく問注所へ出向いた。国守武田信昌《たけだのぶまさ》は自ら民の訴えを聞き、国中の賞罰に目を通していた。

堯元《たかもと》は主君に謁見《えっけん》すると、夜のうちにしたためていた上申書を奉《たてまつ》った。加えて、甘《あま》利《り》堯元《たかもと》の名を騙《かた》り、犬塚信乃《いぬづかしの》と木工作《むくさく》の娘浜路《はまじ》を連れ去った曲者《くせもの》の容貌も報告した。

信昌は上申書に目を通すと、眉を大きくひそめた。

「これが本当ならば、泡雪奈四郎《あわゆきなしろう》は残忍極まりない悪人である。堯元《たかもと》は、ただちに奈四《なし》郎《ろう》主従の身柄を拘束せよ。奈四郎《なしろう》らを尋問すれば、信乃《しの》、浜路《はまじ》の行方《ゆくえ》も、彼らを連れ去った曲者《くせもの》の素性も、探り出せるよすがとなるかもしれん。急ぎ、支度を行え」

堯元《たかもと》は兵十名ほどを従え、奈四郎《なしろう》の住居がある躑躅《つつじ》ヶ崎《さき》の袋町へ急いだ。

奈四郎《なしろう》もまた、昨日密かに幮内《かやない》を猿石《さるいし》村へ遣わしていた。信乃《しの》と浜路《はまじ》の捕縛を確認させるためだったが、夕暮れに息を切らして戻った幮内《かやない》から、信乃《しの》、浜路《はまじ》を連行したのは偽堯元《たかもと》の仕業であること、本物の堯元《たかもと》に夏引《なびき》と出来介《できすけ》が捕縛され、なにもかも白状したことを知らされた。奈四郎《なしろう》は恐怖に襲われた。

「夏引《なびき》が口を割ったなら、いまにも捕手が向けられるぞ。もはや逃げるしかない。今夜のうちに逐電《ちくでん》するのだ。媼内《おばない》にも伝え、早く出立《しゅったつ》の準備をしろ」

言葉忙《せわ》しくそう囁《ささや》き、主従は逃げ支度に追われた。衣装や家具を近くの商人に売り払って路銀を作り、亥《い》の刻（午後十時）にはもう武蔵《むさし》方面へ走りだしていた。

一心不乱に夜じゅう駈け続け、明け方には笹子《ささご》峠の近くまで来ていた。そこで奈四郎《なしろう》は媼内《おばない》、蠏内《かやない》を振り返り、真剣な顔つきで言った。

「慌ただしく旅立ち、忘れ物をした。昨日、材木商人が枯木や落ち葉の代金に三十余金を持ってきた。国守に渡さず小簞笥《こだんす》に入れていたのを捨ててきたのは、愚かだった。お前たちのどっちでもいい。いまから帰って取ってくれれば、十金を分け与えよう。捕手がくるとしても、評議で決まるまでしばらく猶予《ゆうよ》がある。どちらが行く？」

媼内《おばない》は聞こえなかったような顔で笑みを浮かべただけだ。蠏内《かやない》は口を開いた。

「言われるように、夜が明けてすぐに捕手は出せないでしょう。運試しと思うて、僕《やつがれ》がひとっ走り行ってきましょう。笹子《ささご》峠を越えなさったら、ゆっくり進んでくだされ」

「よい胆力だ。その勇気に三十金すべて与えてもよいくらいだ。素早く行って、素早く追いつけ」

蟵内《かやない》は勇んで返答すると、躑躅《つつじ》ヶ崎《さき》へ引き返した。

甘利《あまり》堯元《たかもと》が奈四郎《なしろう》の屋敷を取り囲んだのは、巳《み》の後刻（午前十一時）頃だった。偵察に出した兵が戻り、「奈四郎《なしろう》はすでに逐電《ちくでん》しています。調度類も少なくなっています。ただ、奥にひとり家来がいました。たったいま帰ってきた様子で、旅装束のまま小箪笥《こだんす》の引き出しをかき乱しています」そう報告した。

堯元《たかもと》は即、決断した。「その小者を取り逃がすな。突入して搦《から》め捕れ！」

兵たちが前後の木戸から乱れ入り、「主命《しゅめい》じゃ！」と口々に呼ばわった。たちまち蟵《かや》内《ない》は前後左右から取り囲まれた。

蟵内《かやない》は狼狽《ろうばい》しつつも脇差を構え、切り抜けようと立ち向かった。だが、多勢はひるまず、その刃《やいば》を打ち落とし、突き倒した。折り重なった兵がたやすくとり押さえ、縄を掛《か》けた。堯元《たかもと》が懲《こ》らしめ、泡雪《あわゆき》奈四郎《なしろう》の行方《ゆくえ》を責め問うた。蟵内《かやない》は苦しみに耐えきれず、奈四郎《なしろう》が笹子《ささご》のほうへ逃げたことを明かした。蟵内《かやない》を城外の牢獄へ連行するように命じると堯元《たかもと》は馬に飛び乗り、残りの兵を従えて奈四郎《なしろう》の捕縛に向かった。しかし一晩の差は埋められず、探し当てられず帰ることとなった。

その夜、堯元《たかもと》は蟵内《かやない》を牢から引き出し、奈四郎《なしろう》について問うた。蟵内《かやない》はなにひとつ隠さなかった。穴山《あなやま》近くで起きた犬塚信乃《いぬづかしの》との揉《も》め事に始まり、夏引《なびき》との密通、木工作《むくさく》殺し、指月院《しげついん》での密談まで、知っていることを洗いざらい話した。堯元《たかもと》が新たに知ったのは、奈四郎《なしろう》が材木を無断で切り出し、商人に売り渡していたことや、国守の求めと偽って富裕な町人や百姓から金を借りて返さずにいること、そうした汚職の数々だった。

次の日も、堯元《たかもと》は問注所へ伺候《しこう》した。主君信昌《のぶまさ》に、奈四郎《なしろう》の逐電《ちくでん》と蝮内《かやない》がもたらした情報を残らず報告した上で、私見を述べた。

「去る日、奈四郎《なしろう》は石和《いさわ》の指月院《しげついん》で寺男を欺《あざむ》いて夏引《なびき》と密会し、犬塚信乃《いぬづかしの》を陥れる計略を語り合うています。このとき、信乃《しの》と親しい者が立ち聞きし、某《それがし》の名を騙《かた》って信乃《しの》、浜路《はまじ》を連れ去ったのではないか。そう見当をつけ、人を遣わして密かに寺を探りますと、浪人とおぼしき者が数人、寓居《ぐうきょ》していました。名を騙《かた》った曲者《くせもの》は信乃《しの》の友人か、そうでなければ、諸国行脚《あんぎゃ》の侠客《きょうかく》のような者ではないかと推量します。捕手を差し向け、一刻も早く曲者《くせもの》らを捕らえるよう上申いたします」

信昌《のぶまさ》は真剣に耳を傾け、「堯元《たかもと》の推量通り、信乃《しの》も浜路《はまじ》もかの曲者《くせもの》もその寺にいるとしても、捕手を遣わして捕縛しようとしてはならぬ。なぜと言うに、木工作《むくさく》を撃ち殺し、信乃《しの》を陥れようとした犯人は、我が家臣であったのだ。曲者《くせもの》らが私的な判断で偽目代《にせもくだい》としてふるまったことに罪がなくはないが、国の政《まつりごと》が正しければ素直に訴え出て、無実を表明できただろう。彼らがそうしなかったのは、この国では正義が機能しないと見做《みな》したからだ。泡雪奈四郎《あわゆきなしろう》と親しい者が家中《かちゅう》にあれば、事実を曲げられる恐れがあると考えた。これは、国守の罪だ。国守家の者が先に法を破れば、だれが法を守ろうか。彼らの偽名の罪は、我が政道の過ちが原因であった。それを棚に上げて糾弾すれば、世の豪傑に笑われよう。そこでだ、明日は旅狩りをよそおうて指月院《しげついん》に立ち寄り、わしが住職に直接問うこととする」

「お言葉ではございますが、信乃《しの》を連れ去った曲者《くせもの》どもの善悪未だ知れません。指月院《しげついん》は新しい寺で、住職は行脚《あんぎゃ》の僧。彼らが野心を抱いていれば安全とは言えません。某《それがし》がおん使いを承り、彼処《かしこ》へ赴いて究明して参ります。お許しを願います」

信昌《のぶまさ》は頭を振った。「この一件は、わしが自ら赴かねばならんのだ。彼処《かしこ》に智勇の浮浪人がいるならば、この甲斐《かい》に引き留めるべく話もしたい。だが、常ならぬことであるのは確かだ。堯元《たかもと》は勢子《せこ》のいでたちをさせた兵二、三十人を率いて、我が後方についていろ。そう恐れることはない」

信昌が楽しげに微笑みながら諭《さと》すと、堯元《たかもと》も納得せざるを得なかった。

次の日、武田信昌《たけだのぶまさ》一行は、鷹狩りにかこつけて石和《いさわ》郷をそぞろ歩き、指月院《しげついん》に寄った。

住職の、大《ちゅだい》法師は、いずれ訪れるはずの国守の沙汰《さた》を聞くため、ここ数日、托鉢《たくはつ》にも出ていなかった。そうは言っても、国守自らの訪問は予想外だった。

「武田殿は聡明《そうめい》な領主と聞いているが、自ら見えられたこの吉凶は測りがたい」

道節《どうせつ》が、大《ちゅだい》の不安を一蹴《いっしゅう》するように、「吉であれ凶であれ、出迎えぬわけにはいきません。蜑崎《あまさき》殿は姫上をお守りしてひそんでいられよ。某《それがし》と犬塚《いぬづか》が、法師の左右に付き従い、国守と論弁いたしましょう。面白いことになったではないか」

信乃《しの》は興奮こそしないが、道節《どうせつ》の意見に賛成だった。ふたりは衣装を着替え、大《ちゅだい》法師に従った。照文《てるふみ》は七人の兵を襖《ふすま》の陰に隠し、合図を下せば一斉に出て二犬士を助けられるように待機すると、玄関の戸の節穴から来訪した武田信昌《たけだのぶまさ》を垣間《かいま》見た。

甲斐《かい》国守は十余人の近臣と甘利《あまり》兵衛尭元《ひょうえたかもと》のみを従え、数十人もの従者や勢子《せこ》、小者はすべて門前に留め置いてきた。彼らは静かに寺へ進み入った。

大《ちゅだい》法師は香染《こうぞめ》の法衣《ほうえ》に黒い袈裟《けさ》を掛け、手に如意《にょい》を持っていた。左右に二犬士を従え、うやうやしく国守に拝謁《はいえつ》した。

信昌《のぶまさ》自ら、大《ちゅだい》の前まで進み出、改めて床几《しょうぎ》に腰を据《す》えた。「当院の住職はあなたか。その法風は我が国の四ヶ郡に知れわたって、勧懲の主人公として仰がれているとはかねて聞くところだ。この信昌《のぶまさ》、狩りのついでに寺を訪れ、さながら後生《ごしょう》を思わぬことに似たれども、これも武門の倣《なら》いと容赦されよ。左右に侍《はべ》るのは何者かな」

丶大《ちゅだい》は臆することなく、「貧しい寺ゆえ老若男女の詣《もう》でることすら稀《まれ》なのに、国守の光臨をたまわりましたこと、寺門の面目《めんぼく》これに増すものはございません。ここなる者どもは、拙僧《せっそう》と縁があります武蔵《むさし》の郷士《ごうし》犬塚信乃戍孝《いぬづかしのもりたか》、同国浪人の犬山道節忠与《いぬやまどうせつただとも》と申す勇士たちにございます」

「犬塚信乃《いぬづかしの》とやらは、先に猿石《さるいし》の村長《むらおさ》木工作《むくさく》の家に寄宿し、主人殺しを言い立てられた旅人であるか」

信乃《しの》が進み出る。「左様でございます。某《それがし》、木工作《むくさく》の屋敷で世話になりました犬塚信乃戍孝《いぬづかしのもりたか》でございます。思いがけなく御家臣の泡雪奈四郎《あわゆきなしろう》らに憎まれ、無実の罪に陥れられようとしたところを、親友らの助けによって免れてございます」

「犬山道節《いぬやまどうせつ》は、いわゆる親友であるか」

道節《どうせつ》が進み出た。「左様でございます。某《それがし》は犬塚《いぬづか》とは苗字を違《たが》える兄弟の、犬山道節忠与《いぬやまどうせつただとも》でございます。去る日、泡雪奈四郎《あわゆきなしろう》と淫婦夏引《なびき》の密謀が漏れ聞こえたことに驚き、出訴せねばと思いましたが、なにしろ相手は国守の御家臣でございました。舟が流されましたとき、渡るに舵《かじ》を持たなければどうなりましょう。信乃《しの》はたちまち搦《から》め捕られ、鞭《むち》打たれて横死の憂き目に遭いましょう。そうなって後悔しても遅すぎます。人の姓名を掠《かす》めた罪はありましょうが、罪なき者を搦《から》め捕る悪政よりは軽かろうと自らに許し、大胆にも御家臣甘利《あまり》兵衛《ひょうえ》尭元《たかもと》と偽り、木工作《むくさく》の小者出来介《できすけ》を欺《あざむ》いて信乃《しの》と浜路《はまじ》を救うたのは、某《それがし》の仕業でございます。されども、他郷へ逃げはせず、当院で処罰を待っていました。正しい裁断あれば幸いでございます」

　はばかる様子もなく答える相手を、信昌《のぶまさ》は嘆賞した。「勇ましいな。権力を恐れず、多勢をはばからず、義を信じて言葉を尽くし、難に臨んで逃げない。その器量、億万人を超える俊傑でなければ、いま、わしはここにいまい。そもそも信昌《のぶまさ》が鷹狩りを口実にこの指月院《しげついん》に立ち寄ったのは、お前たちと会うためである。住職もよく聞かれよ。道節《どうせつ》が偽名を用いた謀《たばか》りは、罪なきこととは言えんが、国守もまた家臣らの悪行を正さず、他郷の旅人を苦しめた。民の訴えが主に届かず、民が罪を犯さねばならぬなら、それは政治が間違うているのだ。犬山道節《いぬやまどうせつ》が甘利尭元《あまりたかもと》の名を騙《かた》って犬塚信乃《いぬづかしの》を救うた行いは、我が国政の欠けたところを補うたとも言えよう。その義勇、まことに捨てがたい。もしもこの小国を嫌わぬならば、お前たちには半郡を宛行《あてが》う用意がある。犬塚《いぬづか》も犬山《いぬやま》も、今日より我に仕えよ。住職、御坊《ごぼう》が仲介して我が望みを遂《と》げさせたまえ」

　ゝ大《ちゅだい》は驚きもせず、にっこり笑みを浮かべた。「名君に選ばれましたことは、この二犬士の幸いでございましょう。しかし、彼らには諸国漫遊の志があり、仕官の望みはございません。よって、承りがたいことかと存じます」

左右を見返ると、信乃《しの》、道節《どうせつ》はうやうやしく礼を尽くしている。

「不肖《ふしょう》の我々、罪こそあれ手柄のひとつもございませんのに、その罪を許されたばかりか、高禄をもって招かれるとは、ありがたいほどかたじけなし。されども、某《それがし》たちには義兄弟が数人あり、別れたまま未だ行方《ゆくえ》が知れません。彼らと巡り会わずに、我らのみが仕官すれば不義となります。たとえ一国をたまうとも、いまは従うことができません。ただ速やかに身の暇《いとま》をたまわんことを願うのみです」

信昌《のぶまさ》はあからさまにため息をつき、「それならば、仕官のことはしばらく議論すまい。せめて一年三ヶ月、この地にとどまりはせんか。城中に招待して酒を勧めたい」

信乃《しの》は真正面から信昌《のぶまさ》に向かって、「某《それがし》らは片田舎の浮浪人。粗食に馴れ、美味をたしなみません。豪勢な饗応《きょうおう》よりも、願いはただひとつです。木工作《むくさく》の養女浜路《はまじ》は、幼い頃に鷲にさらわれ、甲斐《かい》国中山の木の又に捨て置かれた者ですが、その折に着ていた児《ち》子服《ごふく》から実の親が判明しました。我らは、その実父母と旧縁がございます。そこで、彼女を故郷まで送ることをお許し願いたいのです。浜路《はまじ》は木工作《むくさく》の亡骸《なきがら》を火葬し、白骨を故郷で葬《ほうむ》ることを望んでいます。木工作《むくさく》の家には男子がございませんが、彼の遠い親戚であれ、その子供が後を継いで弔《とむら》いを続けるなら、これもまた国の大恩。これらのことを、お許し願いとう存じます」

そう懇請《こんせい》するのを信昌《のぶまさ》は聞き入った。「今度のことでは、浜路《はまじ》も恐ろしい思いをしただろう。奈四郎《なしろう》の悪事は夏引《なびき》らの白状で露見した。奈四郎《なしろう》には逃げられたが、従僕の蝈《かや》内《ない》なる者を生け捕りにしている。夏引《なびき》、出来介《できすけ》ともども刑死となるだろう。浜路《はまじ》にも知らせてやるがよい。また、彼女が実父のもとへ帰りたいと願うのも、養父の白骨を持ち帰って菩提《ぼだい》を弔《とむら》いたいと欲するのも、いずれも孝行の情願である。どうして許さないことがあろうか。木工作《むくさく》の養子のことは、村の古老と相談し、できるだけのことはしよう。甘利《あまり》兵衛尭元《ひょうえたかもと》に命じるゆえ問題はない。義勇の武士、高徳の法師と対面でき、喜びはひとしおである。暇があれば、和尚《おしょう》も城中へ参られよ。かえすがえすも二犬士は、春までは留まっていよ。日を改めて、また面会しよう」

そして、信昌《のぶまさ》は別れの挨拶を述べた。、大《ちゅだい》、道節《どうせつ》、信乃《しの》は、国守の恩義に感謝し、門前からはるか先まで見送った。途中で信昌《のぶまさ》が見送りをやめさせて馬に乗り、数多《あまた》の従者を従えて躑躅《つつじ》ヶ崎《さき》へ去ってゆく。冬枯れした野辺に、桜や紅葉《もみじ》とも思える色とりどりの武家装束が照り輝く。春秋を何度も重ねた名家の武威をそこに見るようだった。

7 あなたの新たな人生のために

猿石《さるいし》村の百姓が木工作《むくさく》の亡骸《なきがら》を指月院《しげついん》まで担いでくる。丶大《ちゅだい》法師が受け取り、その夜、火葬が行われた。信乃《しの》や照文《てるふみ》たちは、四六城《よろぎ》の家督について村の百姓たちと話し合った。隣村に四六城《よろぎ》氏の百姓がいた。木工作《むくさく》の養父から五代前に別れた親族で、互いに疎遠だったという。この四六城《よろぎ》氏に男子が三人あり、特に次男が有能で文筆も好むのだそうだ。彼に猿石《さるいし》の四六城《よろぎ》家を継がせることに、だれも異存はなかった。照文《てるふみ》は浜路《はまじ》姫にその経緯を伝えた。

木工作《むくさく》の白骨を半分に分け、ひと壺を四六城《よろぎ》家の菩提院《ぼだいいん》に葬《ほうむ》った。その際、猿石村の古老たちが仲介し、隣村四六城《よろぎ》氏二男を木工作《むくさく》と改名し、猿石《さるいし》の家を継がせた。以前から仕えていた使用人、杣人《そまびと》たちは、新当主が雇い続けることとなった。

さて、後日――。道節《どうせつ》、信乃《しの》は、丶大《ちゅだい》法師と照文《てるふみ》に相談した。

「姫上の情願も十二分に成就《じょうじゅ》した以上、我らはもう留まらぬほうがよいでしょう。国守武田信昌《たけだのぶまさ》殿は、武士を愛する良将です。我々をこの国に留めようとして贈り物がたびかさなれば、いずれしがらみとなって立ち去るのが難しくなりましょう。恩を受ける前に他郷へ避けとうございます。ついては、蜑崎《あまさき》殿も姫上のお供をなさって安房《あわ》へお帰りなさいませ。あまり日延べをすれば、必ず後悔しましょう」

「二犬士の意見は、わしも考えていたことだ。十一郎《じゅういちろう》も旅立ちの支度を整えるがよい」

丶大《ちゅだい》に促されて照文《てるふみ》が旅支度にかかろうとするのを、道節《どうせつ》が押しとどめた。

「まだ言うことがあります。未明に我々もいっしょに発《た》ち、相模《さがみ》、武蔵《むさし》の果てまで姫上をお送りしますので、兵七人のうち三人をこの寺に残されよ。いずれ犬川荘助《いぬかわそうすけ》が帰ってくるでしょう。火急の用事を求められた場合に備え、使いができる者がいたほうがよいと、かねて考えていました」

照文《てるふみ》は承知した。「七名の兵は、犬士の非常に備えるべく我が君がつけられたのだ。四人五人を残したとしても多いとは思わん。そなたたちの便宜に任せる。さて、わしも道中のことを考えてみたが、相模路《さがみじ》を抜けて鎌倉から舟に乗るのが安房《あわ》へ着くには最も早い道筋だが、海上は波風が悩みの種でもある。法師はどう思われる？」

「長旅は避けるべきではあるが、今回は武蔵《むさし》から下総《しもうさ》をすぎ、上総《かずさ》へ至る道を順路とすべきであろう。遠近を慮《おもんぱか》るのも時と場合によるのではないか」

信乃《しの》がやや険しく照文《てるふみ》に意見した。「姫上をお連れするのに、危険のある海上は好ましくないでしょう。遠くとも陸路を行かれたほうがよろしい」

照文《てるふみ》は納得し、浜路《はまじ》姫に旅立ちを告げに行った。その夜は、主従ともに用意に追われた。そして明け方には、姫の乗物を兵に担がせ、照文《てるふみ》、信乃《しの》、道節《どうせつ》は、ゝ大《ちゅだい》法師に別れを告げて東を指して出発した。ゝ大《ちゅだい》法師は念戌《ねんじゅつ》と三人の兵、無我六《むがろく》を従えて門前で見送った。別れの悲しさには賢者、凡人の隔てはない。行く者はしばしば振り返り、送る者はしばらく離れずにいた。浜路《はまじ》姫も嬉しさと哀しさをないまぜに袖《そで》を濡らした。水鳥の羽音さえ寒々しい十一月二十日の朝、沈む月影を臨みながら一行は進み続けた。


その三日後。武田信昌《たけだのぶまさ》の使者として甘利堯元《あまりたかもと》が指月院《しげついん》を訪れ、ゝ大《ちゅだい》法師に主命《しゅめい》を伝えた。先日の対面を記念し、住職に白銀十枚、犬山道節《いぬやまどうせつ》、犬塚信乃《いぬづかしの》にひと襲《かさね》の衣装を贈ると持参してきたが、ゝ大《ちゅだい》は国守の恩に感謝した上で、賜物《たまもの》は受け取らなかった。

「信乃《しの》と道節《どうせつ》は、浜路《はまじ》を故郷へ送るためすでに旅立ちました。以前申し上げましたように、義兄弟を訪ねて諸国を巡り、この地へはもう帰りますまい。また、拙僧《せっそう》が、貴賤にかかわらず一銭以外の施《ほどこ》しを受けないことは里人の知るところです。拙僧《せっそう》も諸国行脚《あんぎゃ》を旨《むね》とする者、一寺の住職も本来ではありません。先代に頼まれたことで、まことの住職とは言えんでしょう。大旦那の布施を退《しりぞ》けるのは、わがままを申すようで心苦しくありますが、出家の寡欲《かよく》はもともとそのようなもの。しかるべく、お伝えくだされ」

丶大《ちゅだい》はへつらわずにずけずけと答え、さらに勧められても頑《がん》として受け取らなかった。

堯元《たかもと》は贈り物を持って帰城し、その通りに伝えると、信昌《のぶまさ》は太いため息を吐いた。

「かの和尚《おしょう》が一銭以外の施《ほどこ》しを受けないことは、わしも伝え聞いていた。惜しむらくは、信乃《しの》、道節《どうせつ》を走らせたことだ。練兵し、謀《はかりごと》を巡らして隣国を攻め取るのは最も難しいことではない。信乃《しの》、道節《どうせつ》のような者を家臣とするほうが難しい。惜しいことをした」

泡雪奈四郎《あわゆきなしろう》は笹子《ささご》峠の近くで蟵内《かやない》を屋敷へ返したが、彼を待たず、夜を日に継いで走り続け、二十五、六里をたった二日で踏破し、次の日の黄昏《たそがれ》に八王子の宿駅に着いた。

そこは武蔵国《むさしのくに》都筑《つづき》郡で、武田領に隣接した他領だった。追っ手も入れまいと安心し、ここで蟵内《かやない》が追いつくのを待つべく旅籠屋《はたごや》に投宿した。軒に目印を出しておいたが、待てども蟵内《かやない》はこなかった。気づくと、四、五日をいたずらにすごしていた。

「さては、仕損じて捕まったか。手に入らぬ金を求めて日を無駄にすごしたのが腹立たしい。媼内《おばない》、先へ進むぞ」

奈四郎《なしろう》が言うと、媼内《おばない》は考え考え答えた。「近ごろは両管領《かんれい》家も落ちぶれ、鎌倉も戦で荒れているそうです。昔とは違いましょう。陸奥《みちのく》には栄えた諸侯の国が多く、世渡りするならこちらがよさそうです。奥州の大崎殿の御家臣に、僕《やつがれ》の昔の主人がいます。そこへ行かれてはどうでしょうか」

それが、十一月二十三日のことだった。未明に八王子の旅籠屋《はたごや》を発《た》ち、陸奥《みちのく》をめざして急ぎだした。このとき媼内《おばない》が腹の中で思うことは、……悪事が露見して落人《おちうど》となった主人の尻に従い、陸奥《みちのく》くんだりまで流離《さすら》うても先行きは怪しかろう。甲府にいたときは主従と言われたが、こうなっては顔の前をブンブン飛ぶ蜂でしかない。そりゃあ払うたほうがいいに決まっている。屋敷の小箪笥《こだんす》に金を忘れたなどと言いだしたのは、路銀が頼りないからかもしれん。人里から離れたところでさっさと片付けて金を盗《と》ろう。落人《おちうど》が相手なら仕返しもない。

そんな考えを微塵《みじん》も見せず、媼内《おばない》は奈四郎《なしろう》を励ましながら同道した。やがて、武蔵国《むさし》四谷《よつや》の原にきた。七つ下がり（午後四時すぎ）だった。一面野っ原で、西南に多摩川の里があるだけ、民家は近くにほとんどなかった。落葉樹の林が影を作る。枝道が多い上、冬のあぜ道がまた人を迷わせる。ちょうどいい場所にきたと、媼内《おばない》はふつふつと悪心を滾《たぎ》らせた。人気《ひとけ》がないのを確かめて腰刀を引き抜くや、声もかけずに背後から走りかかって奈四郎《なしろう》の肩先へ振り下ろした。悲鳴をあげた奈四郎《なしろう》は踏みとどまり、抜き合わせようとした。が、畳《たた》みかけた媼内《おばない》の切っ先がその下顎《したあご》を斬った。

奈四郎《なしろう》は怒り狂い、「下僕が主に逆らうのか。天罰を思い知らせてくれる」よろめきながら刀を抜き、やみくもに打ち振りながら進んでくる。

媼内《おばない》はせせら笑った。「天罰呼ばわりとは小賢《こざか》しい。人を殺せば、殺される。これが報いとは思わんのか。木工作《むくさく》を殺した業をこの世で果たすのだ。くだらん無駄口叩くより、念仏唱えて十万億土を独りゆく覚悟を決めていろ！」

弱った奈四郎《なしろう》を媼内《おばない》は斬り伏せ、なお斬り伏せて、とどめを刺そうとしたときだ。西のほうからこちらへくる人影があった。刃《やいば》をとどめて舌打ちし、奈四郎《なしろう》の懐《ふところ》から財布を抜いて紐《ひも》を切った。「死のうが生きようが知ったことじゃない。ゆっくりしてござれ」血刀《ちがたな》をぬぐって鞘《さや》に納めると、草陰に紛れて江古田《えこた》のほうへ逃げていった。

犬塚信乃《いぬづかしの》、犬山道節《いぬやまどうせつ》は浜路《はまじ》姫を護衛し、蜑崎《あまさき》一行の供をしていた。石和《いさわ》の指月院《しげついん》を出て三日目の夕暮れ、武蔵《むさし》国四谷《よつや》までやってきた。

信乃《しの》は宿をとるために二、三町先行し、集落へ急いでいた。その行く手にある枯れスキの草むらに、旅人が倒れていた。近づく信乃《しの》の足音が聞こえたのか、その男がむくりと立ち上がってやみくもに刀を振り、「媼内《おばない》、逃がすか」と、うわ言のように言いながら襲ってきた。信乃《しの》は難なく身をかわし、相手の利き手をつかみ取る。間近で顔を見たとき、互いに呆気《あっけ》にとられた。

「……泡雪奈四郎《あわゆきなしろう》」

「……犬塚信乃《いぬづかしの》か」

そう口を交わす間に、奈四郎《なしろう》は逃げようとしてもがいた。信乃《しの》は相手の手から刀を奪い、すかさず振り切った。春を待たずに泡雪《あわゆき》の、首は地上にすとんと落ちた。野辺に生い茂った枯れススキがたちまち赤く染まっていった。

道節《どうせつ》、照文《てるふみ》たちが乗物を囲むようにして、この野辺へやってきた。信乃《しの》はぼんやりと立ち尽くし、死骸を見下ろしていた。道節《どうせつ》が駈け寄ると、奈四郎《なしろう》との顛末《てんまつ》を説明した。

「すでに深手を負うて、眼もあまり見えていなかった。俺を見たとき、媼内《おばない》と呼びかけて斬ろうとした。その刃を奪うて首を落としたが、思うに、連れの従者に傷つけられたのだろう。仇《かたき》の多い男だったろうが、最後は従僕の手にかかったのも悪事の報いか」

道節《どうせつ》はうなずき、「媼内《おばない》めが路銀を奪おうとしたのだろうが奈四郎《なしろう》は死なず、犬塚《いぬづか》に首を刎《は》ねられたのも天運だ。奈四郎《なしろう》の終わりはこうあるべきだったのだ。だが、従僕のためには彼も主だ。悪人とは言え、襲って逃げた媼内《おばない》の行く末が思いやられる」

照文《てるふみ》がふたりへ歩み寄った。「泡雪奈四郎《あわゆきなしろう》は、姫上の養父木工作《むくさく》殿の仇《かたき》だ。ここで恨みを晴らせたのは、信乃《しの》の手柄だ。これで姫上は、養父の白骨と仇《かたき》の首級を持ち帰れる。

これに増したる孝行はないぞ。喜ばしいことではないか」

彼はさっそく姫に伝えるべく踵《きびす》を返した。照文《てるふみ》から聞かされた浜路《はまじ》姫は、乗物のなかで喜びの声を上げげた。信乃《しの》が仇討《あだうち》を果たしたことが、思いのほか嬉しかったようだ。

その夜、二犬士も四谷《よつや》の里で投宿した。そして、翌日の巳《み》の頃（午前十時）、墨田川《すみだがわ》のほとりで、信乃《しの》と道節《どうせつ》は、浜路《はまじ》姫、照文《てるふみ》たちに別れを告げた。

「川を渡って下総《しもうさ》に入れば、道中はもう安全です。我々はここで暇《いとま》をたまわります。今後は荘助《そうすけ》や他の犬士たちを探しだし、みなでいっしょに安房《あわ》へ見参《げんざん》いたします」

浜路《はまじ》姫も照文《てるふみ》も名残を惜しみ、なかなか別れられなかった。せめて真間《まま》まで、国府台《こうのだい》までと言っても二犬士は受け入れず、照文《てるふみ》はあきらめて百金を彼らに差し出した。

「犬士のためにと預かった、若殿からの賜物《たまもの》だ。後日のために納めておけ」

ふたりはうやうやしくいただき、君恩に感謝した。浜路《はまじ》姫は改めて二犬士の功労を褒《ほ》め称え、遠くまでの送別を労った。ただ、浜路《はまじ》姫はまだなにか言いたげだった。信乃《しの》はその顔を目にするうちに、……あなたは変わりませんね、と言いたいのではないかと感じた。しかし、照文《てるふみ》や兵たちが再会の約束を語り、道節《どうせつ》がそれに答え始めたので、浜路《はまじ》姫はもうなにも言わなかった。

信乃《しの》は密かに四六城《よろぎ》屋敷にいた気弱な娘を思い出しながら、浜路《はまじ》姫を目で追っていた。

いま照文《てるふみ》に促され、渡し舟に乗ろうとしている。二人きりだったのは、結局あの夜だけだった。彼女の意志でなく信乃《しの》を訪ねてきた夜。二人きり、それとも、三人だったか。

信乃《しの》はずっと、生涯妻を娶《めと》らないことが浜路《はまじ》への贖罪《しょくざい》だと信じてきた。しかし、当の浜路《はまじ》はそれを望んでいただろうか。許しを請うこともできない信乃《しの》を、あの夜、浜路《はまじ》は許そうとしたのだろうか。浜路《はまじ》はどうして木工作《むくさく》の娘浜路《はまじ》を妻にするように勧めたのだろうか。それを問う機会は、もう訪れないだろう。

道節《どうせつ》とともに岸に立ち尽くし、向島《むこうじま》に舟が着くまで見送った。照文《てるふみ》や兵たちだけでなく、確かに姫もこちらを振り返っていた。もう村長《むらおさ》の娘浜路《はまじ》ではなかった。里見家の浜《はま》路《じ》姫なのだ。舟が離れてゆくと、四六《よろ》城《ぎ》屋敷でのささやかな記憶までが遠ざかってゆくように感じた。

浜路《はまじ》姫と結婚の約束を交わしたなど、恥ずかしくて信乃《しの》はだれにも言えなかった。姫が安房《あわ》へ帰っても、里見家がそれを知る由はない。照文《てるふみ》も知らないままなのだ。だが、それでよい。そうであるべきだった。気弱だった木工作《むくさく》の娘浜路《はまじ》が、これからは里見の姫として新天地に転生する。自分のような男と縁があったと知られても、よいことなどひとつもないではないか。

河原に寒風が吹き寄せても、信乃《しの》はやせ我慢して歩きだした。

本書は、曲亭馬琴の「南総里見八犬伝」を原作として、
現代の読者にわかりやすい言葉で小説化したものです。

松尾清貴（まつお・きよたか）

1976年福岡県生まれ。国立北九州工業高等専門学校中退後、ニューヨークに在住。帰国後、国内外を転々としながら小説を執筆。著書に『エルメスの手』『あやかしの小瓶』「偏差値70の野球部」シリーズ「真田十勇士」シリーズなどがある。

南総里見八犬伝 3　美女と悪女

著者　松尾清貴

2020年2月19日　第1刷発行

発行者　松岡佑子
発行所　株式会社静山社
〒102-0073　東京都千代田区九段北1-15-15
電話・営業　03-5210-7221
https://www.sayzansha.com

装画・挿絵　大前壽生
装丁　岡本歌織（next door design）
組版　アジュール
印刷・製本　中央精版印刷株式会社

Published by Say-zan-sha Publications, Ltd.
ISBN978-4-86389-553-9 Printed in Japan

南総里見 八犬伝

文・松尾清貴

（曲亭馬琴の原作による）

1 結城合戦始末

時は室町時代。戦乱の中で頭角をあらわした里見義実は、安房国の領主になった。しかし、城攻めの窮地に追い込まれたとき、飼い犬の八房にむけた一言が禍となり、伏姫の身にふりかかる。

2 犬士と非犬士

芳流閣の屋上から墜落した、犬塚信乃と犬飼見八は行徳村に流れ着いた。追われる信乃を、我が宿屋に匿ったのは、力自慢の大男、犬田小文吾だった。窮地に立たつ犬士たちを救う秘策とは？